엘르

"Oh..." de Philippe Djian

에디션D 시리즈
15

엘르

ELLE

—

필립 지앙 지음·장소미 옮김

밖은 어두웠고 사위는 흐릿했다.
폭풍우는 다리를 건너 멀어지는 마차의 바퀴가
구르는 소리와 흡사한 소리를 끝으로 잦아들었다.

– 유도라 웰티, 『화석이 된 사나이』속 단편 「신문 기사」중에서

뺨이 부어오른 것 같다. 얼얼하기 이를 데 없다. 턱도 빠질 듯 아리다. 쓰러지며 꽃병을 엎었다. 바닥에서 산산조각 나는 소리를 들은 기억이 난다. 어쩌면 유리 파편에 베였을 수도 있다. 모르겠다. 밖에는 아직 태양이 비친다. 날이 화창하다. 천천히 심호흡을 해본다. 몇 분 뒤 심한 두통이 밀려오리라.

　이틀 전 정원 화단에 물을 주다가 하늘을 올려다보니 불길한 징조가 보였다. 의심의 여지없는 뚜렷한 형태의 구름 메시지. 순간 혹시 다른 누군가를 향한 것인가 싶어 주위를 둘러보았지만 아무도 없었다. 사위가 고요했다. 소음은 오직 나의 물뿌리개 소리뿐. 말소리는 물론 비명이나 바람 소리 또는 기계 소리 하나 들리지 않았다. 대개 주변에서 작동 중인 환풍구나 잔디 트랙터 소리라도 나게 마련이건만.

　나는 외부 세계의 침투에 민감하다. 혹여 하늘을 유영하는 새의 불안정한 날갯짓 – 귀를 찢는 울음소리나 음산한

까악거림이 수반되기도 하는 – 에서 불길한 징조가 느껴지
면, 집 밖으로 한 발짝도 떼지 않은 채 며칠을 내리 틀어박혀
있을 수도 있다. 또한 나무 이파리를 통과한 저녁 햇살 한 줄
기가 이상하리만치 얼굴을 정면으로 비춘다거나, 길가에 주
저앉은 남자에게 몇 푼 건네려고 몸을 숙이는데 남자가 느닷
없이 내 팔을 움켜쥐며 얼굴을 바짝 들이대고서 "악마들, 악
마의 얼굴…… 그래봤자 내가 죽여버린다고 악을 쓰면 벌벌
떨며 설설 기는 것들……!"이라고 고함치는 경우도 마찬가지
다. 그 남자는 내 팔을 놓지 않은 채 광기 서린 눈빛으로 토
씨 하나 틀리지 않고 문장을 되풀이하여 토해냈고, 그날 나
는 집으로 돌아와 예매했던 기차표를 취소했다. 여행의 목적
도 순식간에 잊은 채, 거기서 얻을 이득에 더는 아무 의미도
두지 않은 채. 손톱만큼의 미련도 없었다. 예비 자살자가 되
지 않기 위해, 내게 보내는 경고나 신호 혹은 어떤 계시에 귀
를 닫지 않기 위해.

열여섯 살에 바욘 지방 축제에 갔을 때 길어진 술자리
탓에 비행기를 놓쳤는데 그 비행기가 추락한 적이 있었다.
그 사건을 계기로 나는 깊은 생각에 잠겼고, 그때부터 내 삶
을 지키기 위해 몇몇 징조에 유의하기로 마음먹었다. 그런 종
류의 것들이 존재한다는 것을 인정했고, 그것을 웃음거리로
여기는 이들을 무시했다. 왠지 모르지만 그중에서도 하늘의
신호는 내게 늘 가장 절대적이고 정확했다. 그러니 꽤나 드

문 경우인 X자 형태의 구름은 대번에 나를 사로잡았고, 안전에 만전을 기해야 한다는 위험 신호일 수밖에 없었다. 그랬는데. 대체 어디에 정신이 팔렸던 것일까. 어떻게 그렇게 경계심이 느슨해졌던 것일까? 아무리 마르티가 야옹거리며 약간의 ― 많은? ― 원인 제공을 했기로서니. 치욕스럽다. 내 자신에게 극심한 분노가 치민다. 문에 걸쇠가 있었는데. 문에 망할 걸쇠가 있었는데. 그걸 잊다니! 생각난 김에 나는 몸을 일으켜 걸쇠를 채우러 갔고, 순간 아랫입술을 깨문 채 그 자리에 우뚝 얼어붙었다. 꽃병이 깨진 것을 제외하고는 어질러진 것이 전혀 없었다. 2층으로 올라가 옷을 갈아입었다. 뱅상이 여자 친구와 저녁을 먹으러 올 것이다. 아무 준비도 되어 있지 않았다.

　아가씨가 임신했는데 뱅상의 아이가 아니었다. 나는 그 문제에 더는 가타부타 부언하지 않았다. 그래서 얻을 것이 전혀 없다. 뱅상과 싸울 힘이 더는 없다. 그럴 마음도. 녀석이 어느 정도까지 제 아버지를 닮았는지 깨달았을 때, 미쳐버리는 줄 알았다. 아가씨의 이름은 조지이고, 뱅상과 태어날 아이와 함께 기거할 아파트를 찾고 있다. 리샤르는 우리가 파리의 집세를 일깨우자 기절하는 시늉을 하더니 버릇대로 구시렁거리며 방 안을 성큼성큼 서성였다. 근 이십 년 동안 그가 얼마나 늙고 얼마나 한심스러워졌는지가 한눈에 보였다. "뭐야? 일 년에, 아니면 한 달에?" 리샤르가 오만상을 찌푸리며 물었다. 그가 돈을 구할 확률은 희박했다. 반면 나는 규칙적이고 안정적인 수입이 있다는 것을 모두가 알고 있다.

으레껏.

나는 리샤르에게 일깨웠다.

"아들을 원한 건 당신이야. 그걸 잊지 마."

나는 그와 헤어졌다. 견딜 수 없었다. 지금 그는 이보다 더 심할 수 없을 정도로 견딜 수 없다. 나는 그를 지배하는 전반적인 정서인 성마른 불만감을 몰아내기 위해 차라리 담배를 다시 태우거나, 하다못해 조깅이라도 해보라고 권했다. 그가 대꾸했다.

"미안한데, 당신이나 잘해. 어쨌든 난 지금 빈털터리야. 나는 녀석이 적어도 일자리는 구한 줄 알았어."

"난 몰라. 둘이서 얘기해보든가."

리샤르와도 더는 싸우고 싶지 않다. 인생의 이십 년 이상을 이 남자와 보냈지만, 나의 어디에서 그런 힘이 났는지 문득문득 의문이다.

욕조에 물을 받았다. 뺨이 불그죽죽하고 군데군데 황토처럼 누렇기까지 하다. 한쪽 입가에 작은 핏방울이 굳어 있고, 머리는 봉두난발이다. 머리핀 밖으로 머리칼이 한 뭉텅이 삐져나왔다. 욕조에 소금을 풀었다. 미친 짓이다. 이미 오후 5시를 넘긴 시각에 조지라는 아가씨도 그리 잘 알지 못하면서. 사실 그 아가씨를 어떻게 생각해야 할지 감도 오지 않는다.

모든 것에도 불구하고 햇살이 놀라우리만치 아름답고 부드럽다. 어떤 위협의 기운도 감지되지 않는다. 이토록 찬란한 날에 저 푸른 하늘이 내게 겨게 한 일이 도무지 믿기지 않는다. 욕실이 태양의 홍수에 잠겼다. 멀리서 아이들이 뛰노는 소리와 아우성이 들려온다. 반짝이는 지평선이 보인다. 새들이며 다람쥐들…….

이렇게 좋을 데가. 이 목욕은 기적에 가깝다. 나는 눈을 감았다. 얼마쯤 지났을까. 모든 것을 깨끗이 지웠다고 할 순 없지만, 정신만큼은 완벽하게 추슬렀다. 예견된 두통도 오지 않았다. 나는 음식점에 전화를 걸어 스시를 주문했다.

내가 스스로 선택한 남자들과도 끔찍한 경험을 하지 않았던가.

내가 쓰러져 있던 자리의 커다란 유리 파편들을 줍고 청소기를 돌렸다. 불과 몇 시간 전만 해도 벌렁거리는 가슴으로 저 자리에 누워 있었다고 생각하니 심장이 오그라들었다. 한잔하려는데 이렌느의 음성 메시지가 도착했다. 한 달 동안 만난 적 없는 – 소식이 없었다는 것이 더 정확하겠다 – 일흔다섯 살의 내 엄마. 내 꿈을 꾸었단다. 꿈에서 내가 도와달라고 전화를 했단다. 내가 먼저 전화하는 법이란 결코 없건만.

벵상은 나의 해명을 미심쩍어했다. "그런데 자전거는 말

짱하네요, 엄마. 아무튼 수상해요." 나는 벵상을 잠시 물끄러미 바라보다가 어깨를 추어올렸다. 조지의 얼굴이 붉어졌다. 벵상이 그녀의 손목을 거칠게 움켜쥐며 손 안의 땅콩을 강제로 내려놓게 했기 때문이다. 이미 20킬로그램은 불은 듯했다.

두 사람은 전혀 어울리지 않는다. 아무것도 모르는 리샤르는 저런 여자애들은 대개 침대용이라고 단언한 바 있다. "'침대용'은 어떤 건데?" 그러거나 말거나 조지는 최소한 30평에 방 세 칸짜리 아파트를 찾고 있다. 조지가 원하는 동네에 그 평수의 3천 유로 미만 아파트는 없다.

"맥도날드에 이력서를 제출했으니까 기다려봐야죠." 벵상의 말에 나는 잘해보라고 격려했다. 아니면 좀 더 가치 있는 무언가도 좋으련만. 무언들 못하겠는가? 임신한 여자를 거두려면 돈이 많이 든다. "그걸 명심하는 게 좋을 거야." 벵상이 조지를 소개하기도 전에 내가 대뜸 경고부터 하자 바로 답이 날아왔다. "누가 엄마 의견 듣고 싶댔어요? 엄마가 어떻게 생각하건 말건 관심 없다고요."

벵상은 나와 제 아버지가 헤어진 이후로 내게 늘 그런 식이다. 리샤르는 뛰어난 비극 배우이고, 벵상은 그의 최고의 관객이다. 저녁식사를 마치고 식탁에서 일어서며 벵상은 또다시 의심스러운 눈초리로 나를 주시했다. "왜 그래요, 엄마? 무슨 일이죠?" 물론 그 생각을 떨칠 수 없다. 식사 내내 그 생각이 머리를 떠나지 않았다. 우연히 내가 선택된 것인지, 아니면 미행을 당한 것인지, 만일 미행을 당한 거라면 내가 아는 누군가인지, 의문이 꼬리를 물었다. 두 사람이 나누는 집세며 아기 방 인테리어 얘기는 귀에 들어오지 않았지만, 그들이 벌이려는 일의 엄청남과 모험 정신, 그리고 그들의 문제가 내 문제가 되어가는 이 상황만은 감탄스러웠다. 오늘 오후, 내게 일어난 일을 이야기하면 뱅상이 과연 어떤 표정을 지을 것인지 상상하며 잠시 녀석을 응시했다. 하지만 그건 내 능력 밖의 일이다. 아들의 반응을 상상하는 것은 이제 내 몫이 아니다.

"혹시 누구한테 맞았어요?"

나는 쿡 웃음을 터뜨렸다.

"맞았느냐니, 뱅상? 맞았냐고?"

"아니면 누구하고 싸웠어요?"

"맙소사, 그런 바보 같은 소리를. 상대가 누구건 '싸움'은 내 방식이 아니야."

나는 일어나서 베란다에 있는 조지한테 갔다. 날이 좋다. 조지는 밤공기가 선선했음에도 바람을 쐬고 싶어 했다. 답답했기 때문이다. 마지막 몇 주간의 고초란 끔찍스럽다. 나로서는 절대 다시 하고 싶지 않은 경험이다. 나는 고통을 끝낼 수만 있다면 배라도 가를 수 있다고 생각했다. 뱅상도 잘 알고 있다. 내가 당시를 결코 미화한 적이 없으니까. 나는 늘 뱅상이 알기를, 잊지 않기를 바랐다. 내 엄마도 나와 같은 생각이었고, 나는 그것 때문에 죽을 만큼 힘들지 않았다.

우리는 하늘을, 별이 총총 박힌 어둠을 올려다보았다. 나는 곁눈으로 조지를 관찰했다. 이렇게 자세히 살핀 것이 대여섯 번쯤 될까. 그녀에 대해 아는 것이 별로 없다. 인상이 나쁘진 않다. 내 아들 뱅상을 알기에, 한편으론 가엾기도 하다. 하지만 조지에겐 뭔가 무기질 같은 면모가 있다. 차가운 완고함이라고 할까. 예상컨대 노력한다면, 무난히 헤쳐나가리라. 단단하고, 속이 꽉 찬 아이라는 느낌이 든다.

내가 말했다.

"12월이죠? 정말 곧이로군요."

조지가 대꾸했다.

"뱅상 말이 맞아요. 완전 엉망진창이세요."

"아니, 전혀. 난 아무렇지 않아요. 걔가 날 잘 몰라요."

두 사람이 떠나고 나는 문을 닫았다. 부엌칼로 무장한 채 1층을 둘러보고서 문이며 창문들을 점검하고는 침실로 들어가 문을 닫았다. 여명이 비쳐 들도록 눈을 감지 못했다. 새벽 빛이 푸르러졌다. 아침 햇살이 눈부셨다. 나는 곧장 엄마를 만나러 갔다. 거실에서 체격은 운동선수이지만 인상은 평범하기 짝이 없는 젊은 남자와 마주쳤다. 전날의 침입자가 이렇지 않을까 ― 눈구멍만 두 개 뚫린 복면 외엔 아무것도 기억나지 않는다. 복면이 파란색이었는지 빨간색이었는지조차 ―,

엄마의 아파트를 나서며 내게 한쪽 눈을 찡긋해 보이는 흡족한 표정의 저 남자와 비슷하지 않을까 하는 생각이 스쳤다.

나는 엄마를 몰아세웠다.

"엄마, 대체 저 남자들한테 얼마를 주는 거죠? 정말이지 참담하네요!…… 좀 달라질 순 없어요? 도무지 알 수가 없네. 그러지 말고 지식인이나 작가를 만나요. 엄마 나이에 종마가 필요한 것도 아닐 테고."

"네년이 암만 그래봐라, 내가 눈 하나 깜빡하나. 내 성생활이야. 난 부끄러울 게 없다. 넌 정말 나쁜 년이야. 네 아버지 말이 백 번 천 번 옳지."

"그만해요, 엄마. 내 앞에서 그 사람 얘기 꺼내지 말아요. 그 사람은 자기가 있을 곳에서 잘 지내고 있으니까."

"그걸 말이라고 하니, 이 한심한 애야? 당연히 그렇지 않지, 네 아버지는 거기서 잘 못 지내. 미쳐가고 있다고."

"이미 예전에 미쳤거든요. 못 믿겠거들랑 그 사람 전담 정신과 전문의한테 물어봐요."

엄마가 아침을 차려주었다. 지난번에 만난 이후로 얼굴 어딘가에 다시 칼을 댄 것 같다. 어쩌면 그냥 보톡스만 맞은 건지도 모른다. 중요하지 않다. 엄마는 남편 ─ 불행히도 내 아버지이기도 하다 ─ 이 수감되고, 과격한 방식으로 삶을 바꿨다. 비록 초기에는 좋은 의도에서 비롯된 노력이었겠지만. 그야말로 방탕 그 자체라고 할까. 최근 몇 해 동안 성형수술

에 막대한 돈을 쏟아부었는데, 때로 조명에 따라서는 무시무
시해 보이기까지 한다.

"그래, 그건 그렇다 치고, 왜 왔니?"

"왜 왔냐뇨, 엄마? 엄마가 전화했잖아요."

엄마가 아무 대답 없이 나를 뚫어져라 바라보더니, 한참
만에 내 쪽으로 몸을 기울이며 말했다.

"내가 무슨 말을 할 건데, 잘 생각해보고 대답해. 즉답
하지 말고 먼저 잘 생각해보라고. 내가 재혼한다면 어떨 것
같니? 생각해봐."

"엄마를 죽일 거예요. 간단해요. 생각하고 자시고도 없
어요."

엄마가 고개를 설설거리며 다리를 꼬더니 담배에 불을
붙이고 나서 말했다.

"너는 늘 무균 처리된 세상만을 원했지. 어둡고 비정상
인 것에 늘 질겁했어."

"엄마를 죽일 거예요. 엉터리 잡설 늘어놓아봤자 소용없
어요. 난 경고했어요."

지금껏 엄마의 방종을 눈감아왔다. 물론 엄마의 성욕에
는 번번이 놀라울 따름이고, 응원할 마음도 없다. 응원은커
녕 혐오스럽기 짝이 없지만, 그럼에도 나는 그 부분만큼은
유연하고 개방적으로 생각하기로 마음먹었다. 그것이 불행
을 극복하는 엄마의 방식이라면 자세히 캐려들지 말고 받아

들이기로. 문제될 것 없다. 하지만 사태가 다소 지나치게 진지한 양상을 띠면, 이런 식의 결혼 문제처럼 우리가 위험 지대에 발을 들일 위기에 처하면, 고백건대 그때는 개입한다. 이번에 간택된 행운의 사나이는 누굴까? 엄마는 또 누구를 만난 것일까? 무림 벌판에 나타나 엄마를 뒤흔들어놓은 이 랄프 – 아저씨도 이름이 있다 – 는 또 어떤 인간이란 말인가?

예전에 엄마한테 빠진 척했던 변호사는 엄마를 에이즈 보균자로 만들어서 떼어놓은 적이 있다. 한 영업점 지점장은 우리 집 내력 – 열정에 즉시 찬물을 끼얹는 – 을 가감 없이 알려줘서 쫓아버렸다. 그래도 그들은 청혼까지는 하지 않았다.

나는 그토록 기괴망측한 무언가를 참아낼 자신이 없다. 일흔다섯 살 여자의 결혼이라니. 거기에 꽃장식이며 신혼여행까지! 엄마는 저 나이든 끔찍한 여배우들을 닮았다. 철저히 새로 갈아엎은 얼굴에 봉긋하게 부풀린 젖가슴(양쪽에 5천 유로)과 정열적인 구릿빛으로 그을린 피부와 반짝거리는 눈빛의 여배우들을.

엄마가 결국 한숨을 내쉬었다.

"그렇다면 앞으로 남은 날에 누가 내 집세를 내줄 건지 알고 싶구나. 어디, 네 입으로 말해보겠니?"

"당연히 나죠. 이제껏 그랬고요. 안 그래요?"

언짢은 기색이 역력했음에도 엄마가 미소를 지었다.

"네년 같은 이기주의자가 또 있을까, 미셸? 소름이 끼치는구나."

나는 토스터에서 튀어 오른 식빵에 버터를 펴 발랐다. 근한 달 만에 얼굴을 보는 엄마건만, 벌써 이 집을 떠나고 싶다.

엄마가 말했다.

"만에 하나 너한테 무슨 일이라도 생긴다고 생각해봐라."

제발 그랬으면 좋겠다고 쏘아붙이고 싶었다.

버터 바른 식빵을 산딸기 잼으로 뒤덮었다. 듬뿍. 고의였다. 이젠 양손에 잼을 묻히지 않을 도리가 없으리라. 내가 식빵을 건네자 엄마가 망설였다. 빵이 흡사 핏덩어리 같았다. 엄마가 빵을 물끄러미 바라보며 말했다.

"얼마 남지 않은 것 같구나, 미셀. 너도 알아야 하니까. 네 아버지 말이다, 얼마 남지 않았어."

"잘됐네요. 속이 다 시원하네. 이 말밖엔 아무 할 말이 없어요."

"그렇게까지 모질 필요 없잖니…… 평생 후회할 일은 만들지 마."

"후회할 일요? 뭘 후회하는데요? 또 무슨 헛소리를 늘어놓으려고요?"

"네 아버지는 죗값을 치렀어. 삼십 년을 감방에서 썩었다고. 너무 멀리 있었어."

"천만에요. 내 생각엔 전혀 멀지 않아요. 대체 어떻게 하면 그런 망발을 쏟아낼 수 있는 거죠? 멀다니, 멀다니요? 망원경이라도 줘요?”

독한 겨자를 한 숟가락 삼킨 것처럼 눈물이 치받았다.

“난 거기에 발을 들일 마음이 추호도 없어요, 엄마. 어림없어요. 그러니까 꿈도 꾸지 말아요. 나한테 아버지는 오래전에 죽었으니까.”

엄마가 책망이 그득한 눈길로 나를 흘끔 보더니 창 쪽으로 시선을 돌렸다.

“아버지가 아직 내 얼굴이나 기억할지 모르겠다. 그래도 네 안부는 물어.”

“아, 그래요? 그래서 어쩌라고요? 내가 어쩌길 바라는데요? 언제부터 엄마가 그 사람 메신저가 됐죠?”

“지체하지 마. 내가 할 말은 이것뿐이다. 지체하지 마.”

“분명히 말하지만 난 절대 거기 가지 않아요. 그 사람 면회 가는 일 따위 절대 없어요. 그 사람은 내 기억 속에서 사그라지는 중이고, 가능하다면 아예 흔적도 없이 사라져버렸으면 좋겠어요.”

“어떻게 그런 말을? 정말 끔찍하구나.”

“아, 또 그 넋두리. 지겨우니까 이제 그만해요, 제발. 그 괴물은 우리 인생을 망쳤다고요, 안 그래요?”

“잘못한 것만 있는 건 아니야. 뼛속까지 악한 인간은 아니었다고. 외려 그 반대지. 너도 잘 알잖니. 조금 가엾게 여겨줄 수는 없어?”

"가엾게요? 내 얼굴 똑바로 봐요, 엄마. 난 가엾다는 생각 따위 해본 적 없어요. 일분일초도. 거기서 생을 마감했으면 하고, 당연히 만나러 가는 일도 없을 거예요. 잊어요."

엄마는 내가 꿈에서 그를 본 걸 알지 못한다. 더 정확히는 실루엣만을, 짙은 그림자만을 보았다. 주위가 어두웠기 때문이다. 얼굴과 어깨의 윤곽은 식별됐지만 앞모습인지 뒷모습인지, 나를 보는 것인지 아닌지조차 알 수 없었다. 앉아 있는 것 같았고, 내게 아무 말도 건네지 않은 채 잠자코 기다리고만 있었다. 잠에서 깨어났을 때 그 모습, 그 그림자가 머릿속에 선명하게 남았다.

내가 폭행을 당한 것이 아버지의 소행과 연관되었을지 모른다는 의심을 떨칠 수 없다. 예전에 엄마와 나, 우리가 어떤 시련을 겪을 때마다 그런 의심을 품었듯. 단지 우리가 그의 아내이고 딸이라는 이유만으로 쏟아지는 침과 구타를 감내해야 했던 경험이 있기 때문이다. 그야말로 하루아침에 모든 인맥이 끊겼었다. 이웃이며 친구들이 죄다 떨어져나갔다. 마치 우리의 이마에 낙인이라도 찍힌 듯했다.

익명의 전화, 한밤중의 욕설, 음란한 우편물, 벽에 휘갈긴 낙서, 대문 앞에 엎어진 쓰레기통, 우체국에서의 고의성 밀침, 상점에서의 수모, 깨진 유리창. 내게 놀랄 일이란 더는 아무것도 없었다. 이제 모든 잉걸불이 꺼졌노라고, 누군가 어느 구석에서 과거를 반추하며 다음 공격을 도모하지 않을 거라고 누가 장담할 수 있겠는가? 그 일을 어떻게 우연이라 치부할 수 있겠는가?

그날 밤, 문자 메시지를 받았다.

네 나이 여자치곤 몹시 조이더군. 그렇다고.

나는 놀라 뒤로 벌렁 나자빠졌다. 숨이 멎었다. 메시지를 두세 차례 다시 읽은 뒤, 답신을 보냈다.

누구세요?

하지만 답이 없었다.

오전 내내, 그리고 정오를 훌쩍 넘긴 시간까지 책상 밑에 충충이 쌓인 시나리오를 훑으며 보냈다. 어쩌면 여기서 단서를 찾아야 할까? 내게 자존심이 짓밟혀 맹렬한 적개심을 품게 된 젊은 작가 말이다.

길을 오가다 무기 판매점에 들러 호신용 후추가스 스프레이를 샀다. 안구 공격용으로 크기가 작고 여러 번 사용이 가능해 매우 실용적이다. 내가 아주 어렸을 때 정기적으로 사용했던 무기. 그때 나는 매우 날렵했고, 대중교통 수단을 이용하는 것을 꺼리지 않았다. 정말 기민했던 시절이다. 나는 해를 거듭하며 노련해졌다. 따돌리기도 능숙했고, 달리기도 꽤 빨랐다. 작은 단지 한 블록쯤 2분도 안 되어 돌 수 있었으니까. 지금은 그렇게 못한다. 옛날 얘기가 되어버렸다. 다행스럽게도 더는 뛸 하등의 이유가 없기도 하지만. 지금은 원하면 담배를 다시 태울 수 있을 것이다. 내가 뭘 한들 누가 이러쿵저러쿵하겠는가?

오후가 한참 지났을 때 맥 빠지는 시나리오 검토를 중단했다.

형편없는 시나리오를 덮을 때 밀려드는 어리석게 시간 낭비를 한 듯한 기분이란. 그보다 더 참담한 건 없다. 그 시나리오 중 하나가 내 작업실을 가로질러 오직 이 용도로만 사용되는 200리터짜리 쓰레기통에 안착했다. 이 잃어버린 시간은 때로 고통스럽기까지 하다. 어찌나 너절한지 때로 울고 싶을 정도다.

오후 5시 무렵, 다시 강간범에 생각이 미쳤다. 불과 48시간 전, 바로 이 무렵의 일이었기 때문이다. 놈은 내가 마르티에게 정신이 팔린 틈을 노려, 상자에서 악마가 튀어나오듯 문을 벌컥 밀치며 내 집에 침입했다.

불현듯 놈이 나를 감시하고 있었다는 깨달음이 머리를 스쳤다. 놈은 호시탐탐 적기를 노리고 있었던 것이다. 나를 감시했던 것이다. 순간, 온몸이 얼어붙었다.

나는 사무실에 들러 우편물을 챙기고 메모를 확인한 뒤, 전화 몇 통을 돌려 이런저런 지시를 내렸다. 안나가 찾아와 업무상 논의를 마치고 나서 말했다.

"그런데 자기 얼굴이 영 이상하네."

나는 어리둥절한 체했다.

"무슨 소리. 컨디션이 최상인걸. 오늘 날이 얼마나 화창해, 햇살은 또 얼마나 눈부시고."

안나가 미소 지었다. 만일 내가 누군가와 의논하기로 마음먹는다면 안나는 분명 가장 적절한 상대다. 우리는 오랜 세월 알고 지냈으니까. 하지만 내 안의 무언가가 나를 저지했다. 내가 안나의 남편과 관계를 가졌기 때문일까?

산부인과를 찾아 필요한 검사를 할 것이다. 벵상이 전화를 걸어 보증을 서는 건 적어도 거절하지 않을 것인지 물었다. 나는 잠시 침묵했다.

"엄마한테 무례했던 건 알고 있지, 벵상?"

"그럼요, 알죠. 젠장맞을. 죄송해요. 알아요."

"돈은 해줄 수 없어, 벵상. 나도 노후 대책을 세워야지. 나중에 너한테 매달리고 싶지 않다. 네가 나 때문에 일해야 하는 건 용납 못해. 짐이 되긴 싫거든."

"네, 알아요, 알아들었어요. 젠장맞을. 그러니까 보증만 서줘요, 엄마."

"뽑아먹을 게 있을 때만 엄마를 찾지 마라."

어딘지 모를 곳에 수화기를 내려치는 소리가 들렸다. 녀석은 워낙에 어릴 때부터 다혈질이었다. 제 아버지를 빼닮았다.

"젠장맞을, 해줄 거예요, 말 거예요, 엄마?"

"그 젠장맞을 소리 좀 그만두지 못해. 대체 무슨 말버릇이니?"

우리는 집주인과 약속을 잡았다. 경기 불황으로 아파트를 임대하는 극히 간단한 거래조차 상호 불신의 종합세트가 필요해졌다. 가족관계증명서, 신분증, 연수입증명서, 자격증, 복사본, 서약서, 자필 편지, 종교 정보, 그밖에 발생할 온갖 문제에 대비한 겹겹의 방책들. 나는 이 모든 요구사항이 혹시 농담이냐고 물었지만, 전혀 그렇지 않았다.

입주할 아파트를 나서며 벵상이 한 잔 사겠다고 호기롭게 제안했고, 우리는 술집으로 들어갔다. 벵상은 하와이 맥주를, 나는 남아프리카산(産) 드라이 화이트와인을 주문했다. 우리는 마침내 내가 보증을 선, 작은 발코니가 딸린 방 두 칸짜리 20평 남향 아파트의 행복한 세입자가 된 것에 건배했다.

"이 계약이 뭘 의미하는지 잘 알지, 벵상? 책임감을 갖도록 해. 네가 세를 내지 않으면 내가 고스란히 떠안게 될 거고, 그럼 나도 오래 버티지 못할 거야. 내 말 새겨들어, 이건 장난이 아니야, 벵상. 비단 너희만의 문제가 아니라 나와 할머니 문제로 직결되기에 하는 소리야. 할머니 집세도 내가 내는 거 알고 있지? 요새 세상이 극도로 엄격해, 허투루 넘어가는 게 없다고. 네 계좌 하나 틀어막는 건 일도 아니야.

어떻게든 추적해서 네가 내야 할 돈을 뽑아갈 거고, 가져갈 돈이 없으면 법무사를 보내 인정사정 보지 않고 널 쥐어짤 거야. 이쯤 해둘게. 밥줄을 쥐고 노는 자들은 피 흘리는 걸 두려워하지 않으려고 이미 손에 피를 흠씬 묻힌 자들이라는 걸 명심해."

뺑상이 나를 물끄러미 바라보더니 미소 지었다.

"난 변했는데, 엄마는 그걸 보지 못하네요."

나도 그렇게 믿고 싶다. 당장이라도 뺑상을 꼭 끌어안고서 감격과 감사의 키스를 퍼붓고 싶다. 하지만 두고 볼 일이다.

내 방에서 회의가 열렸다. 모두 열댓 명 정도 될까. 이 주 례 회의는 수개월째 긴장된 분위기에서 열리고 있다. 여름휴가 이후로 이렇다 할 업무 성과가 없기 때문이다. 그동안 획기적이거나 강렬한 어떤 것도 제시된 바가 없다. 내가 그들의 탁월한 글쓰기 재능에 과장된 찬사를 늘어놓으며 짤막한 치하의 말을 끝내고 나면 좌불안석이 되는 그들의 표정에 이젠 염증이 난다.

그들 중 남자는 십여 명. 혹시 그중 하나일까? 혹시 내가 의식하지 못한 채 그들 중 유독 어느 누군가의 작업을 비방한 적이 있던가? 내가 읽은 모든 것이 어이없도록 시시하기가 고만고만해서 특정 인물이 기억나지 않는다. 아무 낌새도 챌 수 없다. 여유만만하게 나를 능멸한 누군가의 것이라는 확신이 드는 눈빛이 없다. 얼마 전까지만 해도 놈이 눈앞에 있다면, 복면을 썼어도 알아볼 수 있으리라 자신했다. 온몸이 떨리며 부들거리기 시작하고 내 안의 모든 것이 일제히 곤두서리라 생각했다. 이젠 더는 그런 확신이 없다.

회의가 끝나고 모두들 일어나 방을 나가기 시작했다. 나는 배웅하는 척하며 그들 속에 섞여들었다. 불가피한 신체 접촉이 얼마간 양해되는 복도의 협소함을 십분 활용하여 그들과 몸을 스쳤지만, 아무것도 느껴지지 않았고 어떤 냄새나 향도 감지되지 않았다. 탐색을 위해 신중하게 이 사람 저 사람에게 다가가 회사를 계속 다니고 싶거들랑 다음 주엔 최선의 모습을 보여 달라고 독려할수록 – 아무도 더는 이 주제로 농담하지 못한다 –, 오리무중이었다. 아무 낌새도, 어떤 기미도 느껴지지 않았다.

결국 리샤르에게 고백했다. 내가 당한 끔찍한 사건을.

리샤르의 안색이 창백해졌다. 그가 일어나더니 잔에 술을 따랐다.

나는 물었다.

"당신 생각에도 내가 특별히 조여?"

그가 한숨을 길게 내쉬고는 고개를 설설거리며 내 곁에 다가와 앉더니, 잠자코 내 한쪽 손을 가져가 자신의 두 손으로 감쌌다.

혹시 내가 남자에게 한 번이라도 깊은 감정을 느꼈다면, 그 대상은 리샤르이리라. 하기야 결혼까지 한 남자가 아니던

가. 지금도 예컨대 이렇게 손을 잡는다든가 걱정 어린 눈빛으로 나를 바라본다든가 하는 사소한 계기가 생기면, 즉 상호 양립이 불가능한 대양 속에서 순수한 화합과 애정의 섬들이 수면에 떠오를 때면, 수 년 동안 우리가 함께 보낸 세월의 메아리가 쟁쟁해진다.

그럴 때를 제외하면 우리는 좋은 사이가 아니다. 요컨대 그는 나를 미워한다. 자기가 시나리오를 팔지 못하는 무능함과, 그래서 허접한 TV 드라마나 역겨운 방송 프로그램을 위해 머저리들과 일할 수밖에 없는 처지로 전락한 것이 일정 부분 내 탓이라고 여긴다. 그의 주장에 따르면 나는 해야 할 일을 하지 않고, 손가락 하나 까딱한 적이 없으며, 인맥도 활용하지 않는 사람이다. 내가 처음부터 불순한 의도로, 그것도 세상에서 가장 불순한 의도로 그의 작품을 대했기 때문이고 내가 또 어쩌고저쩌고. 살아서 돌아올 수 없는 전쟁의 연속이랄까. 우리의 참호는 깊어졌다.

나는 직접 시나리오를 쓸 능력은 없다. 그런 재능이 없는 건 확실하지만 좋은 시나리오가 손에 들어오면 알아보는 눈은 있다. 나는 이쪽 분야에서 입증할 아무 능력도 없지만 그 재능만큼은 인정받았다. 안나 방제르로브와 친구 사이가 아니었던들, 나는 벌써 중국인들에게, 그들의 망할 헤드헌터에게 팔렸을 것이다. 리샤르는 좋은 시나리오를 한 번도 써내지 못했고, 나는 그걸 잘 알 만한 위치다. 그것도 좀 너무 잘.

리샤르가 마침내 입을 열었다.

"특별히 좋다고는 못하겠는데, 그렇다고 아니라고도 말할 수 없어. 내가 아는 한, 당신은 그 중간 어디쯤이야."

중단된 메시지가 허공에 감돌았다. 하지만 지금, 이렇게, 그와 자고 싶은 생각은 없다. 우리는 때로 이 일탈을 서로에게 허용해왔지만 그것은 극히 예외적이었다. 20년 남짓의 공동생활 뒤에 동시에 욕구를 느끼기란 매일 일어나는 일이 아니다.

나는 리샤르를 바라보다가 어깨를 추어올렸다. 때로 손을 잡아주는 것만으로는 충분치 않다. 이 남자는 모든 것을 배우려면 아직 멀었다.

그가 찌푸리듯 나를 응시했다. 나는 냉소하며 비아냥거렸다. "혹시 몰라서 얘기인데, 병은 안 옮았어." 이젠 그가 떠났으면 싶다. 해가 기울며 창을 붉게 물들였다.

"이보다 훨씬 나쁠 수도 있었어. 불구가 된 것도 아니고 얼굴이 망가진 것도 아니니까."

"아무튼 이 일을 대하는 당신의 태도가 당황스러운 건 사실이야."

"아, 그래? 그럼 어때야 하는데? 앓는 소리라도 할까? 요양원에 누워서 주삿바늘이라도 꽂고 있길 바라는 거야? 아니면 정신과에 가서 상담이라도 받아?"

사위가 고요했다. 태양이 물러가며 은은한 빛을 퍼뜨렸

다. 이곳 지상에서 무슨 일이 벌어지건 우주 삼라만상은 한결같이 아름답고, 그렇게 참혹함은 오롯해진다. 우리가 헤어지기 전까지만 해도 리샤르는 탈모 증상이 없었다. 그런데 두 해 전부터 머리숱이 현저하게 줄어들고 있다. 그가 내 손등에 키스하기 위해 고개를 숙였을 때 정수리에 형성된 자그마한 연분홍빛 공터가 반짝이는 것이 보였다.

"혹시 부탁할 게 있으면 얼른 얘기하고 그만 가봐, 리샤르. 나 고단해."

나는 석양을 좇아 베란다로 나갔다. 양쪽으로는 이웃이 버티고 있고, 그 집 창문들은 불빛으로 환하며, 산책로는 불이 켜졌고, 정원들도 그리 그늘지지 않았다. 그럼에도 나는 모험을 삼간다. 경계를 늦추지 않는다. 내겐 오래전부터 익숙했던 자세라고 할까. 초기엔 거의 상시 경계 태세였다가 느슨해졌고, 이사한 뒤로는 잊다시피 지낸 터였다. 끊임없는 경계 태세, 언제고 도망칠 준비가 된 태도 – 질문에 대답하지 않기, 재빨리 사라지기 – 는 잠재적 추격자를 부른다. 알고 있다.

결국 채 나흘이 지나지 않아 나는 담배에 불을 붙이고 말았다. 사건의 경위가 이제는 보다 명확하게 보인다. 그날 집 뒤에서 마르티가 야옹거리는 소리가 들리기에 이놈의 바보 같은 고양이가 왜 돌아다니지 않고 끙끙대는 건지 궁금해하며 문을 열어 나갔다. 아마 놈이 나를 밖으로 유인하려고 고양이를 손으로 누르고 있었던 듯하고, 나는 정확히 놈이 바라는 대로 행동했다. 읽던 책을 내려놓고 밖으로 나갔으니까.

반면 그날의 일을 순연히 성적인 측면으로만 보자면 기억에 남는 것이 전혀 없다. 극심한 긴장 – 아버지에 의해 고삐 풀린 폭도들을 피하기 위해 지금껏 견뎌야 했던 모든 긴장을 합한 것과 같은 – 의 대상이었던 나머지 정신 회로가 끊겼고, 그 바람에 행위 자체는 머릿속에 전혀 입력되지 않았다. 따라서 무엇이든 그 부분을 말하는 것은 불가능하다. 우선 내 몸이 어떤 식으로 반응했는지 알 수 없고, 숨이 턱턱 막히는 이 분노와 울분을 어찌해야 할지도 모르겠다.

살이 찢기지도, 타박상을 입지도 않았다. 다소 따끔거리긴 하지만 가라앉을 것이다. 항문 섹스라고는 해본 적이 없기에 가벼운 출혈이 있었으나 대수롭지 않다. 경미하다. 범인으로 짐작되는 어떤 얼굴도 떠오르지 않는다. 그럼에도 메시지의 내용이며 어조 – 빈정거리는 투, 반말 – 며 경멸적 표현으로 미루어 나를 아는 누군가의 응징 – 분명 내 업무나 아버지의 만행과 관련된 – 이리라는 짐작은 든다. 얼굴은 뺨을 제외하고는 파운데이션과 파우더를 칠하면 그럭저럭 봐줄 만하고, 팔과 손목 – 내가 바닥에 못 박힌 채 옴짝달싹 못하도록 놈이 강제로 틀어쥔 부위 – 의 흉한 자국, 즉 팔찌 모양의 시퍼런 멍 자국은 긴소매로 가릴 수 있다. 하지만 하느님이 보우하사, 그게 전부다. 적어도 저 불운한 여자들처럼 한쪽 눈이 완전히 감길 정도로 퉁퉁 부어올랐다거나 이가 깨졌다거나 목발을 짚는 신세로 전락하지는 않았다. 요컨대 적어도 나는 다음 단계의 규모를, 물론 내가 원할 경우에 한해 스스로 결정할 수 있다. 결국 나는 저 불운한 여자들 무리에 합세하지 못했다. 그 기나긴 행렬에 끼어들 수 없었다. 나조차 어디에 갖다 붙여야 할지 모를 꼬리표를 달고 싶지 않았다. 무엇보다 일자리를 잃을 준비가 되어 있지 않았다. 흐트러질 여유가 없다. 에너지를 온전히 일에 집중해야 한다. 오늘날 내가 차지한 자리는 거저 얻은 것이 아니지만, 그럼에도 시대를 휩쓰는 해고의 물결 앞에서 모든 자리는 본질적으로 허망한 것임을 인지해야 한다. 누구도 안전지대에 있지 않다. 무슨 일이든 일어날 수 있다. 어떤 이들은 잠시 잠깐 고개를 돌렸을 뿐인데도 모든 것을 잃는다. 그러니 어쩌겠는가.

엄마가 아버지 문제를 다시 강요했다. 크리스마스 무렵으로 아예 날을 정하고는 아마도 아버지의 정신이 맑아 있을 마지막 날들임을 강조했다. 나는 묵묵부답으로 전화를 끊었다.

집으로 돌아와 현관문을 잠그고, 집 안의 문이란 문과 창문들을 점검한 뒤 침실로 올라갔다. 마르티가 침대로 뛰어올라와 기지개를 켜며 하품을 한다. 집에는 가디언 엔젤 사(社)의 호신용 가스 스프레이 – 1회 발사 때마다 6밀리리터의 내용물을 시속 180킬로미터로 분사한다 – 를 구비했다.

리샤르와는 그가 나와 로베르 방제르로브와의 관계를 알아차리기 전에 헤어졌다. 리샤르에게 불필요한 상처를 주고 싶지 않았다. 추호도 그럴 의도가 없었다. 실은 나의 가장 친한 친구였고 여전히 가장 친한 친구인 안나의 남편과 잠자리를 갖는다는 사실만으로도 이미 부끄러웠다. 하지만 그땐 그것이거나, 권태로 죽어버리거나 둘 중 하나였다. 그것이거나, 목을 매거나. 권태롭던 어느 날 아침, 지극히 평범하고 톱상스럽고 투명한 남자가 조금은 아둔해 보이는 미소를 흘리며 눈앞에 나타나 "뭐가 어때서?"라고 말하자, 마음이 나풀거리며 갈팡질팡하는 수억 개의 작은 세포가 되어 산산이 흩어졌고, 그렇게 그와 한 침대에서 뒹굴게 되었다. 그럭저럭 다정하지만 무미건조하고 배가 나오기 시작한, 이제 어떻게 떼어내야 할지 모르는 백인 남자. 최악의 애인은 아닐지라도, 그게 다인 남자.

그 로베르가 전화를 걸었다.

"안나가 이번 주말에 집을 비워. 그러니까⋯⋯."

나는 그를 제지했다.

"로베르, 나 생리해."

"아, 그래? 어쩐다? 이번 주말이 아니면 내가 며칠간 지방에 가거든."

"알아, 로베르. 하지만 어쩔 수 없어."

"콘돔이 있어도?"

"응, 미안해. 출장은 어땠어? 구두 많이 팔았어?"

"이탈리아 놈들 때문에 이러다 알거지 되겠어. 앞으로 1~2년 안에 결판을 내든가 해야지."

"아니면 혹시 연말에는 돌아와? 난 아직 몰라. 아무것도 확정된 게 없거든."

"그런 때엔 빠져나오기 힘들어."

"그래, 그런 때는 빠져나오기 힘들겠지, 로베르. 괜찮아, 당신 사정 아니까. 알다시피 난 복잡한 여자가 아니잖아."

나는 전화를 끊었다.

우리 관계를 아무도 눈치채지 못하다니, 기적이다. 언젠가 대화 도중에, 안나가 안심하고 살기 위해 외모가 평범한 남자를 선택했다고 이야기한 적이 있다. 나는 가타부타 의견을 덧붙이지 않았다.

로베르와 관계를 끝내더라도 친구로 남고 싶은 바람이 있지만, 솔직히 크게 기대하지는 않는다. 워낙에 그를 잘 알지 못할뿐더러 잠자리를 함께한 것으로도 많은 것을 알게 되지 않았지만, 그가 오직 친구로만 내게 만족할 것 같지는 않다. 그런 느낌이 든다. 리샤르는 로베르와 단순한 친분관계 그 이상을 넘어선 적이 없다. "젠장맞을, 대체 어떤 술수를 부렸기에 안나가 그 작자한테 넘어간 거지?" 리샤르가 정기적으로, 특히 부부 동반 저녁식사 때 안나에게 헛되이 수작을 부리고 나서 집에 돌아오면 제기하던 의문이다.

"그거야 미스터리지, 리샤르. 당신도 잘 알 텐데. 사람들은 왜 함께 사는 걸까? 우리를 봐. 완전히 미스터리잖아, 안 그래?"

그런 식의 공방이 2년 이상 이어지다가 우리는 헤어졌고, 마침내 나는 숨을 쉴 수 있게 되었다. 마침내 혼자가 되었다. 자유. 날로 성질이 고약해지는 남편한테서 해방되었고, 무엇을 하며 세월을 허송하는 건지 모르는 아들한테서 해방되었다. 정작 로베르와의 관계는 별반 족쇄가 아니었다. 실제로 그것은 우리의 부부 생활을 끝내는 기폭제가 되지 못했다.

이 얼마나 경천동지할 발견인가. 오늘날 한 발 물러나 돌이켜보니 고독이야말로 세상에서 가장 아름다운 선물이요, 유일한 안식처라는 생각이 든다.

우리는 좀 더 일찍 헤어졌어야 했다. 기다리지 말았어야 했다. 우리는 서로에게 못 볼 꼴을 보였고, 각자의 바닥을 드러냈다. 상황에 따라 서로에게 저열하고 비루하고 추악하고 초라하고 패악스럽고 변덕맞게 굴었으며, 정녕코 거기서 얻은 것이 하나도 없었다. 리샤르에 의하면 자존감만 잃었을 뿐이고, 나도 동의하는 바다.

누군가를 떠나려면 생각보다 훨씬 많은 용기가 필요하다. 두뇌가 터져버린 좀비라든가 간간이 마주치는 단순한 영혼이 아닌 이상. 아침마다 잠에서 깨어나면 나는 용기를 내지 못했고, 후반에는 거의 신음으로 세월을 보냈다. 마침

내 결단했을 때, 사흘이 걸렸다. 가구며 사진이며 영화며 서류며 식기를 공유한 채 우리가 우리를 서로에게서 떼어내는 데 꼬박 사흘이, 기나긴 사흘 낮과 사흘 밤이 걸렸다.

물론 고성이 오갔고, 약간의 파손도 있었다. 리샤르는 받아들이기 힘들어했다. 내가 최악의 시기를 골라 뒤통수를 쳤다는 것이 이유였다. 익숙한 타령이다. 그는 프로젝트 하나를 사수하는 중이었고, 그에 따르면 그것은 그의 인생을 바꿀 프로젝트, 특히 레오나르도 디카프리오가 열광적으로 주인공에 달려들기만 하면 그를 거장의 반열로 승급시킬 프로젝트였다. 그런데 내가 초를 치며 그의 팔다리를 댕강 잘랐다는 거였다. 귀가 닳도록 일삼아오던 타령.

"또 죄책감 들게 하려고, 리샤르? 이제 그런 거 그만해."

그는 대답 대신 내 뺨을 후려쳤다. 그를 와락 안아주고 싶었다. 나는 말했다. "고마워, 리샤르, 고마워." 택시에서 내렸을 때, 여명이 아직 어슴푸레했다. 나는 도어맨에게 트렁크를 맡기고 입실 수속을 하고 엘리베이터로 인도되었다. 미소가 새어나왔다. 사흘간의 투쟁 끝에 이제 나는 커다란 침대에서 홀로 잠들 터였다. 할렐루야. 나는 뺨을 타고 흐르는 기쁨의 눈물을 닦아냈다. 휴대폰이 수차례 울렸지만 받지 않았다.

오전에 열 명 남짓의 시나리오 작가들과 회의를 했다. 강간당한 여자는 초췌한 안색을 무마하기 위해 다리를 높이

꼬아올리기를 두려워하지 않는 법. 가뜩이나 잠을 설치는 요즘인데 간밤엔 처음으로 소스라치며 깨어나기까지 했다. 이불에 둘둘 말려 꼼짝 못하는 내 몸 위에 한 남자가 누워 있는 꿈. 나는 무시무시한 비명을 쏟아내며 몸을 일으켰고, 정확히 그 순간에 휴대전화의 액정 화면이 환해졌다. 메시지가 도착했다. 가슴이 두방망이질을 쳤다.

배터리가 매우 약해졌습니다.

휴대전화 화면이 다시 어두워졌다. 나는 충전기를 연결했다. 달빛이 나무 이파리 사이를 싸늘한 피처럼 유영하며 정원에서 반짝였다. 새벽 3시. 휴대전화가 다시 환해졌다. 나는 손톱을 물어뜯었다. 기다렸다. 밖에선 부엉이 울음소리가 들렸다. 네트워크를 찾을 수 없다는 메시지. 억눌린 신음이 새나왔다. 호흡이 가빠졌다. 빌어먹을 신기술. 속이 부글거렸다. 정확히 이 시간에 세상에서 몇 대의 휴대전화가 내동댕이쳐지고 있을까? 몇 대의 휴대전화가 벽에 부딪쳐 박살나거나 제트기의 속도로 날아가 창문 밖으로 떨어지고 있을까? 나는 일어나 창문 밖으로 몸을 숙였다. 공기가 쌀쌀했다. 몸이 부르르 떨렸다. 나는 휴대전화를 앞으로 내밀었다. 기적적으로 네트워크가 다시 연결됐다. 문자 메시지가 떴다.

준비해, 미셸.

움찔 놀란 비명이 새어 나왔다. 부엉이가 내게 화답하는 듯했다. 나는 손을 떨며 휴대전화의 키보드를 두드렸다.

그만해요. 누구시죠?

기다렸지만, 아무 답신이 없었다. 다시 잠들기 위해서는 무언가를 삼켜야 했다.

이튿날, 열쇠업자를 불러 보안 장치를 이중으로 강화했다. 내가 침실 문에 금고형 자물쇠를 달게 하자, 열쇠업자가 1층에 경보기를 설치하도록 권했고, 나는 이를 수락했다.

리샤르를 제외한 모두가 대체 무슨 변덕인지 의아해했다. 나는 보험업자가 만연한 범죄에 대비하라며 권했다고 둘러댄 뒤, 화제를 바꿨다.

오후에 경보기를 설치하려고 기사들이 왔다. 둘이었다. 그들이 경보기를 테스트했다. 그들의 존재가 안심이 되는지, 외려 불안한지 헷갈렸다. 나는 맞은편 주택에 사는 부부에게 손짓을 해 보였다. 그들에게 내 존재를 알리고 두 기사에게 증인이 있음을 인지시키기 위함이었다. 어리석은 행동이라는 건 알지만, 어쩔 수 없다. 기사들이 떠났다. 불빛이 반짝이는 사각형의 경보기가 입구에 설치되었다. 색색의 다이 오드 불빛이 번쩍거리는 경보기에 대문 너머 바깥이 보이는 스크린이 부착되어 있다.

경보기 스크린으로 리샤르가 보였다. 나는 문을 열어주었다.

그가 새로운 설비를 살펴더니 내가 두 번째 문자 메시지 얘기를 꺼내기도 전에 잘했다고 호언했다. "잘했어. 아무래도 좀 낫네. 괜찮아? 말짱해진 거야?"

나는 희미하게 어깨를 추어올렸다. 이런 걸 – 그 세세한 것들을 – 남자에게 어떻게 설명한다? 그게 정말 **어떤 건지** 그가 이해할 수 있도록 어떻게 설명하겠는가? 나는 단념한 뒤 냉장고에서 차가운 치킨 구이를 꺼내 함께 들자고 권했다.

그가 말했다. "당신과 조용히 있게 된 김에 할 말이 있어." 순간 몸이 굳기 시작하며 고개가 어깨로 움츠러들었다. 내 안의 무언가가 외쳤다. '아, 안 돼, 제발!' 이 얘기가 어떤 방향으로 흐를 것인지, 우리가 어떤 심연에 발을 들일 것인지 알기 때문이다.

그가 방금 사용한 어조는 내게 익숙한 것이다. 그가 방금 내게 던진 저 은근한 시선과 그 시선을 즉각 감싸는 저 헤벌쭉한 미소를 나는 잘 안다. 리샤르는 자기 안에 발현될 때만을 기다리는 배우가 – 그에 따르면 로버트 드 니로 타입의 – 잠재해 있다고 오랫동안 믿었고, 1년 과정의 배우 수업까지 받았다. 그리고 지금 내가 보는 것이 그 결과다.

그가 식탁에서 한 발 물러나더니 무릎에 깍지 낀 두 손을 올려놓은 채 고개를 푹 숙이며 몸을 둘로 굽혔다.

　"이번에야말로 미셸, 내가 정말이지 탄탄한 뭔가를 보여줄게. 믿어줘. 말이야 바른 말이지, 사실 이제껏 당신이 내 시나리오를 퇴짜놓은 건 두말할 것도 없이 정당해. 당신이 옳았고, 내가 틀렸어. 내가 한 발 물러나서 보질 못했어. 오만으로 똘똘 뭉쳐 과오를 범했지. 우리 그때 일은 잊자고. 다 지난 일이야. 하지만 당신 덕분에 내 약점을 깨닫게 됐고, 나도 더 이상 확신이 없어서 오랫동안 포기했던 이 작업에 다시 손댈 수 있었어. 당연히 당신의 조언을 되새기면서. 이번엔 실망하지 않을 거야. 내가 조금의 과장도 없이 그야말로 사력을 다했거든."

　리샤르가 몸을 기울인 채 장광설을 끝낸 뒤 식탁 밑에서 비닐 봉투를 꺼냈다. 그 안엔 그가 새로 쓴 시나리오가 들어 있을 터.

　안나의 의견은 별 볼 일 없다는 것이었고, 나도 같은 생각이었다. 리샤르는 좋은 시나리오 작가가 아니다. 그가 영화를 멸시하기 때문이다. 마찬가지로 그는 텔레비전도 멸시했지만, 텔레비전 쪽에서도 그를 크게 대우한 적이 없다. 그 쪽에서도 그를 인정한다거나, 부와 명예를 제공한 적이 없다. 내가 그가 영화를 멸시한다고 말하는 이유는 그가 모든 것에 앞서 자신을 먼저 생각하기 때문이다. 희생이 바탕이 되지 않은 창작물이란 부질없다. 안나도 동의했다. 우리는 흠잡을 데 없는 올바른 샌드위치를 파는 시내 식당의 바에서 선 채로 끼니를 때웠다.

이 일이 내게 어떤 부담인지 잘 아는 바, 안나는 자기가 처리하겠다고 나섰다. 나는 감사를 표한 뒤 사양했다. 무엇보다 이것은 나와 리샤르 간의 문제다. 그에게 내 도리는 해야 한다. 내가 직접 진실을 밝혀야 한다. 우리를 기다리고 있는 숙제의 엄청남에 절로 고개가 설설거려졌다. 그 지난한 파탄과 봉합의 과정에.

과연 이번엔 어떻게 받아들이려나? 그가 우리를 다시 이 길로 이끈 것이, 이미 겪을 대로 겪었기에 그 혹독함과 고통을 익히 아는 상황 속으로 우리를 다시 끌어들인 것이 몹시 원망스럽다. 내게는 그때가 인생에서 가장 힘겨운 시기였다.

어떻게 우리에게 이걸 다시 겪게 할 수 있는 것인지? 어떻게 채 봉합되지도 않은 상처를 다시 열 수 있는 것인지? 그에게 저주가 내리기를. 정녕코 독한 저주가. 겉보기엔 정신이 멀쩡한 것 같고 그렇기에 첫 문장을 끝내기도 전에 스스로 졸작임을 인지할 수도 있을 것 같건만, 자기의 작업이 가치 있다고 굳게 믿는 저런 인간들은 대체 머리에 어떤 벼락을 맞은 것일까? 대체 어떤 두터운 진흙으로 눈이 감긴 것일까? 어떤 맹목성이 두뇌를 마비시킨 것일까? 뇌의 어떤 기능이 장애를 일으킨 걸까? 리샤르에게 집에 들르라고 연락했다. 그가 도착하기 한 시간 전에 회사에서 가져온 일을 중단하고는, 긴장을 풀며 휴식을 취했다. 정원에서 낙엽을 긁어 모으는가 하면 장미나무를 묶어주면서. 마지막으로 숨쉬기 운동을 했다.

리샤르가 도착했다. 나는 결과를 통보했다. 순간 그가 폭발하는 줄 알았으나 실은 넋이 나간 거였다. 그가 가장 가까운 의자 쪽으로 걸음을 옮기며 탄식을 내뱉었다.

"후아!"

"리샤르, 이건 작품의 퀄리티 문제가 아니야. 와인을 줄까, 아니면 더 독한 걸로?"

"퀄리티 때문이 아니면 뭐가 문젠데? 거, 알고 싶네."

"알면서. 이건 산업이야. 그들의 취향은 특정하다고. 당신도 나도 할 수 있는 게 없어. 그들의 맘에 들려면 그들이 정한 틀에 정확히 들어맞아야 해. 그런데 당신은 절대 변하지 않을 거야. 게다가 그건 작가로서 명예로운 것이기도 하고. 진? 샴페인?"

"당신 생각엔 지금이 샴페인을 마실 계제인 거 같아? 뭐 축하할 일이라도 있어? 당신이 나를 위해 암사자처럼 용맹스럽게 싸워준 게 느껴지는군."

"당신 시나리오는 그들이 찾고 있는 것에 부합하지 않았어. 나는 그걸 잘 안다는 이유로 고용된 사람이고. 다른 제작사에서는 관심을 보일 수도 있어. 고몽에 가봐. 요즘 신선

한 걸 찾는 거 같더라. 이 시대에는 변하거나 사라지거나, 둘 중 하나야."

"노력은 해봤어? 내 시나리오를 옹호하긴 한 거야? 뭔가 하긴 했냐고?"

나는 대답 대신 진토닉 잔을 건넸다. 그가 일어나더니 말없이 휙 출구로 가버렸다.

벵상이 쏙 빼닮은 고약한 성미. 놀라울 따름이다.

셋이 함께 살던 시절, 두 남자가 나를 미치게 만들었고, 나는 조용히 있을 수 있는 공간을 확보하기 위해 꼭대기 층을 정비해야 했다. 비용은 내가 부담했다. 당시 리샤르는 나보다 수입이 월등히 높았음에도, 내 이기심을 충족시키는 일 따위에는 단돈 1유로라도 들이기를 거부했다. 당시 그는 당신의 까탈, 당신의 변덕, 당신의 연극 등등을 주워섬기는 정도였는데, 이후로 변했다. 목소리 톤이 가차 없이 높아졌고, 그때마다 나는 커다란 집게로 양 옆구리를 옥죄는 듯한 기분을 느껴야 했다. 지금 그 모든 것을 곱절로 지불하는 기분, 그때의 메아리를 다시 듣는 기분.

잠시 후 이번엔 상대가 벵상이다. 창밖으로 폭우가 몰아쳤다. 하늘이 돌연 어둑해지더니 빗줄기가 떨어지기 시작했다. 날씨가 대번에 서늘해졌다. 대기에 식물 썩은 냄새가 희미하게 감돌았다. 벵상이 맥도날드에 취직되었음을 알렸다. 계약서에 사인할 때 가불 신청이 수락되기를 기대한다며. 벵상은 자동차 안이다. 지금 들리는 것은 굵은 빗방울이 기관총처럼 차 지붕을 때리는 소리라는 해명이 이어졌지만, 내겐 아무 소리도 들리지 않았다. 벵상이 보증을 서준 것에 다시 한 번 감사를 표하며, 내가 멋진 엄마이고 조지도 고마워한다는 말을 덧붙였다.

나는 벵상이 잠시 침묵한 틈을 타서 물었다. "그러니까 직장에 처음 들어가자마자 월급을 **가불**하겠다는 거니? 벵상? 그런 뜻이야?"

11월 말 무렵에 벽난로를 개시한 터였다. 나는 장작 몇 개를 안으로 들여오며 부쩍 늙은 기분과 피로감을 느꼈다. 리샤르의 반응 ─ 사람을 철저히 무시하는 그 행동, 삐죽거리는 그 입술 ─ 만으로도 저녁 시간을 망치기에 충분하던 차에, 빗방울과 첫 월세 마련에 고초를 겪는 벵상까지 가세하니 더는 버틸 힘이 없었다. 나는 흐느끼기 시작했다.

마르티가 저쪽에 있다. 내가 강간당하던 때 저 고양이는 내게서 불과 몇 미터 떨어진 곳에 앉아 있었다. 마르티는 내 침대에서 자고, 나와 함께 식사한다. 내가 욕실에 가든 화장실에 가든 남자와 침대에 있든, 나를 졸졸 따라다닌다. 마르티가 동작을 멈추더니 나를 바라본다. 내가 비명을 지르지도 땅바닥에 구르지도 않는 걸 확인하자, 다시 자기 앞발에 관심을 기울이더니 한참 동안 빨아댄다. 나는 고개를 돌렸다.

다음날 리샤르가 전화를 걸었다. "당신한테 기막히게

어울리는 그 쌍년 캐릭터는 죽어라고 노력해서 얻은 결과물이야, 아니면 워낙에 타고나길 그 모양인 거야?"

이런 수순의 무언가를 예상했었다. 원한, 고통, 분노, 졸렬한 작태. 리샤르의 작품이 아무짝에도 쓸모없다고 생각하진 않는다. 하지만 그 프로젝트에 수억을 쏟아부을 사람은 아무도 없을 것이고, 그 부분에 관한 한 나도 아무런 권한이 없다.

"장난해? 어디서 그런 소리를 지껄여? 지랄 마. 당신이 어떻게 안다고?"

그의 목소리가 억제된 분노로 떨렸다. 당연히, 다른 길이란 없다. 바로 그렇기에 나는 어쨌거나 우리를 다시 한 번 기진맥진하게 만들 지옥 열차를 작동시킨 그가 원망스럽다.

"나한테 시비를 건다고 당신 시나리오가 좋아지진 않아, 리샤르."

몇 초간의 침묵이 흐르는 동안 나는 침을 삼켰다. 이윽고 전화기 너머로 과장된 코웃음이 들려왔다. 하지만 사실은 그는 얼굴을 일그러뜨린 채 가슴속에 번지는 깊은 고통을 감당하고 있으리라.

내가 그의 시나리오에 뜨거운 마음이 아니라는 것을 이렇게 시원하게 인정하기는 근 이십 년 동안 이번이 처음이다. 늘 요령껏 피하며 결코 정면으로 다루지 않던 주제였다. 잘못 건드렸다가는 관계가 뿌리째 흔들릴 수 있다고 여겼기 때문이다. 마치 뱃밥 같은 주제라고 할까. 그 사실은 여전히 유효하지만, 이제 와서 우리가 잃지 않은 무엇을 또 잃을 수 있다는 말인가?

전 시대를 아우르는 최고의 시나리오 작가가 아니라고 여겨도 한 남자를 사랑할 수 있다. 얼마나 숱하게 고심하여 이 의도를 그에게 전달했던가? 그의 의식을 내 방식으로 전환시키기 위해 동원하지 않은 방법이 무엇이던가? 내가 성공하지 못하리라는 걸, 그가 내 비판을 진정으로 받아들이는 일은 결단코 없으리라는 걸 깨닫기 전의 일이었다. 그의 작업이 감탄스럽지 않을 때면 그의 남자다움에 의문이 일곤 했다. 그런 것이 잘 느껴졌다. 하지만 그에 대한 나의 애착이 결국은 적응하게 되는 절반의 거짓말과 절반의 진실 속에서 우리의 관계를 유지할 정도로, 회복 불가능한 선을 넘지 않을 정도로 충분했다.

난생처음 한 남자에게 애착을 가졌고, 그의 보호를 받고 싶었다. 이보다 더 간단할 수 있을까? 엄마와 나, 우리는 대가를 치렀다. 리샤르가 우리를 지켜주겠노라고, 정상적인 삶을 새롭게 살게 해주겠노라고 약속했다. 그의 외모도 마음에 들었던 만큼 심사숙고해볼 만한 제안이 아니었겠는가?

그가 말했다.

"드디어! 오래도 걸렸네. 당신도 살면서 한 번쯤 용기라는 걸 냈군. 축하해."

"문자를 또 받았어."

"뭐?"

"나를 강간한 놈한테 또 문자를 받았다고."

"뭐야, 설마, 장난이야? 아니, **뭘** 받아?"

"귀먹었어, 리샤르?"

삼십 년 동안 아버지 얼굴을 본 적이 없다. 목소리를 들은 적도. 그럼에도 그는 엄마를 통해 자기가 찍힌 폴라로이드 사진 한 장을 내게 보냈다. 엄마가 사진을 카페의 탁자에 올려놓았다. 나는 몸을 숙여 사진을 들여다보았다. 얼굴을 알아보기가 쉽지 않았다. 게다가 사진도 흐릿했다. 나는 몸을 일으키며 어깨를 추어올렸다. 엄마가 소감을 기대하며 나를 바라보았지만 아무 할 말이 없었다.

엄마가 말했다.

"네 아버지 비쩍 곯은 것 좀 봐라. 그동안 내가 말은 하지 않았지만."

"그럼 강제로라도 밥을 먹이면 되죠. 교도관들이 일을 똑바로 하면 될 거 아니에요?"

우리는 센 강을 향해 난 테라스에 앉아 있다. 전날 내린 비로 낙엽이 부쩍 쌓였다. 헐벗은 밤나무 가지 사이로 검은 새둥지가 버려진 듯 듬성듬성 매달려 있다. 그럼에도 날이 맑았다. 바쁜 와중에 식사 시간을 틈타 엄마를 만났다. 식사가 끝나는 대로 도시의 반대편 끝으로 가서 시사회에 참석해야 한다. 안나가 먼저 가서 기다리고 있다.

나는 닭 모래집 샐러드를 엄마는 트루아 소시지를 주문했고, 음료는 바두아 탄산수를 나눠 마셨다. "시간 낭비하지 말아요, 엄마. 난 안 가니까." 코끝이 시렸다. 날은 맑았지만 기온이 급격히 떨어졌다.

"아버지도 이젠 늙었어. 그래도 네가 딸이잖아."

"나랑 아무 상관없어요. 딸인 게 뭐요, 그래서 뭘 어떡하라고요. 더는 아무 의미 없어요."

"단 1분만이라도 네 손 한 번 잡게 해줘. 그거면 충분해. 말도 안 해도 돼. 네 아버지 지금 하루하루 쪼그라들고 있다고."

"공연히 힘 빼지 말아요. 자, 식사나 하세요."

이제 와서 그 사람의 말년을 둥글리려는 엄마의 의지를 이해할 수 없다. 오열하던 모든 가족들, 분노하던 모든 가족들을 잊었단 말인가? 그 사람 때문에, 그 사람이 저지른 짓 때문에 수년 동안 우리가 감내해야 했던 모든 것을 머릿속에서 싹 지워버리기라도 한 것일까?

"나는 관용이란 걸 배우게 됐단다, 미셸."

"아, 그거였어요? 네, 나도 들어본 적이 있죠. 좋은 말 같더라고요. 그래서 만족해요? 엄마가 부럽네요, 어떻게 그렇게 기억력이 거지 같을 수 있는지. 다른 표현을 못 찾겠네. 네, 거지 같아요. 미치게 **거지 같아요**."

안나에게 합류했을 때도 여전히 분노가 가라앉지 않았다.

"우리는 그 사람 때문에 지옥을 겪었어. 자기도 알잖아, 안 그래? 그런데 엄마가 자기 맘대로 이젠 과거를 단번에 지워야 할 때라네, 마술봉이라도 휘두른 듯. 참, 나 기막혀서! 기가 막혀, 안 그래? 혹시 이 노인네 돌아버린 거 아닐까?" 안나가 추잉검 통을 건넸고, 나는 한 개를 집었다. 씹는 행위에는 진정 효과가 있다. 내심으로는 엄마를 가둬버리고 싶었다. 원하면 그 사람과 함께, 엄마가 진심으로 그러고 싶다면. 바이 바이, 엄마. 우리의 길이 거기서 갈리기를. 그러기를 꿈꾼다. 부끄러운 생각이지만 그러기를 꿈꾼다.

엄마의 문란한 삶 – 엄마가 아버지를 상대로 벌이는 고결한 영혼 역할과는 대조적인 – 만도 이미 적잖이 신경에 거슬리던 터다. 나를 더는 자극하지 말아야 할 것이다. 엄마가 나를 압박하여 최후의 대면을 성사시킬 수 있으리라 여긴다면 오산이다. 엄마는 자신의 힘을 과대평가하고 있다.

아버지가 체포되었을 때, 내가 정신없이 빠져 있던 당시의 연인이 내 얼굴에 침을 뱉었다. 그런 식으로 마음의 상처를 입을 수 있으리라고는 생각지도 못했다.

해거름이 되어 집에 돌아왔다. 이제 나는 호신용 가스 스프레이와 군용 손전등 없이는 차에서 내리지 않는다. 무기상이 미소 띤 얼굴로 손전등의 스위치를 철컥거리며 자랑한 바로는 크기와 중량감만으로 적을 확실하게 제압하는 물건이다. 나는 차고에서 대문까지 50여 미터의 길 얼마쯤을 잰 걸음으로 뒷걸음쳐 이동했다. 맞은편에 사는 부부가 손짓으로 인사를 보냈고, 그중 한 명이 별일 없으시냐고 물었다. 나는 고개를 세차게 주억거렸다.

까만 자동차 한 대가 집 근처에 은밀하게 주차되어 있다. 나무에 아직까지 끈질기게 붙어 있는 무성한 이파리들로 반쯤 가려졌다. 이틀 연속이다. 어제는 감히 용기를 내지 못하고 갈팡질팡했다. 오늘은, 준비되었다. 좀 전에 자동차가 주차되었을 때 해가 완전히 떨어졌고 나는 쌀을 헹구느라 창문 앞에 있었다. 나는 몸을 일으켰다.

차 안의 아무것도 식별되지 않을 만큼 사위가 어둡다. 달도 하늘 높이 드리워진 구름의 베일에 가려 한 귀퉁이만 모습을 드러낸 채 가늘고 파리한 빛만을 내뿜고 있다. 차종도 가려낼 수 없을 정도다. 하지만 운전석에 사람이 있다는 것은, 그의 신경이 내게 향하고 있다는 것은, 그가 맹렬히 나를 주시하고 있다는 것은 알 수 있다.

마음이 차분해진다. 나는 정신을 집중한 채, 긴장의 끈을 놓지 않고 있다. 두렵지 않다. 그동안 수차례 경험을 통해 더는 물러설 수 없을 때 두려움도 사라진다는 것을 깨닫게 되었다. 지금 내가 그 상황이다. 나는 결연하다. 기다리고 있다. 그가 내게 오기를. 나는 어둠 속에 자리 잡은 채 그가 차에서 내리기를 기다렸다. 그를 맞을 준비가 됐다. 가스 세례로 대가를 치르게 할 준비가. 밤 10시가 채 되지 않은 시각이건만, 해가 떨어진 11월의 거리에는 더는 인적이 없다. 따라서 그에게 거칠 것이란 없다. 순간 나는 어안이 벙벙해졌다. 차 안에서 시가 라이터가 번쩍이는 것이 보였다. "말도 안 돼!" 문자 그대로 기함을 할 노릇이다.

11시. 그가 세 번째 담배에 불을 붙였다. 나는 분노의 고함을 애써 삼켰다. 더 이상 참는 것은 불가능하다. 나는 일체의 조심성이나 안전 수칙을 잊은 채, 그가 오지 않으니 내가 가리라 마음먹었다. 발끝으로 쪼그리고 앉아 문을 반쯤 열고는 입술을 깨물며 밖으로 빠져나간 뒤, 배후에서 기습하기 위해 집 뒤로 우회하여 달려갔다. 악다문 입술에 호흡은 가빴고 두 다리는 떨렸으며, 손전등과 스프레이와 끝장을 보고야 말리라는 억누를 길 없는 욕망으로 무장한 채였다.

놈에 대한 기억은 이제 희미한 아릿함과 엷어져가는 몇 군데의 멍 자국뿐이다. 하지만 중요한 건 육체적 파장이 아니라 – 다시 한 번 얘기하지만 문제를 오직 삽입에 국한하면 그보다 좋지 않은 경험들도 있었다 – **정신적** 파장이다. 핵심은 그가 나를 **강제로** 덮쳤다는 것이고, 그 순간 내 팔이 자유롭지 못했다는 것이다.

그의 수법을 본떠 기습 효과를 노려야 한다. 그가 나를 바닥에 찍어눌렀을 때 나는 여전히 충격에서 헤어 나오지 못한 채 어리둥절했다. 그가 내 팬티를 찢을 때에도 심장 박동이 여전히 정상으로 돌아오지 않았고, 그가 내 안으로 들어와 나를 소유할 때도 내게 무슨 일이 닥친 건지 여전히 이해하지 못했다.

나는 심호흡을 하며 에너지를 끌어모았다. 고요 속에서 입술을 깨물며 돌아갈까 망설였다. 다음 순간, 내 팔과 군용 손전등이 똑같은 반원을 그리는가 싶더니 까만 자동차의 조수석 유리창이 둔탁한 폭발음을 내며 산산조각 났다.

비명 소리가 들렸지만 나는 이미 차 안으로 팔을 뻗어 스프레이를 분사하고 있었다. 잠시 잠깐, 실제 오르가슴에 가까운 전율이 느껴졌다. 운전석에서 경련을 일으키는 형체를 향해 스프레이 한 통을 다 비우도록 나는 저 불쌍한 리샤르를 알아보지 못했다. 실신 일보 직전의 리샤르가 가까스로 조수석 문을 열더니 신음을 흘리며 도로에 거꾸러졌다.

우리의 서걱거리는 관계에도 불구하고 리샤르가 한편으로는 나의 안전을 염려하는 남자이기도 하다는 걸 잊고 있었다. 비록 필요한 절차였을지라도 시나리오 건으로 그에게 상처를 준 것이 후회스러웠다. 그의 눈은 차마 눈 뜨고 볼 수 없을 만큼 처참했다. 벌겋게 충혈된 눈자위를 중심으로 눈가가 온통 두두룩하게 부어오르고 울긋불긋했다. 운전을 할 수 없는 상태였기에 나는 그를 집까지 데려다주었다.

리샤르에게 여자가 있다. 이번 기회에 내가 알게 된 사실이다. 내가 창문을 깨뜨린 자동차는 그 여자 소유였다.

질투가 느껴지지 않는 것은 아니다. 리샤르와 헤어진 지 거의 3년이 되어가고, 나는 그가 가능한 한 이혼의 시련을 덜 고통스럽게 받아들이도록 곧바로 그의 주변에 여자들을 배치하기도 했다. 그러니 질투하지는 않지만, 그렇다고 무덤 덤한 건 아니다. 이쪽 세계는 여자들이 넘쳐난다. 이 계통이 여자들을 끌어들인다. 그중 두세 편의 성공작으로 이쪽에 인맥이 있으면서도 풍채가 괜찮은 시나리오 작가라면 관심을 기울일 만하다고 여기는 여자들이란 어렵지 않게 찾을 수 있다. 나는 권모술수에 능하여 남자를 뼈째 삼킬 수 있는 지나치게 영리한 여자들은 피했다. 젖가슴이 너무 큰 여자들, 셔우드 앤더슨이나 버지니아 울프를 읽는 바 리샤르쯤 간단히 주무를 수 있는 여자들도 경계했다.

엘렌느 자카리앙. 나는 이 여자 이름으로 손해보상 서약서를 작성했다.

리샤르가 말했다.

"그냥 친구야. 애인이 아니라."

"난 아무것도 묻지 않았어."

서약서에 서명한 뒤 그것을 글러브 박스에 넣는 나를 리샤르가 눈물이 번진 울긋불긋한 눈으로 바라보았다. 측은했다. 나는 그에게 미소를 지어 보였다. 콜택시가 오기를 기다리는 동안, 잠깐 아파트로 올라갔다. 리샤르가 여러 장의 티슈를 찬물에 적셔 꾹꾹 눌러서 습포지를 만드는 사이 집

안을 휘 둘러보았다. 여성의 존재를 드러내는 옷가지 하나, 물건 하나 보이지 않았음에도 이곳에 여자가 살고 있다는 것이, 적어도 이곳에서 일정한 시간을 보내고 있다는 것이 느껴졌다. 나아가 불과 몇 시간 전만 해도 그녀가 이곳에 있었으리라는 것이.

아버지의 새 애인 소식을 내게 전해야 마땅했을 벵상한테서 좀 더 많은 얘기를 들었다. 벵상은 과장되게 놀란 척을 했다. 여태 몰랐어요? 어떻게 그럴 수 있죠? 불과 5분 전만 해도 녀석은 남색 바지에 노란색 셔츠를 걸치고 맥도날드 글자가 실로 수놓인 빨간색 모자를 쓰고 있었다. 나는 폐허 속의 떠돌이처럼 식탁을 쓱쓱 훔치는가 하면 쟁반들을 쌓고 있는 벵상을 길가에서 창문 너머로 관찰하다가 고개를 돌려버렸다. 찬바람이 보이지 않는 불길처럼 스멀스멀 불어왔다.

작가 한 명을 만나고 온 참이다. 그는 재빨리 잇속을 따져본 뒤 자기의 소설을 영화화하기 위해 직접 각색하는 것을 수락했다. 흥미로운 작가인지라 관심권에 두기로 마음먹었다.

벵상의 말을 믿자면, 두 사람이 사귄 지 몇 주 되지 않았고 여자가 리샤르보다 한참 어리다.

"왜 아빠가 엄마한테 말하지 않은 건지 모르겠네요."

이상하면서도 알 만하다. 물론 벵상도 그렇게 느낄 것이다.

엘렌느 자카리앙과 나는 두 개 층을 사이에 두고 있다.

그녀는 32층 헥사곤 프로덕션에서 일하고, AV 프로덕션은 30층에 있다. 벵상은 한 건물에 있으니 둘이서 언제 같이 식사를 할 수도 있겠다는 생각이다. 웃음도 나지 않는 얘기다.

조지는 어떠니? 잘 지내요. 조지는 몸집이 어마어마하다. 30킬로그램, 아니 그보다 더 불었을 수도 있다. 노상 텔레비전 앞에 누워 손끝 하나 까딱하려 들지 않는다고 한다. 나는 벵상의 팔을 붙들며 네 아이가 확실하냐고 물었다. 벵상이 경멸 어린 시선으로 더러운 것이라도 되는 양 내 손을 밀어냈다. 배은망덕한 놈, 내가 뱃속에서 머리부터 발끝까지 요소요소 빚어 무(無)에서 창조했건만!

뜻밖에 자식에게 배척당한 것에 다소 노여움이 든다. 리샤르가 새 살림을 차릴 가능성이 열렸다는 것도 조금은 당혹스럽다.

아, 그리하여 오늘은 더는 아무 의욕이 나지 않는다. 나는 안나한테 위안 받으려 했으나, 로베르가 돌아왔다는 소식에 안나의 저녁 초대를 거절했다. 그간 우리가 관계를 들키지 않기 위해, 또한 로베르에 따르면 우리의 관계를 보다 '짜릿하게' 만들기 위해 안나 앞에서 정기적으로 벌였던 그 불건전한 연극이 이젠 내게 차라리 고문이다.

밤이 찾아왔다. 나는 잠시 시나리오를 훑다가 영화를 보려 했지만 이마저도 포기했다. 도무지 집중이 되지 않았다. 밖으로 나가 담배를 태웠다. 현관 가까이에서 가디언 엔젤을 손에 꼭 쥔 채. 12월이다. 처음으로 이제 쌀쌀한 정도가 아니라 으슬으슬하다는 생각이 들었다. 밤이 칠흑같이 어둡고, 하늘은 구름 한 점 없이 맑게 개었으며, 철사처럼 가느다란 초승달은 어슴푸레하다. 늦은 시각이다. 고요한 어둠에 잠긴 사위가 사뭇 위협적이다. 그럼에도 이 위협은 유혹적이다. 우리 안의 가장 깊숙한 곳을 자극하고 각성시킨다. 아무래도 내가 머리가 어떻게 된 것 같다. 놈이 저기 어딘가, 있었으면 좋겠다. 어둠 속에 숨어 있다가 불쑥 튀어나왔으면 좋겠다. 놈과 치고받으며 싸움을 벌이고 싶다. 사력을 다해 겨뤄보고 싶다. 발길질이며 주먹질에 물어뜯기도 하다가 머리털을 잡아 질질 끌고 와서 발가벗긴 채로 내 창문 끝에 매달아두고 싶다. 맙소사, 내가 왜 이런 끔찍한 생각을 하는 것인지?

내가 합리적인 여자였던들, 진즉에 엄마의 아파트 월세 지불을 중단하고서 엄마와 함께 살았을 것이다. 볼썽사나운 외모에 눈매는 교활할지언정 유용한 조언을 아끼지 않는 내 회계사가 미래를 보다 신중하게 바라볼 필요가 있다고 귀띔했다. 내게 이렌느의 아파트 월세 문제를 지적한 것도 그다. 고민하나 마나 합리적인 여자라면 응당 회계사의 조언에 따라야겠지만, 결론은 여기에 이성의 자리란 없다는 것이다. 얘기인즉슨 간단하다. 나는 더는 엄마와 함께 살 힘이 없다. 그럴 애정도, 인내심도, 의욕도 더는 남아 있지 않다. 고개가 설설 저어진다. 이제부터는 아무것도 쉽지 않을 것이다. 호사롭던 시절은 과거가 되었으며, 우리는 우리 몫의 꿀을 남김없이 빨았고, 이제는 절제하며 소비를 줄이고 절약하는 생활만이 남았다는 자각이 든다. 어쩌면 경우에 따라서는 끊임없는 불안과 짜증 속에서 산 것도 죽은 것도 아닌 것처럼 사느니 죽는 것이 나을 수도 있다. 일단 회계사에게는 고민해보겠노라고 대답했다.

전날의 일을 곱씹으며 악몽 같은 밤을 보냈다. 리샤르가 여자를 만난 것과 로베르가 돌아온 것, 벵상과 조지 커플의 부조리한 조합, 나와 엄마의 염증 나는 관계, 강간범을 떠올릴 때마다 그려지는 소름 끼치는 형상 등을 되새김질했다. 한 움큼의 약으로도 해결되지 않는 끔찍하고 혹독한 밤이었다. 그랬기에 오늘 아침만큼은 경기가 사상 최악이며, 유럽의 재건이 불확실한 데다 미래가 암울하기 짝이 없다는 것을 알리러 온 회계사의 방문과는 다른 식으로 시작하고 싶었다. 그런데 그것으로 끝이 아니었다. 로베르가 내가 아스피린을 채 삼키기도 전에 내 사무실로 스리슬쩍 들어오더니 손가락을 입에 갖다 대며 조심조심 문을 닫았다. "미안해, 로베르, 오늘은 내가……" 오늘은 내가 일에 치여 곤란하다고 설명하려던 참이었는데, 그가 눈 깜짝할 사이에 달려들어 내 입술을 덮쳤다. 혹시나 그를 괜찮은 애인이었다고 말할 수 있다면, 고백건대 그의 축축한 키스, 즉 조급한 청소년의 감성으로 자기의 혀를 내 입안에 박아 넣는 이 방식에는 도무지 취미가 붙지 않는다. 내가 가까스로 그의 입술을 떼어내자 그가 바지 지퍼를 열더니 내게 만져도 된다고 말했다. 나는 대답했다. "그럼 밑에 휴지통 갖다 대."

오전 시간의 끝자락 무렵, 한 케이블 방송의 프로그램 디렉터 – 지난달까지 로레알의 간부였고, 〈매드맨1〉이 정신병원에 관한 다큐멘터리인 줄 아는 – 와 진저리 나는 회의를 마치고 잠깐 시간이 남은 김에, 조사차 헥사곤 프로덕션을 방문했다.

과연 엘렌느 자카리앙과 내가 두 층 상관으로 한 건물에서 근무하고 있었다. 안내 데스크를 맡은 생기 넘치는 눈빛의 매력적인 갈색 머리 아가씨. 그러고 보니 엘리베이터에서 이미 몇 차례 마주친 것도 같다. 걱정 좀 해야겠다는 생각이 들었다.

"난 리샤르의 엑스예요."

나는 불투명한 유리 데스크 너머로 한 손을 내밀면서 말했다. 할 수 있는 한 가장 밝은 표정을 지으려고 애쓰며 소탈한 미소를 지었다. 그녀가 따뜻하게 내 손을 잡아 흔들며 대답했다.

"아, 반가워요. 이렇게 뵙다니 기쁘네요."

---

1 2007년부터 2015년까지 방영된 시즌제 미국 드라마. 1960년대 초 뉴욕을 배경으로, 성공한 광고 제작자의 일과 권력을 위한 암투 및 사랑을 그렸다.

나는 말했다.

"한 번 날 잡아서 제대로 만나요. 이제 적어도 리샤르가 우리를 소개하는 수고는 덜었네요."

"그럼요…… 물론이에요. 편하실 때 언제든지요."

"다음 주 어때요? 자세한 일시는 리샤르와 정할게요. 제가 알아서 할 테니 당신은 아무것도 신경 쓰지 마세요."

나는 계단으로 내려갔다. 그녀의 시선을 받으며 복도에서 엘리베이터를 기다리고 싶지 않았다. 내가 퇴각하는 동안 구두굽이 비상계단의 시멘트 바닥에서 신경을 찌르는 또각또각 소리를 냈다.

진실을 말하자. 나는 그녀보다 열다섯 살이나 많고, 그녀는 생각보다 훨씬 괜찮다.

엄마가 이사를 거부한 내내 우리는 세상의 온갖 냉대와 박해를 감내해야 했다. 나는 스무 살이 넘었을 때 리샤르를 만났다. 당시 아버지는 5년 전부터 격리 중이었고, 바닷가의 여름방학 캠프에서 일흔 명 남짓의 아이들을 사살했다고 하여 '아키텐 지역의 괴물'로 선정되었다. 리샤르는 내 젊은 날의 수호천사였을 뿐만 아니라 이렌느를 제외한, 내 젊은 날의 유일한 증인이기도 하다. 또한 지금 우리 관계가 어떤 형태든 내 삶을 바꿔놓았고, 엄마와 나, 우리를 구해준 사람이다. 불현듯 모든 것이 사라질까봐 두려웠다.

처음으로 리샤르를 잃을지도 모른다는 생각이 들었다.

타격이었다. 안나가 내 어깨를 꼭 끌어안더니 이마에 키스하고는, 크로크무슈 샌드위치 두 개와 아브뤼즈 지방 올리브오일 드레싱 샐러드 두 접시, 그리고 생수를 주문했다.

이어서 극장에 갔고, 함께 우리 집으로 왔다. 안나가 집에 들어가기 전에 마지막으로 문 앞에서 담배를 피우고 싶어 했다. 우리는 옷깃을 세우고 장갑을 낀 채로 담배를 태웠다. 내가 덕분에 음울한 저녁에서 벗어날 수 있었다고 말하자 안나가 대답했다. "다행이네. 나도 다음에 부탁해." 나는 고개를 들어 하늘을 바라보았다. 이번엔 별이 총총했다. "나 강간당했어, 안나. 2주 전쯤에."

나는 밤하늘에서 눈을 떼지 않은 채 안나의 반응을 기다렸으나 감감무소식이었다. 마치 죽어버리기라도 했거나 갑자기 귀머거리가 되었거나, 아니면 내 말을 듣고 있지 않았던 듯. "내 말 들었어?" 안나의 손이 내 팔을 움켜쥐는가 싶더니 안나가 사색이 된 얼굴로 나를 멍하니 바라보았다. 이윽고 화석처럼 굳어 있던 안나가 나를 부둥켜안았다. 우리는 그렇게 한참 동안 꼼짝도 하지 않았다. 죽음 같은 침묵 속에서. 완전히 넋이 나간 채. 목 언저리에서 안나의 숨결이 느껴졌다.

우리는 집으로 들어가 소파에 외투를 벗어 던졌다. 나는 벽난로에 불을 지폈다. 우리는 다시 한 번 말없이 서로를 바라보았다. 한참 만에 호흡을 되찾은 안나는 내게 괜찮은지 묻지 않았다. 알고 있으니까. 당연히. 이어서 그토록 오래 끌고 나서야 자기한테 털어놓은 것을 책망했다. 나는 뭐가 뭔지 갈피를 잡을 수 없었고, 처음에는 이 일을 묻어둘 생각이 었노라고 해명했다. "아, 그게 그렇게 단순한 문제가 아니었어. 실제로 고통스럽지도 않았고. 아니 할 말로 〈아메리칸 사이코〉의 패트릭 베이트먼한테 당한 것도 아니잖아. 안 그래? 그냥 두 눈 질끈 감고 아무한테도 얘기하지 않을 수 있었어. 그러는 편이 쉬웠거든. 뭘 어찌해야 좋을지 몰랐으니까."

"아무리 그래도 그런 엄청난 일을 숨기다니. 기막혀."

"리샤르를 제외하고 이 얘기는 자기가 처음이야."

"리샤르한테도 얘기한 걸 나한테 안 했다고? 대체 왜? 어디, 이유나 들어보자!"

나는 안나 곁에 앉았고, 우리는 요란한 소리와 함께 연통까지 치솟으며 커져가는 벽난로의 불길을 바라보았다. 시간이 흐를수록 로베르의 수작을 물리치지 못하고 그와 관계를 이어온 것이 미안해졌다. 혹시나 안나가 진실을 알게 되었을 때 치를 대가를 생각하니 몸이 떨렸다. 내가 비겁했으며, 나야말로 비겁의 완벽한 표본이라는 생각이 들었다. 내가 억제하지 못하고 부들부들 몸을 떨자 안나가 곧 울음을 터뜨릴 것 같은 사람을 달래듯 '이제 괜찮아, 이제 괜찮아'를 반복하며 내 등을 쓰다듬었다.

안나 말로는 내가 마침내 출산하기 위해 병실에 누운 순간부터 쉼 없이, 그야말로 꼭두새벽부터 밤늦게까지 비명을 질러댔다고 한다. 무시무시한 고통 속에서, 내 몸에 거주하며 내 몸을 핍박하는, 예컨대 방광을 비비 틀리게 한다거나 음식물을 일절 받아들이지 못하게 한다거나 담배마저 박탈한 감당되지 않는 창조물로부터 내 몸을 해방시키는 그 순간까지.

안나는 그때 내 옆 병실에 누워 있었다. 아이를 막 잃고 난 참이었다. 견디다 못해 일어나 내 곁에 오지 않았던들 내 비명 때문에 돌아버렸을 거라나. 내가 병실에 퍼뜨리는 신음 속에서 우리는 몇 시간을 그렇게 붙어 있었다. 안나는 자기 아이 대신 내가 세상에 내보낼 아이 덕분에, 자기가 겪은 비극을 보다 수월하게 견딜 수 있었노라고 말했다.

오늘 아침, 조지가 팬티에 피를 쏟았고 벵상이 즉시 병원에 데려갔다. 내가 카페테리아에서 커피와 크루아상을 사들고 병원으로 가자 조지가 감사를 표했다. 벵상을 도무지 통제할 길이 없어 보이는 이 상황에서 내가 감시의 끈을 놓지 않으려면, 조지가 나를 적으로 대하지 않는 것이 중요하다.

벵상이 상황을 설명했다.

"아기가 오늘 나온대요. 예정보다 빨라졌어요."

조지가 말했다.

"벵상, 어머니도 날짜 셀 줄 아시거든."

부부 간에 감도는 분위기를 파악하는 데는 큰 힘이 들지 않는다. 단순한 지적 하나, 때로는 눈빛 하나 또는 침묵만으로도 모든 것이 설명된다. 간호사가 와서 조지를 데려가자 벵상이 내게 아이를 자기 아이로 받아들일 각오가 됐노라고 말했다. 순간 내 머릿속을 스친 생각은 이러했다. 대체 왜 이런 골칫덩이를 낳으려는 걸까? 그들이 결정한 이 인생에 더는 간섭하지 않기로 다짐했건만, 이 다짐을 다시 한 번 번복하지 않을 도리가 없다.

"너도 가끔은 생각이란 걸 하니, 벵상? 대체 네가 어디에 발을 들이는 건지 알기나 해? 바로 감방이야. 넌 감방 문을 밀고 있는 거라고. 외면하지 말고 현실을 똑바로 직시하렴, 아들아. 엄마 얘기 듣고 있니? 이제부터 너를 기다리는 건 철창이야. 사슬이고, 감방이라고." 나는 벵상이 대꾸하려고 입을 열기도 전에 손짓으로 체념의 신호를 보냈다. 녀석이 이미 핏기가 싹 가신 얼굴로 관자놀이를 꿈틀거리며 나를 쏘아보고 있었다. 내가 엄마라는 것이 자기 인생의 최대 비극이라는 듯.

조지가 들것에 실려 돌아와 한 시간 이내로 출산한다고 비장하게 알렸다. 벵상의 시선이 잠시 내게 향했다가 이내 조지에게 향했다. 겁에 질린 어린 아이의 시선. 나로서는 결코 위로하고 싶지 않은 시선. 틀림없이 오래 버티지 못할 것이다. 이 도시에서 살아가려면 최소한의 비용이 필요한데 저들이 그 돈이 있을 턱이 없다. 모든 것이 너무 빨라질 것이다. 요컨대 저들이 이제부터 살아갈 삶은 이전보다 좀 더 복잡할 것이고, 좀 더 헤쳐가기 어려울 것이다. 하지만 인생은 되돌릴 수 없는 법, 벌어진 일은 벌어진 일이다.

나는 조지의 처지이고 싶지 않다. 그녀를 기다리고 있는 시련을 생각하는 것만으로도 실제로 온몸이 저려온다. 나는 출산 때 오르가슴 같은 희열을 느꼈다고 주워섬기는 여자들을 보면 면전에서 코웃음을 친다. 극히 드물게 들을 수 있는 더없이 어리석은 얘기다. 태양열에 머리가 노글노글해진 채 다시 떨어진, 구시대의 유물 같은 할망구 소리라고 할까. 천 번의 죽음. 이것이 내가 벵상을 얻기 위해 감내한 것이다. 천 번의 희열이 아닌 천 번의 죽음. 솔직해지자. 진실을 말하기를 두려워하지 말자.

청명한 날이다. 찬 공기와 눈부신 햇살. 대기의 내음이 싱그럽다. 나는 북적거리는 거리에서 벗어나지 않은 채 시내 산보를 즐겼다. 벵상에게 문자 메시지로 필요한 것이 없는지 물었다. 간결한 답신으로 미루어 아직 내게 꽁해 있음을 알 수 있다. 오후에 벵상에게 수차례 전화를 걸었으나 받지 않았다. 이어서 나의 매 요구사항을 번번이 닦달로 받아들이는 연속극 작가 두 명과 기나긴 회의. 그들은 모든 수정사항과 빨간 펜 표시 하나하나를 인신공격이나 부당한 침해 또는 천재성의 훼손으로 받아들였다. 심지어 그들 중 하나가 주먹으로 책상을 내리치며 벌떡 일어나 문을 쾅 닫고 나가버렸다가, 잠시 후 잔잔해진 얼굴로 돌아와 머지않은 다음 문제가 발생할 때까지 회의를 이어나가는 일도 심심치 않게 벌어졌다.

내가 해거름이 되어서야 그들을 보내주자 그들이 언짢은 기색으로 방을 나갔다. 역량이 뛰어난 경우는 드물고 대체로 보잘것없기 짝이 없음에도, 작가들이 드러내는 에고의 강도와 자신의 가치에 대한 확신에는 그저 어안이 벙벙할 따름이다. 주차장에서 헤어지며 그들 중 하나 – 각진 얼굴형에 퇴색한 금발의 삼십대 – 의 표정에서 야릇한 미소와 경멸의 눈빛을 언뜻 읽은 듯했다. 그래, 저런 부류일 수도 있겠다는 생각이 들었다. 그렇다, 충분히 범인이 되고도 남을 부류였다. 내가 작품을 비판하며 지성이며 능력이며 자질을 문제 삼고 혹독하게 몰아붙인 작가들. 게다가 그 수모가 여자에게 당한 것임에야. 밤이 깊어졌다. 허허벌판인 주차장에서 그와 단둘이 되고 싶지 않았다.

교통체증으로 차들이 꼼짝도 하지 않는 루브르 박물관을 지날 무렵, 마침내 벵상이 공중전화로 – 휴대전화 약정 통화량을 전부 소진했다 – 전화를 걸었다. 루브르 옆 콩코르드 광장이 느리고 미스터리한 내부 전류로 작동하는 신호등의 대서양이 되었다.

극도로 격앙된 벵상이 내 귀에 고함을 질렀다.

"젠장맞을, 아들이에요, 엄마!"

"그렇구나, 알았어, 벵상…… 하지만 네 아들이 아니야. 그걸 잊지 마."

벵상이 줄넘기라도 하는 듯 숨을 헐떡거렸다.

"이렇게 행복할 수가 없어요, 엄마. 이렇게 행복할 수가."

"내 말 들었어, 벵상?"

"무슨 말이요? 아니요, 뭐라고 했는데요?"

"진짜 네 애가 아니라고, 벵상. 그 말을 했어. 몇 킬로니?"

전화선 저쪽에서 싸늘한 침묵이 흘렀다. 한참 만에 벵상이 현저히 달라진 어조로 불쑥 물었다. "내 애가 아님, 그럼 누구 애죠?" 곧 폭풍우가 닥치리라는 것을 직감했다. 이 직감은 틀리는 법이 없지만 어찌할 도리가 없다. 벵상이 쉿소리로 말을 이었다.

"엄마 앤가요? 대체 누구 애냐고요? 교황 앤가?"

"그 애 아빠 애겠지. 넌 그 아이 아빠가 아니야, 벵상."

벵상이 어쩌고 있을지 훤히 보인다. 공중전화 부스 벽이나 다른 무언가에 수화기를 내려치고 있을 터. 단순한 분노의 표출. 처음 있는 일이 아니다. 언젠가 나와 한잔하며 벵상이 실은 그런 순간에 부숴버리고 싶은 것이 정확히 전화기는 아니라고 고백했다. 나는 응수했다. "네가 나한테 손을 댈 그날이 몹시 기다려지는구나, 벵상." 그러고 나서 우리는 서로를 위해 건배했다. 그날 밤 우리는 기분이 좋았고, 농담처럼 아무 생각 없이 낄낄거릴 수 있었다.

나는 녀석이 세상에 나오느라 나를 어떤 지옥으로 밀어 넣었는지에 대해 녀석에게 숨긴 적이 없다. 반면 녀석을 향한 나의 맹목적인 사랑에 대해서는 결코 말하지 않았다. 여전히 온 마음을 다해 녀석을 사랑하고 있다는 것도. 벵상이 내 아들임은 틀림없으나 모든 것은 세월과 함께 시들해지기 마련이다. 처음에 젖가슴을 내어줄 땐 기꺼운 심정이 아니었다. 그런데 이후 녀석이 내게 준 선물 같은 행복감이란! 녀석이 내게 알게 하지 못한 충만감 – 이론의 여지없는 새로운 감정 – 이나 내게 허락하지 않은 끝없는 기쁨이 존재하던가! 허나 모든 것은 대략 첫 여자 친구가 나타나기 전까지라고 해두자.

벵상, 그 아이가 착상됨으로써 나는 내 아버지가 나를 몰아넣었던 정신적 난파에서 구조될 수 있었다. 녀석은 나를 다시 태어나게 했고, 나의 경이로운 신세계였다. 그 세계는 오늘날 내가 마주한, 미혼모와 결혼하여 자기애도 아닌 애의 아비가 되려는 철부지 막된 놈과는 거리가 멀다. 그런 종류의 이야기가 해피엔딩인 경우는 천에 하나쯤일 텐데, 대체 나 말고 누가 녀석에게 진실을 얘기하는 총대를 메겠는가?

요즘 한창 다른 관심사가 우선순위일 리샤르는 분명 아닐 터. 그가 내게 알리는 수고조차 하지 않은 채 갈망하는 그의 새로운 인생에 대해 내가 무덤덤하지 않다는 것을 인정해야겠다. 그것이 온당한 감정이 아니라는 것도 인정한다. 아, 엄밀히 말하면 리샤르는 내게 알릴 하등의 의무가 없다. 허나 우리는 20년 세월을 함께 살았다. 나는 20년 동안 그와 함께 잠자고 마주 앉아 밥을 먹었으며, 우리는 욕실이며 자동차며 컴퓨터를 공유했다. 말인즉슨, 모르겠다. 그가 정말 내게 어떤 의무가 있는 것인지, 신상 변화를 마땅히 내게 알려야 하는 것인지, 그에게 나는 무엇도 아닌 그저 개똥에 불과한 것인지. 정말 더러 그런 의문이 든다. 아무튼 우리의 관계가 악화일로로 치닫고 그가 영화판에서 자신의 미래가 꼬박꼬박 연기된다고 생각함에 따라, 규칙적인 관심을 쏟으며 아들을 돌보는 것은 절대 그의 몫이 아니었다.

모든 것에도 불구하고 나는 의논하기 위해 리샤르에게 전화를 걸었다. 그가 대뜸 대답했다. "나 병원이야." 순간 얼굴로 피가 몰렸다. 하마터면 나를 추월하는 차를 추돌할 뻔했다. 그가 덧붙였다. "담배 피우러 잠깐 밖에 나왔어. 뱅상이 당신과 말 섞고 싶지 않대."

나도 여기가 아니라, 그곳에 있었어야 한다는 생각이 들었다. 리샤르가 병원에 가 있다는 사실에 죄책감이 들었다. 나는 말했다.

"협조 좀 구할게. 거기 가 있는 김에 당신이 뱅상 좀 타일러봐. 그렇게 서둘러 결정할 필요 없다고, 인생을 가볍게 저당 잡히지 말라고. 여보세요? 내 말 듣고 있어?"

"내가 아는 한 어차피 인생을 저당 잡히는 좋은 방법이란 없어."

"그래도 나쁜 방법은 있거든. 내 말 믿어. 뱅상은 아무것도 몰라. 아직도 마냥 어린애라고. 당신 눈엔 그게 안 보여?

조지가 나쁜 여자라는 게 아냐, 그 애의 선택을 비난하고 싶지도 않고. 다만 좀 너무 빠르다는 거야. 아니, 불을 보듯 빤하지 않아? 걔들이 무작정 뛰어드는 불구덩이가 보이지도 않느냐고? 하기는 당신이 걔들한테 관심을 갖고 지켜볼 겨를이나 있겠어? 그럴 겨를이 나겠느냐고. 미안해, 리샤르, 그래도 솔직히 그런 의문이 드네."

"진정해."

"그저 걱정이 돼서 그래. 녀석이 당신 말을 들으리라는 보장이 있어서가 아니라. 그건 됐고, 할 얘기가 있어. 조지가 퇴원하는 대로 집에서 식사 자리를 만들까 해. 온 가족이 모이는. 안나와 로베르도 부를 거고, 우리 엄마도. 당신 애인도 초대했어. 그러니 그날 당신이 나를 도와주면 좋겠어. 그 여자 매력 있더라. 당신이 장을 좀 보면 어때? 그날 모두에게 새 애인도 소개하고."

그가 이를 가는 소리가 들리는 듯했다. 급격히 어두워지는 표정과 움츠러드는 어깨가 눈에 선했다. 나는 덧붙였다.

"크게 문제 삼을 생각은 없지만 당신 입으로 직접 들었더라면 좋았을 거야."

리샤르에게 선수를 빼앗기기 전에 먼저 전화를 끊어버렸다. 나는 세상에서 가장 고결한 품성의 소유자도 아닐뿐더러 마음만 먹으면 진짜 악독한 여자가 될 수도 있다. 확실하다. 하지만 리샤르한텐 그럴 만했다고 생각한다. 나는 그에게 상처받았다. 가까스로 콩코르드 광장을 빠져나와 같은 이름의 다리로 접어들었다. 흐려진 시야로 이를 앙다문 채. 이제 더는 남편도 아들도 아버지도 없는 내 처지가 시리도록 실감되었다. 나는 부두를 따라 달리며, 센 강의 수송선과 괴물같이 거대한 바토무슈 유람선과 노숙자들의 간이 숙소를 바라보았다. 괜한 추단이 아니라 엄정한 현실이었다. 공허감이 밀려왔다. 불의의 기습을 당한 듯한 이 당혹감이라니.

집에 도착하며 앞집 남자를 문자 그대로 코앞에서 마주쳤다. 파트릭 뭐였더라, 성이 기억나지 않는다. 그가 가로등 불빛 속에서 나타나 이리 비틀 저리 비틀 주위를 두리번거리며 길을 건너더니, 차에서 내리고 있는 내게 곧장 다가와 말했다.

"얼른 집에 들어가세요. 주변에 수상한 자가 어슬렁거리고 있으니까!"

"무슨 말씀이시죠?"

"얼른 들어가요, 미셸. 밖에 계시지 마세요. 방금 제가 그 자식한테 맞아 죽을 뻔했거든요. 들어가서 문을 꼭 잠그세요. 저는 주변을 한번 둘러볼 테니까."

"혹시 손전등 빌려드릴까요? 괜찮아요? 다치진 않은 거죠?"

"네, 어서 들어가세요. 걱정 마시고. 손전등은 내일 돌려드리겠습니다. 들어가세요. 제 손에 걸리기 전에 사라지는

69

게 그 자식 신상에도 좋을 거예요. 교훈차 제가 손봐줄 일이 없도록 말입니다."

그의 말에서 피비린내가 풍겼다. 밤이 되어 곱절로 차가 워진 공기 중에 그의 콧김이 하얗게 피어올랐다.

나는 유명인이 아니지만 우편함에 이름이 표시되어 있으니 누구라도 내 이름을 알 수 있다. 그럼에도 그가 나를 지극히 자연스럽게 이름으로 부른 것이 의아스러웠다. 지난 봄, 그들 부부가 앞집으로 이사 온 뒤 우리가 나눈 교감이라고는 기껏해야 세 마디를 넘지 않는 인사말과 간단한 고갯짓이 전부였기 때문이다. 이를 어찌 받아들여야 할까. 나는 알람을 해제하고 그를 집 안으로 들였다.

"제 아내는 아직도 벌벌 떨고 있어요."

그가 부연했다. 우리는 부엌으로 갔다. 나는 그에게 손전등을 건네고 나서 물도 한 잔 따라주었다. 사실 나는 그가 어떤 사람인지 모른다. 그가 자신의 휴대전화 번호를 받아 적게 하더니, 혹시 문제가 생기면 낮밤에 상관없이 언제든 주저 말고 전화하라고 말했다. 이웃은 그럴 때 쓰는 거라며. 이윽고 그가 침략자를 찾아 캄캄한 밤 속으로 뛰어들었다.

같은 놈일 가능성이 농후하다는 생각이 들었다. 한편으로는 파트릭이 놈을 도망치게 한 것이 원망스러웠다. 어떤 해결책이나 구체적인 바람 또는 놈을 향한 나의 이 불건전한 끌림을 정당화할 수 있는 무언가가 있어서는 아니다. 하지만 정황상 놈이 나를 감시하고 있었던 듯하고, 어쩌면 오늘밤 베일이 들춰질 수 있었으며, 어떤 값을 치르든 오늘에야말로 이 사건에 종지부를 찍을 수 있었다고 생각하니, 파트릭의 개입으로 망쳐버린 기회에 뒷맛이 여간 씁쓸하지 않았다.

하지만 파트릭은 건실한 시민이다. 은행 간부이고, 오늘날 우리를 이 지경으로 몰아넣었고 그 폐해가 현재진행형인 2007년의 금융 위기가 닥치기 전에 그가 불린 재산이며 이토록 빨리 집주인이 될 수 있었던 모든 수완은 그저 놀라울 따름이다. 이른 아침, 그가 손전등을 돌려주러 와서 내가 간밤의 사건 때문에 잠을 설치지는 않았는지 염려했다.

"이 일을 지레 큰 사건으로 확대하지는 말자고요, 파트릭. 그럴 필요 없어요."

"경찰이 이 구역의 순찰을 강화하겠다고 약속했어요."

"잘됐네요. 난 등에 칼이 꽂히거나 장작에 맞아 정수리가 두 쪽 난 당신을 데리고 병원에 가고 싶지는 않아요. 그래서 하는 말인데, 당신이 어젯밤보다 더 신중하게 처신할 줄 아는 사람이라는 걸 보여줬으면 해요. 제발, 더는 혈기 부리지 말아요. 당신은 젊어요. 들것에 실린다거나 쥐도 새도 모르게 인생을 끝내는 일은 만들지 말라고요."

그는 아마도 직장 상사와 스쿼시를 치는 부류가 아닐까. 몸이 탄탄하기 때문이다. 어렸을 때 집에서 커다란 개 한 마리를 키웠는데, 이 녀석이 쉬 피로를 느끼지 않아 골치였다.

아버지가 퇴근하고 돌아와 한 시간 내내 산책을 시켜봐야 아무 소용없었고, 밤이 되면 짐승이 부엌을 지치지도 않고 어슬렁거리는 소리가 들려와서 끝끝내 아버지가 매를 들어야 했다. 파트릭한테서 그와 유사한 기운이 느껴졌다. 에너지로 똘똘 뭉쳤긴 하되, 조금은 헛되고 무용한 에너지라고 할까. 이튿날 그들 부부가 내게 인사 왔을 때는 미처 눈치채지 못했던 면모다. 내가 요즘 같은 시기에 은행가가 이웃이라니 마치 기근에 농부를 알게 된 양 든든하다고 농담을 던지자 그가 굼뜨게 반응했다. 그의 흐느적거리는 손목을 보면서 정녕코 이런 저돌적인 행동대장의 면모는 간파하지 못했다. 그 간극이 얼떨떨해서, 그가 DHEA(dehydroepiandrosterone)나 필로폰을 흡입했다고 해도 놀라지 않을 것 같다. 금융업에 종사하려면 강철 신경이 되어야 한다는 말이 있지 않던가. 그 소중한 인재들이 경기에 따라 지옥 같은 중압감을 견뎌야 하니 말이다. "아무튼 정말 감사해요, 파트릭." 나는 실내가운의 깃으로 목을 감싸며 말했다. 청명한 날이지만, 태양이 더는 아무 온기도 발산하지 않았기 때문이다. 수목들과 가시덤불 속에서 몸이 오싹해지는 찬바람이 불어왔다. "나, 할머니 됐어요." 미소 지으며 인사하는 그에게 내가 덧붙인 말이었다.

　왜 불쑥 그런 말을 한 건지, 정확히 무슨 의미인지 나도 모르겠다. 하지만 축하를 기대하지 않은 건 확실하다. "오,

축하합니다!" 그가 내 눈을 똑바로 바라보며 답했다.

집에서 시나리오에 파묻혀 하루를 보냈다. 외출이라고
는 중무장을 한 채 인근 숲으로 한 차례 산책을 다녀온 것이
전부다. 털모자를 눌러쓰고 눈부신 햇살과 새큼한 공기, 붉
은빛과 황금빛이 어우러진 낙엽 카펫, 새들의 지저귐, 적막
감, 늦가을 오후의 잔잔한 고요를 만끽했다. 진심으로 만족
스러운 것을 단 하나도 찾지 못한 채 구역질이 날 만큼 반복
적으로 빨간 줄을 그어가며, 개연성이 결여되었거나 억지스
럽거나 상투적인 곳의 목록을 작성한다거나, 재검토하고 발
전시키고 명확하게 하고 삭제할 대목을 표시하는 등 수십 킬
로미터의 주석과 제안과 지적의 행군을 벌인 끝에 누린 호사
였다. 여전히 가시지 않은 안개가 뿌연 덤불숲과 어두컴컴한
총림이 군데군데 보였지만, 나는 산책로를 벗어나는 모험은
하지 않았다. 작은 언덕 꼭대기의 방향 표지판을 중심으로
사이클링 선수복 차림의 노인네들이 떼를 지어 모여 있다.
다리에 딱 달라붙는 타이즈에 형광색 헤어밴드를 두르고 미
래형 운동화를 착용한 노인네들의 양 볼이 발갛게 상기되었
고 코에는 콧물이 맺혀 있다. 저마다 팔에 휴대전화를 부착
한 채 귀에는 이어폰을 꽂았다. 이파리가 듬성듬성해진 나
뭇가지 사이로 저 아래, 나의 가장 가까운 이웃인 파트릭 부
부의 집 지붕이 보인다. 파트릭 오드레 일가의 대문이 성큼
다가온 크리스마스 장식 불빛으로 환하다. 왼편엔 작은 아파

트 여섯 채가 옹기종기 모여 있고, 나머지는 이 동네에 식량을 제공하는 소형 슈퍼마켓을 제외하고는 나무들 속에 묻혔다. 슈퍼마켓의 벽돌색 아스팔트 주차장과 바람에 자랑스럽게 나부끼는 깃발이 한눈에 들어온다. 늙은 운동가들이 에너지 바와 비타민 음료를 나누는 동안 나는 담배를 태웠다.

혹시 내가 가는 나이를 붙들고 싶은 걸까. 모르겠다. 아무것도 확실하지 않다. 또한 파트릭이 딱히 내 이상형인 것도 아니다. 하지만 애무를 받아도 이제 더는 아무것도 느껴지지 않는다고 할 수 있는 로베르에 비해 그 젊은 은행가는 내 안에 어떤 설렘을 일깨운다. 내가 이 감각에 민감하지 않을 수 없는 것이, 강간을 당한 이후 내 성적 자각의 첫 신호탄이기 때문이다. 하늘에 감사한 기분이 든다. 이제 다시 남자와 부둥켜안을 수 있게 되었다. 지독히 두려웠다. 내 안의 무언가가 깨졌을까봐, 이젠 내게 모든 것이 끝났을까봐 지독히 두려웠다. 나는 자신감을 회복했다. 집으로 돌아와, 그를 떠올리며 자위를 했다. 입술을 깨물었다. 기계가 작동한다. 기쁨과 감사의 눈물이라도 흘릴 판이다. 나는 손가락을 닦아낸 뒤 잠시 눈을 감았다.

침실 창가에서 어둠 속에 몸을 숨긴 채 귀가하는 그를 지켜보았다. 그가 차에서 내렸을 때, 노트북마저 끈 채 망원경으로 그를 관찰했다. 그는 우리가 원만한 이웃의 징표로서 가벼운 손짓만을 주고받았던 때 내가 받았던 인상보다 훨씬 괜찮다. 그가 첫인상으로 내게 남긴 그 억지웃음의 사내보다 훨씬 쾌활하고 박력 있다! 나는 시선으로 그를 좇았다. 손쉬운 해결책이라는 걸 알고 있다. 시내로 나가서 보다 폭넓은 선택을 하는 편이 훨씬 신중하다는 걸. 파트릭은 모임에서 흔히 볼 수 있는 유형이랄까. 꾸민 태도의 서글서글한 유형. 나르시시즘적이고 스스럼없으며 랄프 로렌을 입는 부류. 더 나은 상대를 찾기란 어렵지 않겠지만 그런들 무엇이 달라지겠는가. 더러 손쉬운 해결책이야말로 지혜의 징표라는 것이 내 생각이다.

나는 침실의 어둠 속에서 남자를 염탐하며 즐거운 기분이 되었다. 어린애의 흥분을 느꼈다고 할까. 그가 대문을 연 채 뒤를 돌아 마지막으로 내 쪽을 힐끔 쳐다보았을 때 나는 커튼 뒤로 몸을 반쯤 숨겼다. 그가 나를 발견할 리 만무하건만 나는 숨을 죽였다. 새로운 기분이었(다기보다는 아주 오래전에 느꼈던 기분이었)다. 재미있고, 신이 났다. 그가 집 안으로 들어갔을 때 나는 창문을 통해 그의 집을 훤히 들여다볼 수 있는 다락방으로 올라갔다. 예전엔 리샤르가 우리의 사생활을 보호하기 위해 자라나도록 방치한 나뭇가지들로 창문이 뒤덮였다. 그에게 그것이 아직 중요했던 시절 얘기다. 환한 창문 뒤로 파트릭이 지나가는 것이 보였다. 밤 속을 부유하는 작은 움직임들. 외투를 옷걸이에 거는 파트릭/ 거실을 가로지르는 파트릭/ 아내에게 키스하는 파트릭/ 욕실 안의 파트릭/ 세면대 앞의 파트릭. 별안간, 전화벨이 울렸다.

"뭐하고 있어?"

리샤르가 물었다.

"아무것도. 책 읽어. 왜?"

"내가 당신한테 왜 얘기 안 했는지 설명하고 싶어."

"아, 그 얘기라면 됐어."

"나도 아직 아무 확신이 없어서 얘기하지 않은 거야, 젠장맞을."

"당신은 원래 확신이라곤 있어본 적이 없는 사람이야. 몰랐어?"

"그만해. 뭔가 있었다면 왜 내가 당신한테 감췄겠어? 무슨 이득을 보겠다고?"

"리샤르, 나 바빠."

"책 읽는다며. 그게 바쁜 거야? 당신 좀 막가는 거 아냐? 아무튼 혹시 내 뒤통수를 칠 꿍꿍이가 있다면 뭔지 알고 싶어."

"뭐?"

"혹시 내 뒤통수를 칠 꿍꿍이가 있는지 알고 싶다고."

"그걸 내가 말해줄 거라고 생각해? 내가 그럴 것 같아?"

"하긴 그럴 만한 이유가 있어야 말이지. 내가 무슨 잘못을 했다고? 난 우리 규칙을 지켰어. 서로에게 속이는 거 없기로 한 거. 전적으로 동의해. 그리고 진실은 가시권에 특별한 게 아무것도 없다는 거지. 그래, 그 여자와 애매한 데이트를 하긴 해. 그건 사실이야. 하지만 당신한테 말을 하지 않은 건, 내 딴엔 말하고 말고 할 가치도 없어서였어."

"대체 왜 내가 당신 뒤통수를 칠 꿍꿍이가 있다고 생각한 거야?"

"식사 초대, 젠장맞을! 당신이 그 여자를 그 젠장맞을 식사에 초대했잖아!"

"잘하는 짓이다. 이젠 말끝마다 젠장맞을을 붙이는구나. 정말 잘하는 짓이야."

"아무래도 올가미 냄새가 나. 당신이 이제껏 던져왔던 그 익숙한 올가미들에서 났던 것과 같은 냄새가 풍긴다고."

"대체 뭘 바라, 이 딱한 남자야? 난 다른 볼 일이 있어 바쁘거든. 그러니까 과대망상에서 그만 헤어나고, 혹시 그 여자 못 먹는 음식 있어? 알레르기는? 마르티가 요즘 털이 많이 빠져."

세상에는 좋은 정부이기도 한 유부녀들이 수두룩하다. 리샤르는 독신녀를 선택함으로써 위험을 감수했다. 나는 그에게 우리가 바로 이런 종류의 문제에 직면하지 않기 위해 위험을 감수하지 않는 데 합의했다는 것을 상기시킨 뒤 물었다. 혹시 위험을 감수하지 않는 것을 아직 가임기인 독신녀한테 정자를 퍼뜨리는 것으로 아는 것인지, 아니면 그저 파렴치한 인간이 되고 싶은 것인지.

전화를 끊고 나니 내가 다락방 구석의 먼지 자욱한 쓸모없는 잡동사니들 한가운데 홀로 서 있었다. 저 아래에서는 나이트가운 차림의 파트릭 아내가 그에게 다가가는가 싶더니 돌연 어둠이 침실을 뒤덮으며 그들도 어둠 속으로 사라졌다.

나이트가운을 걸치는 여자들이란 크게 두려울 것이 없다. 그런 여자들의 남편은 대체로 공략하기 어렵지 않다.

안나가 내가 추린 시나리오 세 편을 가지러 집에 들렀다. 나는 그중 기발한 게 아무것도 없다고 예고했다. 안나가 말했다. "난 자기가 어떻게 버티는지 신기해. 나라면 벌써 집늑대 한 마리 키웠을 텐데." 안나가 눌러앉아 함께 저녁을 들었다. 오는 길에 플로 식품점에 들렀는데, 이 음식을 출장에서 돌아온 뒤로 줄곧 뿡해 있는 로베르보다는 나와 함께 나누는 게 좋겠다고 생각했다고 했다.

로베르가 뿡해 있다는 건 나도 알고 있다. 그의 문자 메시지도 받았고 전화가 와 있는 것도 확인했으니까. 그 문제라면 생각하고 싶지도 않다. 혹여 로베르가 잘못 받아들일 경우 벌어질 사태가 전혀 달갑지 않기 때문이다. 혹여 그가 내 마음이 떠난 것을 잘못 받아들이면 우리 사이에 거리가 생겨나고 돌이킬 수 없는 결과가 초래될 것이다. 만에 하나 그가 그동안 내가 맞은편 집 남자한테 환상을 품었고 그 남자를 떠올리는 것만으로도 성적 흥분을 느꼈다는 것을 알게 되면, 무슨 일인가 벌어질 것이고 그 무슨 일에 대해서는 생각도, 상상도 하고 싶지 않다. 그야말로 지옥이 따로 없으리라.

무엇보다 안나와의 우정이 산산조각 나서 공중분해될 것이다. 사실상 나는 아버지가 철저히 무장한 채 집을 떠난 날 이전에 맺었던 인간관계에 대해서는 아무 기억이 없다. 어 쨌든 그 뒤로 연락된 사람이 없으니까. 그 빈자리를 안나가 파고들었다. 나한텐 안나뿐이다. 가족 외에는 오직 안나뿐이 다. 안나를 시험하고 싶지 않다. 안나와는 승부욕에 활활 타 는 도박사가 되고 싶지 않다. 안나를 시험하고 싶은 생각이 손톱만큼도 없다.

안나가 남편에게 느끼는 감정의 함량을 아는 바, 배신당 한 사랑은 우리의 관계가 끝장나는 것에 비하면 대수롭지 않 을 것이다. 반면 배신당한 우정은, 그렇다, 단연 충격이리라. 안나는 등 뒤에 비수를 꽂은 나를 용서하지 않을 것이다. 나 또한 같은 입장이라면 안나를 용서하지 않을 테니까. 그럼에 도 안나에게 얼마나 내가 그녀 남편과의 관계에 발을 헛디딘 기분이었는지, 얼마나 휘말린 기분이었는지, 얼마나 나를 정 신적으로 무력화시킨 불가항력의 비탈에서 굴러떨어진 기분 이었는지 얘기하고 싶다. 얼마나 우리의 싸움이 초라했었는 지. 하지만 안나도 알고 있을 것 같다.

로베르 또한 손쉬운 해결책 – 권태, 근접성, 안전성 – 이 었으나, 이 서글픈 합병이 성립되고 내가 성급한 결론에 이 르기까지 아무도 곁에 없었다. 바쁜 업무도 한몫했다. 오늘

날도 그러하듯 여유가 나지 않았다. 밤이 깊어서야 사무실을 나서는 것도 모자라 집까지 일감을 가져오는 사람에게 인연 만들기란 결코 쉬운 일이 아니다. 그쪽으로 욕구가 끊긴다고 할까. 로베르는 전적으로 내 시간에 맞췄을뿐더러, 그가 크리스찬 루부탱 구두를 반값에 구할 수 있고 정기적으로 출장을 간다는 것도 호재였다. 헛웃음이 나는 얘기다. 다른 호재는 근 25년 동안 안나와 내가 사랑 말고 다른 데 정신을 팔았다는 것이다. 우리는 견고한 회사를 설립하여 자부심이 느껴지는 목록을 축적했고, 몇몇 프로젝트는 심지어 미국인들에게까지 팔았다. AV 프로덕션. 안나는 우리가 병원에 있을 때 회사 얘기를 꺼냈고, 확신에 찬 어조로 몇 시간이고 설명했다. 퇴원 후 집에 돌아온 나는 리샤르에게 이제 내가 돈벌이를 찾았으니 아이와 함께 살기 위해 방 한 칸이 더 있는 아파트로 이사할 수 있다고 말했다.

"뭐? 무슨 돈벌이인데?"

"안나와 함께 영화를 제작할 거야."

"영화를 제작해? 아, 멋지네. 끝내주는 생각이야. 젠장 맞을."

리샤르는 지금까지도 우리 회사 문 앞에서 내가 인맥을 활용하지 않는다고 징징대며 원망을 쏟아낸다. 유머 감각이라고는 눈곱만큼도 없어서 운명의 아이러니를 즐기지 못한 채 어떤 어둡고 설명할 수 없는 이유 때문인지 몰라도, 시나리오를 안중에 둔 이후로 줄곧 내가 자신의 출세에 걸림돌이라는 생각을 버리지 못한다. 그럼에도 나는 WGA[2] 상에 빛나는 빈스 길리건이며 매튜 와이너[3] 같은 업계 최고의 실력자들과 함께 리샤르의 단막극에 투자한 적이 있다. 하지만 그는 서사의 표피가 아닌 내부로 들어가 작품에 깊이를 더하는 그들의 특별한 재능, 어쨌든 엔터테인먼트를 예술의 경지로 끌어올리는 재능을 전수받지 못했다. 그들이 일군 텃밭에서 비웃음당하지 않고서 그들에게 도전할 수 있는 이들이 등장하려면 아직 한두 세대는 더 거쳐야 할 것 같다. 아니, 어쩌면 그보다 빠를 수도 있겠다. 이곳에서, 특히 극작가들 중에 떠오르기 시작한 몇몇 이름들이 있으니까. 무슨 상관이랴. 아무튼 그들은 몸값이 무지막지하게 비쌌고, 그럼에도 리샤르는 비록 본인은 다른 생각일지라도 그들과 함께 작업한 경험에서 무언가 배웠다는 것을 여전히 입증하지 못하고 있다.

안나가 떠난 뒤 밖에서 담배를 태웠다. 집에서 멀어지지 않고 벽에 등을 기댄 채. 단지 내가 겁에 질려 침대 속에 숨어 지내지 않는다는 것을 보여주려는 의도로. 안나가 필요한 만큼 자기 집에서 지내라고 제안했지만 밀회를 거절 중인 로베

---

2   미국 극작가 조합.
3   미국의 극작가이자 감독이자 프로듀서들.

르와 한 지붕 밑에 사는 건 안 될 말이다. 생각만으로도 머리칼이 쭈뼛 서고 절로 오만상이 지어지는데야. 나도 내가 정확히 무얼 원하는지 모르겠다. 날이 으슬으슬하고, 해는 짧아졌다. 나는 좋은 시나리오를 찾지 못했고, 강간당했다. 남편이나 아들과의 관계는 말할 것도 없고, 내 부모는 아예 언급도 하지 않으련다. 최악은 그럼에도 크리스마스 선물로 무엇이 좋을지 생각해야 한다는 것이다.

조지가 집을 정리할 시간이 많지 않았으리라는 것은 이해사항이다. 아마 계획했던 대로 둘이서 벽에 페인트를 새로 칠하기 위해 적잖이 부산을 떨어야 했으리라. 그럼에도 그들의 집은 그야말로 아수라장이었다. 썩 좋다고 할 수 없는 냄새 – 희미한 똥내와 우유가 엉겨 붙은 냄새 – 마저 풍겼다. 그러나 나는 모든 못마땅함과 상처가 될 지적과 부정적인 생각을 검은 봉투 속에 꽁꽁 싸매어 그들의 새 아파트 복도에 내려놓았다.

"세상에, 예뻐라!"

나는 조지가 헐렁한 운동복 차림으로 아이에게 젖을 물리고 있는 식탁에 앉으며 외쳤다. 대다수의 어머니들과 달리 나는 신생아의 야들야들한 연분홍빛 뺨에 키스하는 것을 질색하지만, 이렇게 물었다. "어쩜 이리 잘생겼을까! 키스해도 될까요?"

벵상이 30킬로그램이라고 했던가? 내가 보기엔 50킬

로는 불어난 듯하다. 조지는 거대했다. 이제 막 출산했다는
것이 믿기지 않을 정도였다. 조지가 아이를 내게 넘기며 아
이가 이제부터 나와 같은 성(姓)을 갖게 되었다고 강조했다.
"까꿍, 우리 귀여운 강아지." 나는 젖먹이를 공중에 들어 올
리며 탄성을 내뱉고는 아이의 입술 끝에 키스한 뒤 제 엄마
에게 돌려주고 나서 말했다.

"자, 이제 본론을 얘기할까. 크리스마스 선물로 뭐가 좋
겠어요?"

두 사람이 볼을 부풀리며 서로를 바라보았다.

내가 그들을 도왔다. "세탁기 어때요? 갓난애가 있으니
꼭 필요할 텐데, 안 그래요?" 그들이 나를 소시지를 팔려는
사람 대하듯 쳐다보았다.

"청소기? 재봉틀? 캔우드 믹서? 오븐? 식기세척기? 스
팀다리미? 냉장고?"

조지가 선언했다.

"평면 텔레비전이 좋겠어요. 유료 채널 신청도요."

나는 일단 수긍했다.

"알겠어요, 하지만 내 생각엔 가장 시급한 걸……."

조지가 내 말을 잘랐다.

"그게 가장 시급한 거예요. 다음에는 스테레오 세트, 그
다음에는 녹음기를 살 거고요."

내가 이를 악물며 미소 짓는 동안, 벵상이 대장님 의견

에 찬성했다.

내가 미소를 지은 이유는 아버지가 개를 죽인 다음으로 집에서 가장 먼저 손을 댄 것이 텔레비전이었기 때문이다. 아버지가 텔레비전을 창문으로 휙 내던져버렸고, 바로 그때 우리의 첫 고난이 시작되었다. 그때부터 이웃들이 그들의 가치관과 거리가 멀어도 한참 먼 불쾌하기 짝이 없는 남자, 동네에 무슨 일이 벌어질 기미가 보이기라도 하면 즉시 반대편 끝 브르타뉴로 피신하겠다고 주절대던 남자, 아무것도 부탁하지 않았는데도 계단에서 마주친 아이들의 이마에 십자 성호를 긋곤 하던 남자에게 대놓고 혐오감을 드러내기 시작했다.

나는 리샤르에게 전화를 걸어 다음 날로 다가온 식사 초대를 위해 장보는 걸 잊지 않았는지 확인했다. 그가 기회를 틈타 지난번에 끊겼던 우리의 대화를 재개했다. 나는 말했다.

"그만 속 끓이고, 원하면 결혼해. 난 상관없으니까."

"뭔 소리야, 젠장맞을. 대체 무슨 꿍꿍이냐고?"

"아니면 결혼하지 말든가. 그것도 전혀 상관없으니까."

"우리 내일 서로 못 볼 꼴 보이지 말자. 돌이킬 수 없는 짓은 저지르지 말자고. 그 여자 앞에서 싸우지 않는 거다, 알았지?"

"난 당신하고 안 싸워, 리샤르. 지금도 그렇게 꿍꿍 앓는 소리나 듣자고 전화한 거 아니야. 당신 하고 싶은 대로 해. 그게 뭐든 나한테 알릴 의무감 갖지 않아도 돼. 당신은 자유야. 그러니까 이제 같은 소리 천만 번도 되풀이하게 하지 마, 알았지? 난 그저 당신을 기쁘게 해주려고 그 여자를 초대한 것뿐이야. 됐어? 이제 다른 얘기로 넘어가도 될까? 진짜 끝난 거 맞지?"

"하기는 내 시나리오도 퇴짜 놓은 주제에 내가 새 인생을 사는 것까지 방해하지는 못하겠지. 그렇다면 너무한 거고."

"어쨌든 너무 늦게 오지 마. 나 혼자 감당 못하니까. 당신 애인도 우리를 도울 수 있을까?"

나는 리샤르가 먼저 끊도록 양보했다. 엘렌느 자카리앙과의 진지한 관계를 극구 부인하려는 리샤르의 태도는 이제 가히 엽기적 수준에 이르렀다.

오후 한때를 내 사무실 선반 위에서 거치적거리지 않으면 땅바닥에 하얗고 불안정한 종이 탑을 쌓고 있는 수많은 시나리오를 추리며 보냈다. 고역이었지만 안나와 나는 시나리오를 읽는 것만큼은 절대 다른 누구에게도 맡기지 않는다. 내가 이제껏 어떤 말을 했고 어떤 인상이 들게 했든, 시나리오를 읽으며 갖게 되는 어쩌면 탁월한 원고 또는 비교적 괜찮은 원고의 첫 장을 넘기는 것일지도 모른다는 기대감은 그때마다 변함없이 감동적이고 똑같이 흥분되는 경험이다.

사무실 문을 닫을 무렵, 안나가 내 방 문을 빼꼼히 열어 코를 디밀고는 방 안을 휘 둘러본 뒤, 곧이어 그녀 차지가 될 고역에서 내가 이제 막 손을 뗀 것에 축하를 보냈다. 그리고 본론으로 들어갔다. "벵상하고 통화했어. 절대 자기한테 말하지 않겠다고 맹세했지만 얘기하지 않을 수 없네. 혹시 벵상한테 빚이 있는 거 알아?"

이미 앉아 있었기에 내가 할 수 있는 일이라곤 그저 몸을 앞으로 뺀 채 의자의 팔걸이를 움켜쥐는 것뿐이었다.

"무슨 소리야, 안나? 어떤 빚을 말하는 건지?"

안나도 정확히 알지 못한다. 벵상이 자세히 설명하려 들지 않은 채 얼버무렸다. 안나는 벵상에게 돈을 보냈다. 돈을 주는 건 아무 문제 아니다. 안나는 녀석의 대모니까. 외려 어떤 식으로든 녀석에게 도움이 된다니 기쁘다. 안나는 엘리베이터가 우리를 30층에서 지상으로 내려보내는 동안 모든 것을 이야기했다. 나는 말했다. "도대체 뭐가 뭔지. 땅으로 꺼지는 기분이 이런 거로군."

벵상은 기껏해야 스물네 살이다. 스물네 살에 빚을 질 수 있다는 건 생각지도 못했다. 운수가 보통 사납지 않고서야 서른도 되기 전부터 맞닥뜨릴 수는 없을 듯한 재앙에 치인 녀석이 문득 제 나이보다 늙게 느껴졌다. 대체 어쩌다 빚까지 지게 된 것일까? 빚이란 단어가 수치스러운 전염병처럼 귓가를 맴돌았다. 마약, 여자, 카드? 안나가 필요 이상으로 불안해하지 말고 다만 주의를 기울이기만 하라고 엄명을 내렸다. 나는 대꾸했다. "알았어. 그런데 구체적으로 어떻게 하면 되는 건지 설명해줄 수 있어? 벵상은 지금 나와 함께 사

는 것도 아니고 걸핏하면 나한테 매몰차게 굴거든. 다만 주
의를 기울이기만 하는 게 어떻게 하는 건데? 말 좀 해줄래?
자기 생각에는 내가 어떻게 하면 되겠어? 좀 가르쳐줘. 벵상
은 이제 나보다 자기한테 얘기를 더 많이 해, 안나. 아마 나
한텐 절대 아무것도 고백하거나 의논하지 않을 거야. 자기도
알잖아. 난 그 아이한테 엄마는 엄만데, 제 아버지를 집에서
내쫓은 여자거든. 세상에서 가장 추악한 무엇이지."

  우리는 차가운 공기 속을 잠시, 묵묵히, 걸었다. 우리는
팔짱을 꼈고 이어서 한 술집에 들어가 다이키리를 주문했다.
나는 말했다. "내가 갚을게." 안나가 거절했다. 단지 선의 때
문만이 아니라 아기 때부터 그녀와 벵상 사이에 형성된 특
별한 관계를 지속시키기 위해서였다. 우리가 병원에 함께 누
워 있었을 때 나는 안나가 벵상에게 두세 번 젖을 물리는 것
을 허락했고, 그때부터 둘 사이에 오늘날까지도 견고함이 확
인된 비밀스럽고 특별한 끈이, 당연히 나를 거치지 않는 직
접적인 끈이 이어졌다. 염치 좋게 자신의 젖꼭지를 빨아대는
벵상의 이마에 얼굴을 대기 전에 눈물을 훔치던 안나의 모
습이 지금도 눈에 선하다. 당시 나는 아직 어렸고, 그 모습
에 가슴이 뭉클해졌다. 나와 내 아들이 안나의 고통을 덜어
줄 수 있다는 것에 행복했다. 물론 필요하다면 지금도 그렇
게 할 것이다. 하지만 안나가 무언가를 나보다 먼저 아는 것
이, 이 가족한테 어떤 일이 일어나고 있는지 내가 알기도 전

에 아는 것이, 어떤 문제들은 나 대신 안나가 해결하는 것이 조금은 거슬렸다. 안나가 말했다.

"벵상은 내 아들이나 마찬가지야. 자기도 알잖아. 벵상이 곤란에 처해서 내가 도와줬고 그뿐이야. 이건 벵상과 내 문제고, 그걸로 얘기 끝이라고."

"자기는 그 애의 정신적 엄마지, 은행이 아니야."

안나가 다이키리 두 잔을 더 가지러 갔다. 하늘에 별이 총총했다. 안나가 돌아와 말했다.

"혹시 다른 이유가 있을 수 있어. 조지 얘기 좀 해보자."

안나가 조지 얘기 좀 하자고 할 때는, 조지가 벵상 문제의 원인일 수 있다고 이해해야 한다.

"그 둘이 만나기 시작하고서 얼마 안 있다가 내가 처음으로 벵상의 돈 문제를 해결해줬거든. 그게 과연 우연의 일치인 건지 의심스러워서 조지 얘기를 꺼내는 거야."

나는 빨대를 쥐고서 안나한테서 시선을 떼지 않은 채 다이키리를 마셨다. 음료가 비자 빨대를 일부러 빈 컵 바닥에 대고 숨을 빨아들여 괴상하고 요란한 소리가 나게 했다.

벵상의 애인들을 더는 질투하지 않은 지 이미 오래다. 차라리 말버릇이 그토록 험악한 아이와 사귀는 불운한 여자아이들을 가여워했던 편이라고 할까. 나로서는 배제할 수 없는 가능성이긴 한데 적어도 벵상이 그 뾰족함과 울화를 나한테만 표출하는 것이 아니라면 말이다. 안나는 자기도 질투는 모르는 감정이라며 그 불운한 여자아이들한테 부정적일 수밖에 없는 자기의 판단은 절대 선입견이 아니라고 주장했다. 어쨌거나 안나는 걸핏하면 뱅상의 애인들을 헐뜯었고, 틈만 나면 딴지를 걸었다. 안나가 해명했다. "그런 걸 질투라고 하면 안 되지. 나는 단지 뱅상이 눈을 뜨도록 도와준 거고, 그 둘은 엄연히 달라. 뱅상이 여자를 전혀 모르니 말이야. 자기도 알다시피 아직 어린애잖아." 과연 뱅상은 아직도 어린애일까? 아직 어린애이기는커녕 심지어 오래전 차로 학교에 데려다주려던 내 손을 뿌리치던 그날, 어린애이기를 멈췄는지도 모른다. 하지만 자기 아이도 아닌 아이를 가진 100킬로그램짜리 여자와 살림을 차리고 그 아이를 자기 아이로 받아들이는 데 열을 낼 정도로 어리석은 것을 보면, 정신 연령이 일체의 합리적인 사고를 거부하는 좀 늦된 청소년과 같은 수준일 수 있겠다는 생각이 들고도 남는다. 안나가 말했다.

"아무래도 조지가 악의 근원 같아. 난 아무것도 예단하지 않아. 알지? 무조건 뱅상을 편드는 것처럼 보이기도 싫고. 하지만 한 가지는 장담할 수 있어. 조지를 만나기 전까지는 뱅상한테 결단코 이런 문제가 없었다는 것. 결론은 자기가 끌어내, 미셸. 이게 과연 내 추측에 불과한 건지 자기가 판단하라고."

"모르겠어. 그러니까 이렇게 자기 말을 경청하고 있지. 고민해볼게."

"그래, 나도 정말 궁금하니까. 아이 아빠가 누군지는 알아? 자기도 몰라? 아무튼 대단하다, 그렇지 않아? 모든 추측이 가능하니 말이야. 뭔가 끔찍한 사연에 맞닥뜨릴 수도 있어."

안나는 시나리오를 너무 많이 읽었다. 그건 분명하다. 모든 가능성의 길을 탐구하고 가지를 치며 뻗어나가는 저 사고방식이라니. 어쨌든 나도 안나의 의견에 동의했고, 벵상이 빚과 직접적인 관련이 있는 것은 아니라고 생각하니―이 편이 단연 낫다―안도감이 들었다. 미리부터 헬스 엔젤스 오토바이 갱단이나 사채업자에게 돈을 돌려주는 벵상의 모습을 상상하며 괴로워하던 터였으니까.

집 앞에 도착했을 때, 내 침실 창문의 불빛이 첫눈에 들어왔다. 커튼이 바람에 하늘거렸다. 나는 잠시 차에 머물며 가로등의 할로겐 불빛에 잠긴 사위를 살폈다. 움직이는 것이 아무것도 없다. 이웃집에서는 불빛 한 점 새어나오지 않는다. 완전무결한 고요. 호신용 스프레이를 어깨까지 뻐근할 정도로 세차게 움켜쥔 나 역시 다소 강한 표현이긴 하나 놀라우리만치 완전무결했다.

나는 차 문의 잠금 장치를 해제한 뒤, 잠시 기다렸다가 문을 열고 땅에 발을 디뎠다. 아무 일도 일어나지 않았다. 그제야 나는 다른 발도 내려놓았다.

미지근한 액체처럼 몸 전체로 퍼지는 아드레날린이 느

꺼졌다. 대문까지 살금살금 걷는 동안 이마에는 땀이 맺혔고 호흡은 거칠어졌다.

나는 문에 귀를 바짝 가져갔다. 아무 소리도 들리지 않았다. 열쇠를 꺼냈다.

경보 장치가 정상적으로 작동하고 있었다. 경보 장치를 해제했다.

아래층은 아무 이상 없다. 나는 2층으로 올라갔다. 계단들이 제각각 어떤 소리를 내는지 어떤 계단이 끼익하고 어떤 계단이 삐거덕거리는지 아는 바, 나는 아무 소리도 내지 않고서 계단을 올라갈 수 있었다.

어두운 복도에 침실 문이 열려 있었다. 가슴이 두방망이질 쳤다. 나는 침실로 들어갔다. 침대가 마구 헝클어져 있었다. 이불은 땅에 떨어졌고, 서랍장은 열렸으며, 팬티들이 어지럽게 널려 있었다. 나이트테이블 위의 내 노트북이 켜진 채였다. 나는 걸음을 옮겼다.

이불에 찐득하고 냄새나는 더러운 얼룩 – 이불로 닦아낸 것이 역력한 – 이 묻어 있었다. 노트북 화면에 친절하게 남긴 메시지와 함께.

아, 미안! 참을 수가 없었어.

나는 고개를 들어 열린 창문 앞에서 춤추듯 너울거리는

커튼을 바라보며 잠시 넋을 놓았다.

정오가 지나고 얼마 지나지 않아 리샤르가 양손 가득 식료품을 안고서 나타났다. 나 역시 일찌감치 아페리티프며 디저트며 와인을 사다놓은 뒤, 장작 몇 개를 집 안으로 들여놓고 있자니 리샤르의 경적 소리가 울렸다.

표정을 보아하니 오늘 내게 다정하고 친절하게 굴기로 마음먹은 듯했다. 함께 산 세월이 있는데 나를 오죽 잘 알겠는가. 사실 내가 아무리 개방적인 사고를 가지려 노력한들, 비극적으로 표현해서 내 아들을 빼앗은 여자와 내 남편을 빼앗은 여자를 한꺼번에 집에 불러들여 밥을 먹인다는 것이 그리 쉬운 노릇은 아니다. 마음을 편히 가져야 한다는 것을 알고 있다. 아침 일찍 눈을 뜨자마자 밀려들어 여전히 떠나지 않고 있는 이 가벼운 긴장감을 떨쳐버려야 한다는 것을 알고 있다. 장작을 들여놓는 것도 긴장을 풀려는 – 장작의 무게로 긴장의 무게를 눌러보려는 – 노력의 일환이다. 리샤르가 폭우가 휩쓸고 간 랑드 지역에서 미터당 가격이 좋은 장작을 판매한다는 정보를 귀띔했다. 하지만 운반비가 만만치 않을 것이다.

리샤르가 식료품 꾸러미를 안에 들여놓고는 즉시 다시 밖으로 나와 나를 도왔다. 날이 차고 햇볕이 쨍했다. 리샤르가 말했다.

"언제 한 번 와서 정원이랑 울타리 좀 손볼게. 시간 날

때 연장 갖고 와서."

"아냐, 이젠 괜찮아. 그냥 내버려 둬."

"1년에 한 번쯤은 나도 귀찮을 거 없어. 당신한테 도움이 된다면."

"아니, 도움 안 되거든. 이걸 당신한테 어떻게 설명해야 할지 모르겠네."

"그러다 어떤 놈이 와서 당신한테 방아라도 찧으면, 미셸? 잘 생각해."

나는 그를 바라보며 대답했다.

"알아둬, 그 경우, 원한다면 당신이 절구를 닦을 수 있는 절호의 기회니까."

내가 고기를 준비하는 동안, 리샤르는 채소를 손질했다. 아직 이른 시간이었지만 그가 내게 술을 따라주며 말했다. "요새 얼굴이 좋아졌어."

이런 진솔한 어조로 대체 뭘 어쩌자는 것인지, 뭘 어떻게 하기에 이토록 진실되게 느껴지도록 얘기할 수 있는 것인지 알 수가 없다. 그는 내 뺨을 후려친 남자고, 내가 위험을 느낄 때나 단순히 우울하거나 지독히 고단할 때 나를 도우러 달려오는 남자다. 머리카락이 아무리 빠져봤자 내겐 여전히 매력적인 남자다. 나는 말했다.

"당신을 원망하지 않아. 사실 어떤 면으로는 나한테 무슨 권리가 있나 싶기도 하고. 그저 오랜 습관인 반사적 행동이었어. 우리가 함께 보낸 세월의 증거 같은 거. 의도적인 게 아니었어. 그러니까 신경 쓰지 마."

"당신이 바이올리니스트랑 만날 때 난 아무 말도 하지 않았어."

"아, 제발. 바보 같은 소리 좀 그만해. 그 남자는 유부남에 애가 셋이었어. 필요한 모든 조건을 갖춘 사람이었다고. 반면 당신은 별로 할 말이 없어, 안 그래? 당신이 선택한 여자는 애 없는 독신녀라고, 아냐? 내가 잘못 알고 있는 거 아니지?"

"선택하긴 누가 뭘 선택해? 난 아무것도 선택하지 않았거든. 당신이 궁금해하니까 말해주겠는데, 나는 그저 당신네 회사의 그 젠장맞을 엘리베이터에서 그 여자와 마주친 것뿐이야."

"이봐, 난 당신과 더는 절대 싸우지 않겠다고 다짐했거든. 나는 우리가 좋은 사이로 남았으면 해."

"우린 좋은 사이야."

"아주 다행스럽군. 그럼 오늘 밤 이후로도 계속해서 그러자고. 아니 오늘 밤 이후로는 더욱더 좋은 사이가 되었으면 해."

"의남매라도 맺자고? 당신이 머릿속에 그리는 게 그런 건가? 우리 둘이 세상에서 둘도 없는 친구가 되는 거?"

"뭐…… 굳이 표현하자면 그렇다고 할 수 있어, 거기에 더 강한 무엇이 있는."

나는 희미하게 수긍한 뒤 물었다.

"그래서 당신은 그 여자랑 관계할 때, 당신도 그런 방향으로 노력해야 한다고 생각하고 그렇게 조치해? 당신이 해야할 일을 생각하느냐고?"

"난 아무 생각 안 해, 미셸. 이쯤 하자."

"당신은 아무것도 선택하지 않고 아무 생각도 하지 않는구나. 당신한텐 인생이 참 아름답겠어, 그렇지?"

리샤르가 이를 악문 채, 다시 붉은 감자 껍질을 정성스럽게 벗기는 데 몰두했다. 나는 그가 증명해 보이는 자제력에 속으로 박수를 보내며, 그가 혀를 깨무는 일이 없기를 기도했다.

엄마가 내 또래 남자의 팔짱을 끼고서 나타났다. 일전에 얘기했던 저 유명한 랄프라는 것을 한눈에 알아차릴 수 있었다. 나는 인사했다. "엄마한테 얘기를 좀 자주 들었어야죠." 나는 억지 미소를 짜냈다. 엄마는 짧은 검정색 가죽 치마 차림이었다. 화장이 어찌나 짙은지 엄마가 김이 피어오르는 무쇠냄비 가까이 다가왔을 때, 뜨거운 증기로 인해 행여 스프속으로 화장이 뚝뚝 녹아내릴까 두려워 지레 몸이 떨렸다. 내가 심술 맞았다. 실은 엄마의 화장은 평소보다 짙지 않다. 나는 엄마에게 부엌에는 리샤르와 내가 있을 테니 친구와 함께 소파에 앉아 있으라고 권했다.

"날 죽이겠다고 약속해." 내 말을 뒤로한 채 엄마가 엉덩이를 드러나게 – 능력껏 최대한 – 실룩대며 벽난로 쪽으로 걸음을 옮기자 그 뒤를 랄프가 따랐다.

엄마의 품행이 처음부터 이 지경이었던 건 아니다. 아버지가 학부모들이 서핑하는 동안 미키 클럽 해수욕장 반대편에서 자행한 대학살 이후로 우리가 겪어야 했던 끔찍한 삶에 적응하느라 굳어진 나쁜 습관이 오늘에 이르렀다. 엄마는 달리 생계를 이을 방도가 전혀 없음을 깨달았다. 타고나기를 노동과는 거리가 먼 사람이었기 때문이다. 그렇게 해서 오늘날 일흔다섯 살 여자에게 남은 건 늙은 바람둥이의 전형뿐이다. 남은 거라곤 오직 그것뿐. 늙은 추물. 나는 과장하여 엄마를 압박했다. "신호를 보내는 즉시 날 죽여."

조지는 아직 현관문을 통과할 수 있었지만 살짝 옆으로 돌아서야 했다. 숨을 참고 있는 듯했다. 아기는 온통 예뻤고, 온통 보라색이었다. 세 가족과 함께 찬바람이 실내로 훅 끼쳐 들어왔다. 해발 500미터 이상에 눈이 내렸고, 그 찬 기운이 평지로 급강하했다. 잠시 후 세 가족의 볼이 온기로 발그레해졌고, 손님들이 저마다 들고 온 와인으로 컬렉션이 풍성해졌다. 랄프가 가져온 샴페인을 열자, 모두들 내게 다가와 저 오두방정은 누구냐고 물었다. 나는 나도 정확히 모르고, 알고 싶지도 않다고 대답했다.

저 팔푼이든 누구든 절대로 엄마와 결혼하게 내버려두

지 않으리라.

이런 내 생각이 얼굴로 심하게 드러나지 않기를. 우리의 시선이 마주쳤을 때 그에게 오만상보다는 미소를 보일 수 있기를. 내가 매년 크리스마스 몇 주 전에 가족과 친한 친구들을 모아 마련하는 저녁식사 자리를 아무것도 아닌 걸로 망치고 싶지 않기 때문이다. 나는 20년 이상을 리샤르와 결혼 생활을 했고, 우리는 늘 이런 방식으로 적어도 1년에 한 번은 모일 수 있었으며, 불가피하게 발생하지만 선의에 의해 자제되거나 싹이 보이기도 전에 잘려버리는 소소한 입씨름을 제외하고는 대체로 매우 즐거운 시간을 보내왔다.

와인 잔과 맥주병이 오가기 시작했다. 안나와 로베르가 와인을 들고 입장했다. 옷걸이가 외투로 뒤덮였고, 벽난로의 불꽃이 타닥타닥 소리를 냈다. 나는 내 시선을 붙들려고 애쓰는 로베르를 외면했다. 이윽고 파트릭이 도착했다. 혼자였다. 부인을 대동하지 않았다. "심각하지 않은 거죠?" 나는 파트릭에게 잔을 건네며 부인의 건강 상태를 확인한 뒤 좌중에 소개시켰다. 얼마 전 그가 동네를 배회하던 수상한 자를 쫓는 중에 우리가 안면을 트게 된 사연을 곁들여서. 엄마가 좋은 이웃을 두는 것은 중요하다고 지적했다.

벵상은 제 아버지와의 대화에 한창 열을 올렸다. 부자가 내 험담을 나누는 중이 아니라고, 나로 인한 각자의 고충을 토로하는 중이 아니라고 말할 자신이 없다. 내게 가끔 쏟아내는 고약한 성깔을 제외하면, 두 사람은 성향이 사뭇 다르다. 이제 벵상이 제 아버지한테 힘으로 밀리지는 않을 성싶다. 이제는 제 아비를 혼낼 수도 있는 아이를 내가 낳았다고 생각하니 제법 묘한 기분이 든다. 나는 벽난로에 바짝 붙어 앉아 밀담을 나누는 통에 장작불에서 반사된 그림자가 너울거리는 부자의 얼굴을 바라보았다. 조지가 소파 한가운데 앉아 아기에게 젖을 물림으로써 로베르에게 잠시 심심풀이 구경거리를 제공했다.

마지막으로 엘렌느 자카리앙이 초인종을 누르자 리샤르가 노루처럼 의자에서 튀어 올랐다. 이제 올 사람은 모두 모였다. 대체 무엇이 이토록 좋은 냄새를 풍기는 것인지 확인하기 위해 벌써 몇 번째인지도 모르게 무쇠 냄비 뚜껑을 열어보며 안달이 났던 사람들이 기대에 찬 간절한 시선을 내게 던졌다. 오직 엘렌느 자카리앙한테만 시선이 가 있는 인간도 거실로 들어섰다. 가관이다. 더욱 웃기는 건 그토록 무수한 아름다운 것들이 한 사람에게 온통 집약된 것이 황송해서 어쩔 줄 모르겠다는 듯한 리샤르의 태도다. 나는 안나와 시선을 교환했다. 안나도 나와 같은 생각이라는 것이 역력했다. 우리 나이 여자들에게 경쟁이란 험난하고 불공정하며, 때로는 차라리 죽는 게 낫기도 하다.

우리는 식탁에 둘러앉았다. 파트릭이 내 옆에 앉더니 초대해줘서 매우 감사하고 이토록 훌륭한 분들로 이루어진 공동체와 함께 식사하게 되어 대단히 영광이라는 인사를 슬쩍 흘렸다. 다소 의례적이고 과장되게 느껴졌으나 나는 기꺼이 감사를 받아들였다. 그가 인사말과 함께 내 팔에 슬며시 손을 얹고는 거두지 않았고, 이 세부사항을 좌중의 누구도 놓치지 않았기 때문이다.

식탁 맞은편 쪽에서 거의 나와 정면을 보고 앉은 로베르는 차라리 눈을 감았다. 그를 자극할 의도가 조금도 없었기에 나는 음식 시중을 들기 위해 의자를 밀치며 자리에서 일어났다. 하지만 양 볼에 오른 열기가 가시지 않았다. 뱅상이 일어나 대나무 섬유 기저귀를 찬 아기 – 어떤 멍청한 이유 때문인지는 모르겠으나 그들은 아기를 '에두아르 아기'라 불렀다 – 를 안고 실내를 서성거렸다. 에두아르 아기가 엷게 칭얼거리기 시작했기 때문이다.

식탁 맞은편은 안나가 시중을 드는 동안, 엄마가 손가락을 부딪쳐 딱 소리를 내어 좌중을 침묵시킨 뒤 가족과 친구들이 이렇게 한데 모여 행복하느니 어쩌니를 서두로 일장 연설을 시작했다. 엄마의 연설은 새 얼굴들에게 환영을 표할 때까지 초반부가 매년 한결같고, 올해의 경우 랄프, 파트릭, 엘렌느가 새 얼굴에 해당된다. 마지막 순간에 뱅상이 뭔 별볼일 없는 전략인지 몰라도 자기의 새 여자 친구로 굳이 다시 소개한 조지는 작년 겨울에 이미 환영을 받은 바 있다. 수다쟁이 늙은이가 주도하는 이 작은 그림은 늘 몇 분간 이어지고, 그사이 안나와 나는 음식 시중을 끝낼 수 있으니 완벽하다. 마침내 엄마가 랄프를 돌아보았다. 비록 내가 엄마를 주시하지 않았을지라도 무언가가 내 시선을 잡아당겼다. 싸한 무언가가 번쩍했다고 할까. 아나나 다를까 가까운 시일에 랄프와 약혼할 것임을 공표하는 엄마의 말소리가 들려왔다.

나는 과장되게 코웃음을 치고 나서 말했다. "아, 미안, 미안해요. 그런데 대체 어떻게 하면 엄마처럼 그렇게 우스울 수 있는 거죠?"

엄마는 표정을 일그러뜨렸지만 아무 말도 하지 않았다. 리샤르가 서둘러 잔을 들어 올리며 식탁에 둘러앉은 모두에게 건배를 제안했다. 내가 유발한 침묵이 삽시간에 실내를 가득 메웠다. 모두들 엄마와 나로 인해 고압 전류가 흐르는 분위기를 누그러뜨리고자 애썼다. 그럭저럭 대화가 재개되었고 엄마도 결국 랄프의 청을 못 이기는 척 자리에 도로 앉았다. 나도 파트릭 옆의 내 자리로 돌아갔다. 파트릭이 어딘가의 주소를 내게 물었다.

"죄송해요, 파트릭. 잘 못 들었어요. 누구 주소요?"

"당신의 단골 정육점 주소요."

나는 그럭저럭 미소를 지어 보였지만 이 가면 뒤로 자문했다. 내가 정말 그를 원하는지. 혹은 여전히 원하는지.

은행가를 업으로 선택한 남자는 늘 조심해야 한다고, 나는 그가 따라준 와인 잔을 물끄러미 바라보며 생각했다.

파트릭과 무릎을 맞댄 채 식사를 끝내긴 했지만 나는 상황을 그 이상 끌지 않고 식탁에서 일어났다. 나로서는 찬성도 반대도 아니다. 그를 기다리게 하고 싶다. 그가 서두르지 않았으면 좋겠다. 그가 내가 원하는 것을 물었고, 나는 모르겠다고 이런 식의 대화를 나누기엔 장소가 적절치 못하다고 대답했다. "난 소곤거리는 건 질색이라서요." 나는 그에게 벽난로에 장작을 몇 개 더 던져주면 고맙겠다고 부탁하며 덧붙였다.

밖에는 눈발이 흩날렸다. 싸늘한 밤공기 속에 옅은 안개가 어른거렸다. 이제 일부만 식탁에 남았다. 엄마와 두 차례 눈이 마주쳤지만, 엄마가 내게 화가 나 있다는 것을 알기에는 한 번으로도 족하다. 엄마도 내가 엄마한테 화가 나 있다는 것을 알고 있다는 것까지 알 수 있다.

안나가 훌륭한 파이를, 조지는 덜 훌륭한 파이를 만들어왔다. 두말할 것도 없이 덜 훌륭했다. 훨씬 더 딱딱했다고 할까. 버터와 밀가루의 비율을 적정량보다 두 배로 잡은 듯했다. 내 눈엔 벵상이 마뜩지 않아하는 것이 역력했지만, 조지는 그러거나 말거나 보랏빛이 울긋불긋한 자신의 피조물에 터질 듯 뿌듯해하며 행복으로 환히 빛났다.

나는 로베르가 혹여 절망감에 못 이겨 진짜로 문제라도 일으키기 전에 몇 마디 상냥한 말을 흘리며 달랬다.

"별다른 이유 없어, 로베르. 그저 여자들 생리하는 건데, 그것까지 당신한테 적나라하게 보이기 싫어서 그래. 지금은 안 되는 걸, 나더러 어떡하라고. 다른 여자 없어?"

"그럼 적어도 한 가지는 설명이 필요해. 저 자식이랑은 뭐하는 수작질이야? 뭐냐고, 대체 그 거지 같은 짓거리는?"

그가 아무리 소리를 낮춰도 내겐 고함치는 것처럼 들렸다.

"설마 지금 내 집에서 난동이라도 부리려는 거야, 로베르? 말해봐. 내가 당신한테 그런 걸 걱정해야 돼?"

나는 그의 양손에 접시를 쥐여주고는 조지가 만든 파이를 양쪽에 각각 조금씩 던 뒤, 입술을 살짝 앞으로 내밀어 보이지 않는 키스를 날리며 한쪽 눈을 찡긋해 보였다. 조지가 우리 쪽을 보더니 라비클레르[4]의 조리법을 따랐다고 자랑하며, 여담으로 현재 거기서 맛있는 파네토네 빵을 할인 중이라고 알렸다. 이어서 에두아르 아기에게 다시 젖을 물리기 위해 자리를 잡고는 파이 설명을 계속했다.

"원래 조리법에 블루베리는 없어요. 초콜릿만 넣죠. 그런데 제가 블루베리라면 사족을 못 쓰거든요. 밤크림도요." 조지의 젖가슴이 핸드볼공만 하다. 벵상, 저 바보가 저걸 어떻게 할지 문득 궁금해진다.

엘렌느가 다가와 내 요리를 칭찬하며 우리가 친구가 되기를 진심으로 원했다. 리샤르는 우리한테서 한 발 물러나

---

4   유기농 식품 전문 체인점.

오줌이라도 참는 것처럼 오만상을 짓고 있다. 다시 봐도 엘렌느는 괜찮은 여자다. 하지만 그것이 그녀와 나를 잇는 어떤 연결 고리가 될 수는 없다. 그것은 절대 아무 연결 고리도 되지 못한다. 그는 무얼 바라는 것일까? 대체 인간은 어떤 가당찮은 조합이어야만, 어떤 불모의 연합이어야만 뛰어들지 않을 수 있는 것일까?

"당신 여자 친구 매력적인걸."

리샤르가 마침내 우리 가까이 다가왔을 때 내가 말했다.

"아. 다행이네. 오늘 맛있었어. 당신도 언제 집에 와야지."

"그럼, 물론이지. 하지만 천천히. 너무 서둘지는 말자."

엘렌느가 말했다.

"리샤르, 우리가 알아서 하게 해줘. 우선 호칭부터 미셸로 바꿀래. 괜찮죠, 미셸? 제가 전화 드릴게요. 일단 우리 둘이서 점심식사 어때요?"

내가 대답했다.

"아, 나야 좋고말고요. 그렇게 해요, 엘렌느. 어쩐지 우리가 잘 맞을 것 같은 예감이 드는군요."

리샤르가 말했다.

"다행이네."

나는 짓눌리는 기분이었지만 내색하지 않았다. 꽃다발과 라뒤레 마카롱을 손에 들고서 그들의 집 초인종을 누르는 내 모습이 그려졌다. 과연 자존심에 크게 금이 가지 않은 채 그런 상황을 견딜 수 있을까?

내 허리로 팔 하나가 미끄러져 들어왔다. 나를 관찰할 때면 매우 날카로운 촉을 가동시켜 나의 상태 – 입술을 깨문다든지, 미간을 찌푸린다든지, 창백해진다든지 – 에 따라 적절한 조치를 취할 줄 아는 나의 사랑하는 안나였다. 그녀가 내게 절실했던 진토닉을 때마침 내밀었다.

리샤르가 서두를 뗐다. 지난 몇 년간 숱한 기획들이 초기 단계에서 물거품이 되었고, 자금 순환이 원활하지 않으며, 전반적으로 위기가 아닌 영역이 없다. 리샤르는 그런 상황을 모르지 않는다고 전제한 뒤, 나와 안나를 응시하며 그런데 당신네들은 그만큼의 대가를 치르지 않았다고 지적했다. 순간 그가 이미 좀 거나해진 것이 느껴졌다. "당신네들이 상상력이 부족한 데다 시대의 요구마저 거부하고 미국적인 것에 과도하게 열광하는 거에 비하면 말이야, 안 그래?"

안나와 나는 우리가 거절한 시나리오마다 되돌아오는 호된 지적과 반발 또는 상상조차 할 수 없는 추잡한 중상과 모욕을 감내하는 데 이골이 났다. 우리는 이런 상황을 통제하는 법을 안다. 바로 피하는 것. 보아하니 엄마도 좀 거나해진 눈치다. 양 볼이 잘 익은 살굿빛이 되었다. 엄마가 지적했다. "리샤르, 자넨 정말이지 볼 때마다 투덜거리는구먼." "단말마의 투덜거림이라고 할까요, 이렌느."

엄마가 리샤르의 팔짱을 꼈다. 엄마가 요령껏 처신하는

중이다. 누군가 개봉한 초콜릿 상자가 이 손에서 저 손으로 옮겨다녔다. 엘렌느가 자리에 앉으며 다리를 꼬았고, 그것은 그 자체로 작은 축제였다. 그녀가 끼어들었다.

"그러니까 지나치게 부정적으로 굴지 마, 리샤르. 그거 불편한 거야, 알아?"

"부정적인 게 아니야, 엘렌느. 난 냉철하다고. 이젠 정말 흥행 요소가 아닌 건 단 한 줄도 허용하지 않는 세상이 됐다니까."

안나가 내 귓가로 몸을 기울이며 리샤르의 시나리오 어디에 흥행 요소가 있었는지 묻는 동안, 당사자의 진지한 변론이 이어졌다. 그는 자신이 충분히 좋은 예시일 수 있는 차별성과 독창성과 유일성의 전도자였다. 나는 안나에게 대답했다. "리샤르는 무엇보다 이론가야."

이제 눈이 내리지 않고서 눈이 내렸다. 대기 속을 부유하는 눈송이들이 회오리를 그리면서. 랄프는 통화를 했고, 조지는 신체의 일부를 도로 제자리에 넣었으며, 로베르는 슬픈 눈으로 멍하니 허공을 응시했고, 벵상과 파트릭은 소파에 앉아 있었다. 내가 부엌에 가기 위해 소파 근처를 지나자니 벵상이 선언하는 소리가 들려왔다. "우리는 민중이니, 닥치고 개고생을 해야 할 소명이 있는 겁니다."

해가 짧아지고 기온이 내려가는 겨울에는 일상이 된 불만과 믿기지 않는 분노의 불씨를 되살리는 사람들이 왕왕 있다. 특히 패스트푸드 전문점 같은 데서 월급을 받는 경우라면. 나는 전기 포트의 전원을 켰다. 벵상에게 연민이 들 때마다 나는 내가 벵상 나이였을 때 감내해야 했던 운명과 삶을 떠올리며 자제한다. 엄마와 나는 그냥 페스트 환자 정도가 아니라, 더러운 페스트 환자 취급을 받았다. 어른들은 우리를 저주했고, 아이들은 우리의 머리칼을 잡아당겼으며, 자식을 잃고 비탄에 잠긴 학부모들은 손에 든 무엇이든 닥치는 대로 집어던졌다. 이를테면 나와 정육점에서 마주치자 이제 막 비용을 지불한 스테이크용 쇠고기를 내 얼굴에 집어던졌던 남자처럼.

"무슨 생각하고 있니?" 엄마가 물었다. 나는 뒤를 돌아보며 대답했다. "아, 그냥 그저."

엄마는 우뚝 서서 움직이지 않았다. 고개를 숙인 채 작고 빠르게 좌우로 까딱거리다가 – 약간 걱정스럽다 싶을 정도로 – 이윽고 고개를 들었다.

"좀 전에 네가 나한테 얼마나 고약하게 굴었는지 알고 있니?"

"그럼, 당연하지. 그런데 그건 약과야. 난 아직 시작도 안 했거든."

엄마가 얼굴을 일그러뜨리며 클클거렸다. 그러더니 의자에 털썩 무너져 내리며 양손으로 얼굴을 감쌌다.

"네 아버지는 30년째 교도소에 있어! 내가 뭘 어쩐들 무슨 상관이겠니?"

"내가 상관있어, 내가. 아버지도 없는 사람이 어떻게 새 아버지를 맞지?"

"그럼 나는 평생 네년 무서워 벌벌 떨며 살아야 하는 거니? 그게 네년이 정해놓은 내 앞날이냐? 내가 죽는 날까지 벌벌 떨다가 국립요양원에서 인생을 끝내는 게? 모든 가난뱅이들과 외국 놈들 속에서?"

"뭐?"

"됐다, 됐어. 어이구야, 진정해라. 방금 한 말은 못 들은 걸로 치렴."

전기 포트가 삐익 소리를 냈다.

"당연한 결과겠지만 그 연애사가 어떤 식으로든 산산조각 나서 랄프가 엄마 곁에서 사라져버리더라도 엄마 딸인 나는 늘 엄마 곁에 있을 거야. 내가 랄프보다 더 확실한 보험이란 이야기지. 객관적으로."

엄마의 가슴 한구석에서 희망의 불빛이 반짝거리는 게 느껴졌다.

엄마가 내게 빈 잔을 내밀었다. 내가 남용하는 게 너무 많다며 주의를 주자 '지랄도 작작해라'는 답이 날아왔다. 나는 엄마에게 와인을 따라준 뒤 발길을 돌렸다. 지치는 기분이다. 뒤에서 우당탕 소리가 들렸다. 의자가 뒤집히며 넘어가는 요란한 소리가.

이제 우리는 병원으로 달리는 중이다. 엄마가 의식을 잃었다. 불안해서 돌아버릴 것 같다. 나는 다시 엄마의 어린 딸이 되었지만 그러면서도 엄마의 얼굴이 섬뜩하다. 푸른빛마저 감도는 잿빛 피부. 파트릭이 전속력으로 달렸다. 그가 지름길을 안다. 엄마가 숨을 쉬고 있는 것인지조차 모르겠다. 나는 엄마의 손을 잡았다. 미처 주체하지 못한 굵은 눈물 줄기가 내 양 볼을 타고 소리 없이 흘러내렸다. 내가 할 수 있는 것이라곤 오직 희미하게 입술을 떠는 것뿐. '나한테 이러지 마!' 내가 소리 죽여 분노하는 동안 차가 몇 개의 신호등을 무시한 채 경적을 울리며 질주했다. 이 매서운 날씨에 운하 근처의 텐트에서 잠자던 노숙자들이 우리에게 욕설을 퍼부었다. 찬 공기를 휘젓는 바람이 살을 에는 듯한 날씨다. 내가 엄마를 차에서 끌어내기 위해 품에 안았을 때 그 얼음장 같은 바람이 엄마의 얼굴을 때리고 갔다. 엄마가 내 품에서 움찔하며 경직되는가 싶더니 내 팔을 움켜쥐며 일그러진 얼굴로 내 귓가에 속삭였다. "아버지를 만나러 가, 미셸." 등골이 오싹해지는 소리였다. 엄마를 놓지 않기 위해 인내심을 발휘해야 했다. "아버지를 만나러 가." 엄마가 내게 애원했다.

"뭐, 엄마?" 나는 신음을 흘렸다. 바람이 음산한 울음소리를 내는 동안 퉁퉁한 여자 간호사가 달려왔고, 그 뒤를 파트릭과 바람에 기다란 말총 머리가 달랑거리는 응급요원이 들것을 든 채 따랐다.

"아직 혼수상태야." 집에 남은 사람들에게 이것 외에 달리 전할 새로운 정보가 없었다. 나는 기다렸다. 우리는 기다렸다. 파트릭이 내 곁을 지키겠다고 고집했다. 나는 리샤르와 벵상에게 집에 남은 다른 손님들과 뒷일을 부탁했다. 예감이 그리 좋지 않다. 내 안의 무언가가 구부러드는 느낌이다. 무시무시한 그림자가 손길을 뻗치는 것 같다고 할까. 파트릭이 내 어깨에 팔을 둘렀다. 이 상황에 맞는 최선의 행동이었으리라. 엄마가 없어질 수도 있다는 생각은 한 번도 해보지 않았다. 나로서는 도저히 견딜 수 없는 가능성이었다. 지금 그 심연에 덜컥 맞닥뜨리게 되었고 나는 힘을 잃었다. 과거에 엄마와 나는 종종 오직 우리의 결속만으로 괴로운 과거를 이겨내거나, 그저 곤경을 헤쳐왔다. 오늘부터는 이제 정말 더는 아무것도 쉽지 않을 듯하다. 나는 파트릭을 바라보았다. 이런 내 짐작을 반박해줄 사람이 은행에서 일하는 남자는 아닐 터.

동이 틀 무렵, 의사가 나를 찾아와 집에 돌아가라고 권고했다. 지금으로서는 그것이 내가 할 수 있는 최선이라면서. 엄마는 담당자가 감시 중이니 변화가 생기는 대로 즉시 알리겠다고 말했다. 나는 그에게 질문하는 대신 호흡을 가다듬으려고 애썼다. 파트릭이 날 부축했다. 밤새 가까스로 그럭저럭 안정을 되찾았건만, 단순히 의사를, 흰 가운을 입은 남자를 본 것만으로 나는 다시 불안에 휩싸였고 다시 현재의 불행에 몰입했다. 이래서는 담당의와 정상적인 대화를 나누는 것이 불가능하다. 내 육체가 더는 정상적으로 작동하지 않는다. 의사가 내게 수면제를 삼키고 침대에 들라고 조언한 뒤, 현재 엄마의 상태가 안정적이라며 집에 가 있으면 저녁에 전화하겠노라고 나를 안심시켰다. 나는 고개를 주억거리며 몸을 움츠렸다. 파트릭이 곁을 지키고 있다. "그래요, 댁으로 가시죠. 샤워도 하고 옷도 갈아입을 겸." 그가 내 어깨에 손을 얹으며 권유했다. 엄마가 생사를 오가는 동안 나는 딱딱한 병원 벤치에 몸을 누인 채 뜬눈으로 밤을 지새운 터였다. 더러 앉아 있거나, 가련한 낙엽처럼 벌벌 떨지 않기 위해 양손을 깍지 낀 채 무릎에 이마를 묻으며 몸을 둘로 꺾기도 하면서. 생애 최악의 밤이 지났다. 아버지가 경찰서에서 고개를 꼿꼿이 든 채 체포되는 것으로 성난 군중의 손에서 벗어나던 날 밤과 동률 1위다. 나는 멍한 시선으로 파트릭을 바라보다가, 미지근한 강물을 따라 표류하듯 더는 저항하지 않고 출구로 이끌려갔다. 하얗게 서린 성에로 반짝이는 주차장을 가로지르는 동안에도 바깥의 한기조차 느껴지지 않았다.

파트릭이 히터를 틀고 나서 내게 연민의 미소를 지어 보인 뒤, 희붐한 여명 빛이 밝아오는 한산한 도로로 들어섰다.

차가 신호등에 걸렸을 때 그가 내 무릎에 손을 얹었다. 나를 위로하려는 행동이었다. "아직 아무것도 정해지지 않앉어요." 새하얀 안개에 잠긴 불로뉴 숲을 통과할 때 파트릭이 용기를 북돋기 위해 내게 말했다. 나는 아무 대답도 하지 않았다.

그가 헌신을 다해 신속하게 우리를 병원에 데려갔고, 내 곁에서 밤을 지새웠으며, 완벽하게 - 주의 깊고, 사려 깊게 - 행동했다는 것에 대한 인식이 있다. 또한 불과 며칠 전까지만 해도 나는 그에게 이끌렸고 상당한 욕구까지 느꼈더랬다. 이 모든 것을 당연히 염두에 두고 있지만 과연 내가 아직도 모든 것을 설명하고 싶어 하는 나이일까? 아직도 내가 무엇이 됐건 그것을 위해 노력할 나이일까?

집에 돌아오니 리샤르가 아직 가지 않고 기다리고 있다. 그리고 그것은 병원을 떠나 집까지 오는 내내 머릿속을 떠나지 않던 지리멸렬한 내 의문에 즉각적인 답이 되었다. 이제는 파트릭에게 어떻게 설명해야 할지 안다. 나는 지금으로서는 우리 관계를 더 이상 진전시킬 수 없고, 내가 언제든 그와 잘 것처럼 그를 오해하게 만든 것을 후회한다고.

우리가 안으로 들어서자 리샤르가 소파 팔걸이에 의지해 몸을 일으키며 시선으로 내게 물었다. 리샤르, 그는 안다. 그는 내가 이렌느를 잃는다는 생각만으로도 어떤 절망감에 빠질 수 있는지, 어느 정도로 무력해질 수 있는지, 그 후의 첫 시련에 바로 어떻게 무너질 수 있는지 아는 유일한 사람이다. 뱅상도 있지만 정도가 약하다. 당시 위협이 집 안에 감돌았을 때, 자식을 잃은 고통으로 반미치광이가 된 어미나 다른 누구든 우리에게 복수함으로써 정의를 바로 잡겠다고 혈안이 되어 있었을 때, 이렌느가 나를 지키느라 뜬눈으로 밤을 보내곤 했다. 이제는 어찌 될까? 이렌느가 더는 나를 지킬 수 없는 이제는?

리샤르가 일어나서 우리에게 다가와 나를 끌어안았다. 나는 거부하지 않았다. 내가 알았고, 알고 있는 모든 남자 중에 그는 최고의 남자다. 사실이다. 하지만 그것으로 충분할까? 그것이 경탄할 만한 것일까? 더 나은 것을 꿈꿀 수는 없는 것일까?

나는 소파에 털썩 무너져 내렸다. 두 남자가 마주 보았다. 그들 사이에 내가 대상인 경쟁 구도가 즉시 성립되었다. 덩달아 그런 기운을 감지하는 내 기민함이 아직 죽지 않았음도 확인되었다. 조금은 상처 입은 내 심장에 연고 – 가볍고 약효가 적은 – 가 되었다고 할까. 나는 한숨을 내뱉으며 말했다. "아, 죄송해요. 내가 두 분을 아직 인사시키지 않았죠?"

두 남자한테서 그렇다는 답이 돌아왔다. 리샤르가 기회를 틈타 파트릭에게 나를 데려다줘서 감사하다고 인사한 뒤 이제 안심하고 집으로 돌아가도 좋다고 말했다. 나는 다른 곳을 바라보았다. 그들의 작은 게임에 개입하고 싶지 않다. 고단하다. 리샤르가 내게 팔을 둘러 자신의 어깨로 바짝 끌어당겼다. 발길을 돌리는 파트릭에게 나는 한 박자 늦게 인사했다. "아, 정말 감사해요, 파트릭. 정말 감사해요, 전화 드릴게요. 소식 전할게요."

이미 문턱을 넘은 파트릭이 어렴풋이 분한 시선을 내게 던졌다. 적잖이 연민이 느껴졌다. 열린 문틈으로 밀려들어온 찬바람에 벽난로 불길이 윙윙 소리를 냈다.

"저치 좀 끈적거리지 않아? 안 그래?"

"그렇게 생각했다면 내가 저 사람을 초대했겠어? 생각 좀 하고 말해."

"잠깐, 당신 진심이야? 아니면 나 열 받게 하려고 그러는 거야?"

나는 쿡 웃음을 터뜨렸다.

"맙소사! 당신 지금 나한테 바가지 긁고 있어, 리샤르! 바가지. 알아? 말세일세 말세. 어디에 머리라도 부딪쳤어? 아니면 돌았거나."

우리는 좀 전에 파트릭에게 상냥하지 못했고, 그래서 나는 심사가 사나워졌던 참이다. 나는 말을 이었다.

"됐어, 이런 식의 실랑이 그만하자. 알다시피 나는 다른 걱정이 있는 사람이야. 정 알고 싶은 것 같으니 얘긴데, 나 저 남자랑 밤새 시시덕거리다 온 거 아니거든. 그리고 당신이 뭔데 캐고 드는 거야? 무슨 자격으로? 가만, 혹시 이거 꿈인가? 나 지금 눈 뜬 채 꿈꾸고 있어? 그런 거야?"

"그래, 여기까지 하자."

"나한테 이래라저래라 하지 마, 리샤르. 우린 각자 조용히 살려고 헤어졌어. 나도 당신한테 이제 갓 애티를 벗은 데스크 여직원하고 뭐하는 짓이냐고 따지지 않잖아. 그러니까 당신도 날 본받아."

밖에는 안개가 걷히며 하늘이 맑아졌다. 새벽이 어두운 나무 밑동과 헐벗다시피 한 나뭇가지 사이로 스르르 모습을 감췄다. 나는 심호흡을 했다. 마치 밝아진 날이 안식처인 양, 이제부터 저녁까지 휴식이 보장된 양.

목욕물을 받았다. 리샤르가 떠나고, 문 아래까지 집 안 구석구석을 천 번도 더 꼼꼼히 점검하고 나서 세탁기를 찌든 빨래 코스로 작동시켰다. 물 수위와 온도도 최대로 설정했다. 이불에서 오물이 완전무결하게 제거되도록. 마르티가 내 뒤를 따랐고 나는 우리 등 뒤로 침실 문을 잠갔다.

마르티가 세면대에 앉아 내가 수도꼭지를 틀기를 기다리고 있다. 목이 마른 것이다. 이제 마르티는 어떤 식으로든 내 곁을 확실하게 지킬 유일한 생명체이니만큼 – 이렌느가 불확실하게 된 이상 – 서둘러 물을 마시게 했다. 마르티한테 약간의 애정 표시든 뭐든 얻기 위해서. 마르티가 가르릉거리며 물을 마시는 – 늙은 고양이만이 통달할 수 있는 까다로운 시범 – 동안, 나는 안나에게 전화를 걸어 어제 메시지에 답신하지 못한 것을 사과했다. 안나가 말했다.

"불쌍한 내 친구, 괜찮아?"

"모르겠어. 목욕 좀 하려고. 피곤해. 아무래도 뇌진탕 같은데, 아직 정확히 모르겠네."

"자기는 괜찮아? 내가 갈까?"

나는 일단 쉬고 나서 저녁에 내가 병원에서 오면서 그녀 집에 들르거나, 아니면 그녀가 나를 데리러 와서 한잔하러 가는 게 좋겠다고 말했다. 통화를 계속하면서 욕조 속으로 몸을 미끄러뜨렸다. 이상적인 건 내가 이렌느의 청을 말끔히 잊거나 철저히 무시해버리는 것이리라. 하지만 아직은 그렇게 되지 않는다.

안나가 말했다.

"어떻게 자기한테 그렇게까지 할 수 있는지 어이가 없어. 정말 끔찍한 처사야."

"그 말만 하고서 바로 정신을 잃었다니까. 여차하면 그게 유언이 될 수도 있어, 안나. 알아?"

"그래서 어쩔 셈이야?"

"뭘? 뭘 어째…… 음…… 아무것도. 아무것도 안 해. 응, 내가 할 수 있는 건 아무것도 없어. 그렇게 감방 구석에서 없어지든지 말든지."

안나는 내가 옳다는 의견이다. 빈사의 착란 상태에서 들릴락 말락 제대로 알아들을 수도 없는 문서화되지 않은 마지막 소원에, 잘못 해석될 수 있는 헐떡임에, 잘못 번역될 수 있는 그르렁거림에, 모호한 신음에 연연할 필요도 책임도 없다면서. 안나는 거친 표현을 사과하더니 그래도 그나마 최소한의 예의를 차렸기에 그 정도라고 서둘러 덧붙인 뒤 쐐기를 박았다. "죽어가는 사람의 소원을 들어주는 것도 어느 정도까지야. 그렇지 않으면 이교도나 그 비슷한 종류의 정신병자마저 되어야 할걸. 내가 자기 엄마 좋아하는 거 알지? 그래도 이건 아니야. 고민에서 벗어나. 걱정하고 말 것도 없으니까."

침대에 들려는데 문 두드리는 소리가 들렸다. 파트릭이다. 출근길에 안부 확인차 들렀다. 혹시 필요한 게 있으면 퇴근하며 사가지고 오겠다고 한다. 나는 아무것도 필요하지 않으나 고맙다고 인사했다. 그는 즐거운 동시에 슬픈 표정이었고, 무언가를 기다리는 듯 보였다. 나는 실내 가운의 깃을 세워 목을 감쌌다. 그의 뒤로 검은 새 한 무리가 하늘을 조용히 가로질렀다. 나는 말했다. "저기요, 파트릭, 보시다시피난 막 자려던 참이었어요. 이해해줘요. 병원에 다시 가기 전에 충전 좀 하려고요."

파트릭이 미소 지었다. 순간 그가 내게 달려드는 것은 아닌지 의문이 일었으나 다음 순간, 기다란 파란 무늬 가운이 아니라 짧은 다른 파란 무늬 가운을 걸친 내 모습을 깨닫고 경악했다. 게다가 속은 달랑 팬티뿐이다. 너무 고단해서 의식하지 못한 채 이 꼴로 문을 열어 나왔던 것이다! 어떤 식으로든 이 차림을 수습하기엔 너무 늦었다. 자칫 잘못하다간 외려 상황만 악화시킨 채 정말 우스꽝스러워지거나, 괜스레 겁에 질린 숫처녀 놀음을 하는 것으로 비칠 수 있다. 나는 재빨리 벨트를 여몄다. 혹여 그에게 아무 효과도 주지 못할까 두려웠다면, 이젠 안심해도 되리라.

그가 헛기침을 했다. "무엇이든 제가 도울 일이 있으면 연락하세요." 그가 말하며 외투 주머니에 손을 집어넣더니 전화기를 꺼냈다. 이유인즉슨 나와 번호를 교환하기 위함인데, 그의 동작이 꽤나 수상쩍었다. 나는 물었다.

"혹시 날 찍었어요, 지금 날 사진 찍은 거예요, 파트릭?"

그가 미간을 찌푸렸다. 얼굴이 붉어졌다.

"그럴 리가요, 미셸. 당연히 아니죠."

"아닌 것 같은데요, 파트릭. 페이스북용인가요, 아니면 그냥 개인 소장?"

그가 부인했다. 고개를 전 방위로 설설 젓다가 내가 씁쓸해하며 면전에서 문을 닫으려는 순간, 최후의 방편으로 '갤러리' 아이콘을 눌러 최근 사진을 보여주었다. 나는 내 사진이 아닌 것을 확인했다. 아니, 내 사진이긴 하되 반나체 차림으로 문가에 서 있는 모습이 아니라 병원 벤치에 개처럼 몸을 오므리고 모로 누워 있는 모습이었다. 사진 속의 내가 누운 채 첫 아침 햇살에 놀라며 영성체의 파리한 빛 속에 잠겨 있었다.

의외의 사진을 발견한 놀람이 가시자 나는 졸다 깨난 어리바리한 내 표정을 지적하며 웃지 않을 수 없었다. 파트릭이 반박했다.

"천만에요. 제 눈엔 무척 아름다운걸요."

실내 가운 차림으로는 감당되지 않는 매서운 날씨였다. 피부란 피부엔 죄다 소름이 돋았고 털이란 털은 온통 곤두섰다. 그의 고백에 깃든 믿을 수 없으리만치 감동적인 어조에 한층 몸이 떨렸다. 말문이 막혔다.

그가 선사한 달콤한 즐거움에 감사를 표하고 싶었으나 가뜩이나 적극적인 그를 더는 부추기지 않기 위해 자제했다. "다음에 다시 얘기해요, 파트릭. 나, 이러다 얼어 죽겠어요." 그가 미소 지으며 인사 대신 작은 손짓을 보냈다. 나는 문을 닫고 빗장을 걸었다.

문구멍을 통해 차로 향하는 그의 뒷모습을 바라보았다. 문득 관계를 시작하기에 앞서 앞뒤를 재고 있다면 노년에 접어든 것이라는 말이 떠올랐다.

오후를 훌쩍 넘기고서야 잠에서 깨어났다. 엄마를 보러 갔다. 보러 갔다고는 해도 내게 허용된 건 엄마의 얼굴을 뒤덮은 산소마스크와 줄줄이 연결된 관들뿐이다. 하지만 볼 것도 없다. 엄마는 미동도 하지 않는다. 얼마간 엄마의 손을 끌어다 잡아보았지만 엄마의 존재가 느껴지지 않는다. 엄마가 이곳에 있는 것 같지 않다. 표현을 순화하자면 말이다.

지난 몇 년간 엄마와 나 사이엔 불화가 끊이지 않았다. 내가 리샤르와 헤어진 이후로 우리의 관계가 뒤틀렸다. 엄마가 우리 집에서 나와 함께 살려는 의사를 내비치자마자 내가 일언지하에 거부했기 때문이다. 나와 함께 사는 것은 엄마가 열렬히 갈망하던 환경이다. 내가 엄마에게 기댔던 암흑의 세월보다 훨씬 오래 엄마도 내게 기대기 위해서. 내가 엄마를 보지 않은 채 한 달 또는 그 이상을 지낼 수 있었다면 그건 엄마가 어디 있는지 알았기 때문이다. 이제는 더 이상 엄마가 어디 있는지 모른다.

가면이 벗겨지는 두려움. 누군가 나를 알아보고, 그 모든 죽음과 그 모든 부당함과 그 모든 광기에 직면해야 할 것 같은 두려움. 30년이 지난 지금도 이 두려움은 여전히 끈질기고 파급력이 강하다. 이렌느는 결국 세월과 함께 우리도 안전해졌다고 여겼지만, 나는 결코 설득당하지 않은 채 다 자라서도 엄지손가락을 빠는 늦된 아이처럼 경계하는 습관을 이럭저럭 유지했다. 생각해보니 덜 경계했는지도 모르겠다. 뭇 여자들처럼 성폭행을 당하고야 말았으니.

리샤르를 만났을 때 나는 미치기 일보 직전이었다. 밀침을 당한다거나 따귀를 맞는다거나 모욕을 당하는 등 이런저런 방식으로 공격받지 않고 지나가는 주(週)가 단 한 주도 없었고, 수시간씩 방에 틀어박혀 눈물을 흘리기 일쑤였으며, 심지어 외부에서보다 더 심하게 폭행당하고 골탕 먹고 박해받았던 대학마저 떠나야 했다. 그들 모두가 마치 내 아버지의 광기 어린 살인 행각으로 희생된 친형제나 자매 혹은 사라지거나 좌절에 빠진 가까운 이들이 있는 거라고 믿지 않고서야 그럴 수는 없었다. 나는 끊임없는 불안 속에서 살았고, 우리를 자기와 같은 나락으로 이끈 아버지를 매일 매순간 저주했다. 어떤 아이들은 지나가며 그저 책으로 내 머리를 툭 치는 수준에 그치기도 했다.

할 수만 있었다면 내 손으로 아버지를 죽였을 것이다. 그는 내게 늘 거리를 두며 차갑게 대했으니 크게 그리울 것도 없었으리라. 내가 그런 취지의 말을 흘리면 이렌느는 그때마다 펄쩍 뛰었고 더러 기를 쓰고 내 버릇을 고쳐놓으려 할 때도 있었다. 그녀에게 그런 말은 끔찍한 신성모독이었으며 비록 한동안 신을 잊고 살았을망정 내게 넘지 말아야 할 선을 지키게 할 정도의 모태 신앙은 남아 있었다. 아버지의 죽음을 바라는 것은 내게 허용되지 않았고, 내 손으로 직접 그를 처단하겠다고 큰소리치는 것은 더더욱 어림없었다. 그렇지 않으면 악마가 내 입을 빌려 말하는 것인바, 따귀 세례가 쏟아졌고 나는 조금은 엄숙하게 양팔을 X자로 들어 올려 얼굴을 가리며 능숙하게 방어하곤 했다. 아버지의 잘못으로 우리가 그 고역을 당하는데도 엄마가 왜 한사코 그를 보호하려는 건지 이해할 수 없었다. 당시 나는 사랑하는 남자 친구가 있었다. 내가 처음으로 제대로 함께 잤고, 처음으로 애착을 가졌던 아이. 나는 열여섯 살이었고, 그 아이가 내 얼굴에 침을 뱉었다. 한 인간이 평생에 걸쳐 드물게 겪을 깊은 상처였다. 행위 자체만으로도 마음이 만 갈래로 찢길 판인데, 거기에 다른 모두가 보는 앞에서 그 모욕을 당했다. 그 아이는 나를 사회적으로 살인했다. 그 상황에서 나와 엄마, 우리가 겪는 고통의 원인 제공자인 그 사람에게 내가 어떤 동정심을 느낄 수 있었겠는가?

그렇게 기나긴 6년이 흐르고 나서야 리샤르를 만났다. 그 세월 동안 나는 단단해졌고, 이렌느는 지나친 종교와 도덕은 우리를 파괴할 뿐이라는 것과 자신이 조금만 가꾸고 몸가짐을 달리하면 예쁜 여자 축에 속한다는 것을 인정하게 되었으며, 이 깨달음을 더할 수 없이 열정적으로 실행에 옮겨 더러 멋진 성공을 거두기도 했지만 불행히도 오래 지속되지는 못했다.

6년간의 혼돈과 방황과 도피와 반추. 그 시기에 대한 기억은 오직 기나긴 암흑뿐이다. 우리가 결코 헤어날 수 없으리라 여겼던 빛 없는 세상. 그런데 어느 날, 한 남자가 나타나 내가 얼굴에 정면으로 맞은 스테이크를 주워 이번에는 내게 그걸 던졌던 자의 얼굴에서 묵사발이 되게 하였고 심지어 그 자의 입안에 쑤셔 넣기까지 했다. 그 남자는 리샤르였고, 석 달 뒤 나와 결혼했다.

아버지는 교도소에 있었고 영원히 그곳에 머물 터였다. 내가 이것이 좋은 소식이라는 것을 깨닫기까지는 얼마간의 시간이 걸렸다. 아버지가 감방에서 웅크리고 있는 동안 나는 완전한 삶, 처음부터 다시 시작하는 완전히 새로운 삶을 살 수 있었다. 오늘날 그 사실에 대한 인식이 있지만 그것만으로는 측은지심을 갖기에 충분치 않다.

나는 결국 내게 아무 신호도 보내지 않고 내 손과의 접촉에도 온기가 돌아오지 않는 이렌느의 손을 놓았다. 하지만 심장만은 뛰고 있다. 그 세월 동안 우리가 녹록하지 않은 팀을 이뤘다는 것을 기억한다. 이렌느를 잃고 싶지 않다. 비록 이렌느가 출처를 밝히기를 거부하지 않으면 엉성하기 짝이 없는 엉터리 이야기들을 지어냈지만, 나는 그녀가 무엇을 했는지 그 돈들이 어디서 왔는지 알고 있었고 편의를 위해 짐짓 모르는 척 넘어갔다.

해가 짧다. 어둠이 내려앉기 전에 병원을 나섰다. 묘한 고독감이 엄습했다. 나는 멍하니 걷다가 엄마의 아파트 앞에 이르렀고, 반사적으로 올라갔다.

아파트 문을 열었고, 코앞에서 랄프를 마주쳤다.

바로, 문제가 발생했다.

나는 안나와 만나 AV 프로덕션 창립 25주년 기념 파티 개최 건을 논의했다. 막대한 비용이 들고 어떤 수익도 보장되지 않는 행사이지만, 아무것도 하지 않는 것은 경제적 어려움을 자백하거나 어둡고 비판적인 정신을 광고하는 꼴이 될 터이니 이 또한 하등 이로울 것이 없다.

내가 벽이 흔들리도록 울부짖으며 엄마가 되었을 때, 안나와 내가 각각 6대 4의 비율로 출자하여 설립한 이 회사에 안나가 보여준 전방위적 투자에 나는 늘 탄복해왔다. 사장은, 그녀. 밤늦은 시각까지 일하고 토요일, 심지어 일요일에 근무하는 것도 그녀, 휴가를 짧게 다녀오고 은행과 이야기하는 것도 그녀. 나는 그 모든 것에 늘 탄복해왔다.

따라서 기념 파티를 개최하는 쪽에 내 의견을 실었다. 이유는 간단하다. 안나가 그럴 자격이 있고, 자부심을 가질 수 있을 테니까. 지난 수해 동안 문을 닫은 숱한 제작사들을 생각하면 그저 간담이 서늘할 뿐이지만, 그 속에서 AV 프로덕션은 여전히 건재하지 않은가 말이다. 안나가 신중함을 보였다.

"모르는 일이야. 언제 역풍이 불어올지. 바람의 방향이 하루아침에 바뀔 수 있어."

안나는 2001년 8월 말에 또다시 유산했다. 과도하게 빡빡한 업무 일정으로 모든 것이 설명되는 것은 아니지만, 모두들 주된 원인을 거기에서 찾았다. 로베르는 거기에 한술 더 떠 그의 표현을 빌면 빌어먹을 제작사 나부랭이를 위해 안나가 아이를 희생시켰다고 믿었고, 그날부터 회사 명칭을 아예 그렇게 굳혔다. "……그놈의 빌어먹을 제작사 나부랭이는…… 또 그 빌어먹을 제작사 나부랭이 얘기인가?…… 내 앞에서 더 이상 그 빌어먹을 제작사 나부랭이 얘기 꺼내지도 마…… 또 그 빌어먹을 제작사 나부랭이 타령이야,

엉?……" 로베르는 대부분의 시간을 자신의 대형 메르세데스 운전석에 앉아 길에서 보내는 통에 보름 연속 집에 머무는 경우가 극히 드물다. 이 거리감, 일정하게 유지되는 이 물리적 거리감에 더해 AV 프로덕션 이외의 것에 대한 안나의 일체의 무관심도 그들 부부를 구하는 데 크게 기여했다. 모든 남자가 발아래 있었건만 안나는 본체만체했다. 섹스에 관심이 없었다. 기회가 생겨도 – 더 나은 아무 할 일이 없을 때 로베르가 비누 냄새를 폴폴 풍기며 샤워를 하고 나와도 – 활용하지 않았을 뿐만 아니라, 그녀한테는 침대에서 땀을 흘리며 헐떡거리는 텁석부리 남자 밑에 깔려 끝을 맺기 위해 어떤 형태건 에너지를 허비하는 것 자체가 너무 과한 일이었다. 안나는 그렇게 생겨먹었다. 여자 또한 관심 없었다. 바닷가에서 여름 휴가를 보내는 동안 나와 한 번 시도한 적이 있지만, 우리는 끝까지 진지할 수 없었고 필요한 시간만큼 몰두하지 못했다.

우리는 새벽 1시가 넘어서야 안나의 사무실에서 나왔다. 우리가 주차장을 가로지르는 동안 한기와 밤의 어둠이 다시 나를 덮쳤다. 나는 우뚝 걸음을 멈추었다. 울음이 터지는 줄 알았으나, 아니었다. 나는 입술을 깨물었다. 안나가 내게 팔을 둘러 꼭 끌어안았다. 엄마를 잃지 않은 채 잃는 것이 실제로 잃는 것보다 가혹했고, 안나는 그것을 십분 이해했다. 숨이 멎는 것 같다고 할까. "그럼, 그럼." 안나가 내 등을 쓸어주며 맞장구쳤다.

우리는 안나의 집으로 갔다. 냉장고에 연어 알과 블리니⁵가 있었다. 배가 차니 기분이 좀 나아졌다. 화이트 와인도 한 몫했다. 우리의 목소리가 높아졌다. 우리는 와인을 더 들이켜며 깔깔거렸다.

아르마니 팬티를 걸친 로베르가 침실 문을 열고 등장했다. 잠에 취해 구겨진 얼굴로 어깨를 축 늘어뜨린 채.

그가 한숨을 내쉬었다. "아니, 이 정신 나간 여편네들아, 거기서 뭐하는 거야? 지금 몇 신 줄 알아? 아주 힘이 넘치는구나, 넘쳐!"

우리는 그가 발길을 돌려 다시 방으로 들어가 침대에 엎어질 때까지 기다렸다. 안나가 말했다. "요새 왜 저 모양인지 모르겠어. 고약을 안 떨면 하루도 못 견디겠나봐." 나는 어깨를 추어올렸다. 이제 이 어리석은 관계에 종말을 고할 때가 되었다. 때로는 바로 그 어리석음 때문에 내가 빠져들었던 것은 아닌지 의문이 일기도 한다. 쉽지 않으리라는 것은 알지만, 각오가 되었다. 바로 오늘 밤, 어떤 충동과 안나에게 정직하고 싶다는 격렬한 욕구와 엄마가 생사를 오가고 있는 극한 상황에 자극받아 나는 결심했다. 기회가 생기는 즉시 로베르에게 우리의 밀회에 종지부를 찍겠다고 선언함으로써

---

5 연어 알이나 생선 스프레드를 얹어 먹는 일종의 작은 핫케이크.

벌집을 들쑤시기로.

기회는 뜸들이지 않고 찾아왔다. 아침에 눈을 떴을 때 커튼이 내려진 채였으나 햇살이 비쳐 들었다. 우리 집이 아니었다. 이불의 온기 속으로 스며들어 내 품을 파고든 것도 마르티가 아니라, 바로 로베르의 대담한 손이었다. 그 손이 정복한 땅이라는 듯 내 다리 사이로 서슴없이 들어왔다. 나는 왈칵 그의 손을 밀어내며 이불을 바짝 끌어당기고는 외쳤다.

"무슨 짓이야?"

그가 내 말에 놀란 듯 미간을 찌푸렸다.

"무슨 짓? 당신 생각엔 무슨 짓 같은데?"

"안나는 어디 있어?"

"걱정 마. 벌써 나갔으니까."

그는 알몸이었다. 나는 속옷 차림인 채 신경이 극도로 예민해져서 몸을 가늘게 떨었다. 그가 말을 이었다.

"왜 그래? 대체 뭐가 문제야?"

"여기선 한 번도 한 적 없잖아, 로베르. 여긴 안나 집이라고."

"여긴 내 집이기도 해."

"아무튼. 그게 그거지. 저, 우리 이 이상은 안 되겠어. 이런 말도 안 되는 짓거리 이제 그만하자. 실은 벌써부터 꺼림칙했는데 당신한테 얘기하지 못했어. 하긴 우리가 언제 제대로 얘기나 해봤어야 말이지. 바로 지금이 우리가 모든 걸 끝낼 선물 같은 기회야, 로베르. 그럼으로써 우리도 성숙해질 거고."

"우리가 성숙해진다고?"

"당신한테 원망 없어. 당신은 훌륭한 파트너였고 우리는 계속해서 친구니까. 하지만 그게 우리한테 짐이 되고 말았어, 안 그래? 당신도 알 거야. 아니라고 하지 말아줘."

"당신한텐 짐이었어? 난 아니야, 나한텐 전혀 짐이 아니었어."

그사이 나는 침대에서 치마로 뛰어들었고, 이어서 커튼을 벌컥 걷어 젖혔다. 로베르가 말했다.

"젖이 더 커졌는걸."

"그럴 리가. 그럴 리 없어, 내가 아는 한은."

"확실해."

나는 스웨터를 뒤집어쓴 뒤 스타킹을 찾았다. 그가 한숨을 내쉬었다.

"이봐, 차라리 나한테 마음이 떠났다고 얘기해. 그럼 바로 결판낼 테니까."

"그렇게 간단히 할 수 있는 얘기가 아니지만, 그렇게 할게, 로베르. 난 이 상황을 더는 못 견디겠어. 더는 거짓말하고 싶지 않아."

"아직 내 질문에 대답하지 않았어."

"미안해, 난 더는 당신하고 섹스하고 싶지 않아. 이거였어, 질문이?"

"너무 갑작스러워, 미셸. 난 적응할 시간이 필요해."

"아니, 더는 안 돼. 절대 안 돼."

나는 스타킹을 신고 나서 외투의 단추를 채운 뒤 가방을 집어 들었다.

"이건 담배하고 같아, 로베르. 단칼에 끊지 않으면 절대 성공할 수 없어. 이성적으로 생각해. 우린 오랜 친구잖아. 다 잘될 거야."

나는 방을 나서며 작은 우정의 손짓을 해 보였다.

머리에 머플러를 두르고 외투 깃을 세우고 나서, 햇살이 눈부신 오전의 얼음장 같은 공기를 가르며 안나와 내가 가끔 들르는 조용한 술집으로 향했다. 화장실이 완벽하다. 은은한 조명, 브라이언 이노의 음악, 프티트셰리 또는 수르피귀에 향수 류의 향기, 초록 식물 화분, 자동세척 기능 변기, 화장지를 대체한 비데. 비데는 물살 조절이 가능하고 원하면 미지근한 바람을 쐴 수 있다. 말하자면 나는 머리를 매만지고 매무새를 가다듬을 공간이 필요했다. 아무튼 위기를 모면했다. 어떻게 그런 기적이 일어났는지, 어떻게 내가 그렇게 용케 빠져나올 수 있었는지 모르겠다. 여러 정황과 그간의 전적으로 미루어 마지막으로 한 번은 양보할 각오였다. 하지만 최악의 경우란 절대 확실치 않은 법. 다행스럽게도 말이다. 인간은 오십이 가까워오면 늙기 시작한다. 반응이 굼떠

지며, 망설임과 우유부단함과 나아가 총체적 혼란이라는 아픈 순간을 경험하게 된다. 나는 거울로 젖가슴을 관찰했다. 정면으로. 측면으로.

회사에서 안나에게 볼 키스를 하며 나를 그냥 자게 내버려둔 것을 탓했다. 아울러 로베르와 단둘이 남겨둔 것도. 바보 같은 소리인 줄은 나도 알아. 하지만 내가 좀 꽉 막힌 구석이 있다는 거 자기도 알잖아. 당연히 아무 일도 일어나지 않겠지만, 그것과는 별개로 나도 어쩔 수 없는 껄끄러움이 있다고. 오랜 세월을 함께했어도 내 가장 친한 친구의 집에서, 바로 옆방에서 자고 있는 친구 남편과 단둘이 남은 채로 깨어나고 싶지는 않아. 알아, 아무 일도 없으리라는 거. 그래도 그런 상황은 피하고 싶어. 알아, 내가 꼰대 보수주의자라는 거. 그래도 안 돼. 정말로. 정말 거북하거든. 그나저나 아무튼 푹 자긴 했어.

안나가 재미있다는 표정으로 내 얘기를 듣고 나더니 에두아르 아기의 친부가 마약 밀매 혐의로 태국 감방에 갇혔다는 소식을 전했다. "벵상은 빚이 없어. 내가 이해하기론 변호사 비용 때문에 그치가 돈이 필요했고, 그래서 벵상이 돈을 보낸 거야."

"그러니까 자기, 자기가 그치한테 돈을 보냈다는 거군."

"그것도 이젠 끝이야. 나도 손 뗄 거거든. 조지가 너무하는 거잖아, 안 그래? 벵상은 정말 애인 고르는 재주 하나는 끝내준다니까."

안나의 얘기는 당연히 벵상이 이제껏 데려온 여자들 중에 제대로 된 여자가 없었다는 평가로 이어졌다. 나는 벵상이 이번에 조지를 선택하면서 특별히 현명하고 특별히 신중했다고 거들었다.

내 방으로 돌아와 리샤르에게 전화를 넣었다. 그가 말했다.

"응, 알아. 그 마약 거래는 분명 사기더라고. 애 아빠가 폭탄이야. 더 볼 것도 없이."

"그렇구나, 이번에도 고마워, 리샤르. 힘들게 나한테까지 알려줘서 정말 고마워!"

"뭐? 가만. 내가 벵상이랑 한 얘기를 당신한테 시시콜콜 보고해야 하던가? 그건 아닌 걸로 아는데. 그러니까 진정 좀 하지."

"지금 나랑 얼굴 보고 있지 않은 걸 다행으로 여겨."

"아, 그래? 그럼 내가 갈게. 2분이면 도착해."

"맙소사, 어떻게 하면 당신처럼 그렇게 조잡할 수 있지? 도무지 순순하게 대답할 순 없는 거야? 내 유일한 잘못이라면 그저 이 집안에서 무슨 일이 벌어지는 건지 나도 좀 알자고 애걸한 것뿐이잖아? 하물며 그게 벵상 일임에야? 다정하게 응대해줘서 고마워, 리샤르. 정말 고마워. 그래도 새 애인을 위해서 그 다정함을 조금은 남겨둬야지, 나한테 죄다 쏟아붓지 말고."

몇 년 전 우리가 서로에게 두 손 들기 전에 일상적으로 사용하던 대화 톤이 이러했다. 씁쓸한 기억이다. 당시 처음으로 환상이 증발하기 시작했고, 처음으로 서로가 맨얼굴을 드러냈으며, 처음으로 포기의 말들이 오갔다. 우리가 채 마흔이 되기 전이었다.

나는 전화를 끊어버렸다. 통화 도중에 전화를 끊는 습관이 생겼다. 곪아가고 변질되는 대화를 지속하는 것보다 나쁜 것은 없다. 이런 대화의 끝은 하등 좋을 것이 없다. 차라리 상처를 선명하고 생생한 채로 내버려두는 편이 낫다. 조금 시간을 두었다가 긴장감이 풀리고 우리가 그 모든 것을 좀 더 차분하게 얘기할 수 있게 되었을 때, 다시 전화하리라.

리샤르에게는 이렇게 행동해도 된다. 이제 우리 사이에 그 여자가 버티고 있는 만큼, 그녀의 존재가 우리가 이별한 뒤로도 계속해서 조화롭게 살아갈 수 있도록 정한 모든 규칙에 위배되는 만큼 더더욱. 엘렌느는 그가 나를 단호히 내쳤다는 증거에 다름 아니다.

내가 아는 한 통화 중에 상대가 전화를 끊어버리는 것을 유쾌하게 여길 사람은 아무도 없다. 나는 리샤르의 문자 메시지를 무시한 채, 전날의 메모를 모아 업무상 전화 몇 통을 돌리면서 한 시간을 흘려보낸 뒤 다시 전화했다.

"리샤르, 당신과 싸우고 싶지 않아. 우리 새 기분으로 다시 얘기하자, 제발. 병상을 위해서. 우리가 아니라 병상만 생각하자. 어때?"

그가 웅변적인 침묵으로 답했다. 나는 물었다.

"뭐하고 있어?"

"누구? 나? 아, 그냥 있어. 아니, 요즘 근황을 묻는 건가? 그냥 있어."

"그럼, 내가 방해한 거 아니구나."

"전혀. 나 지금 욕조야. 이렌느는 좀 어때, 새로운 소식 있어? 병문안을 갔었는데, 얼굴이 섬뜩하더라고."

"그럴 거야. 여전히 그 상태야. 아무래도 노인이니까. 엄마도 안으로 늙었어. 힘을 다 쓴 거지. 하지만 얼굴을 보면 섬뜩해. 당신 말이 맞아. 그 꽃이 당신이 가져온 거였구나. 그럴 거라고 짐작은 했지. 고마워. 내가 꽃병의 물을 갈아줬어."

"당신은? 괜찮아?"

"그렇기도 하고 아니기도 하고. 이 기분을 어떻게 설명해야 할지 모르겠네. 아직 충격이 가시질 않아. 렉소밀을 먹고 있어. 좀 전에 얘기 도중 전화 끊어서 미안해. 믿을지 모르겠지만 갑자기 한기가 들면서 몸이 오들오들 떨리더라고."

"해명할 필요 없어. 지금 당신이 힘든 시기라는 거 잘 아니까."

"당신이 아는 거 알아, 리샤르. 그걸 알아주는 누군가가 있다는 게 위안이 되네. 혼자가 아닌 것 같아서. 아무튼 당신이 벵상 일을 알고 있다니 다행이야. 당신이 나보다 더하면 더했지 덜하지 않게 감시할 테니 이제 한시름 놓고 적어도 잠은 푹 잘 수 있게 됐어."

"벵상도 이제 클 만큼 컸으니 자기 일은 스스로 알아서 하게 내버려두면 어떨까? 난 안나가 벵상한테 돈을 준 것부터가 잘못이라고 생각해."

"미안, 리샤르. 하지만 어떻게 벵상도 이제 클 만큼 컸으니 자기 일은 스스로 알아서 하게 내버려두자는 말이 나올 수 있지? 농담이야? 이제껏 벵상이 뭐가 됐든 이제 다 컸다는 증거를 손톱만큼이라도 보여준 적 있어? 난 모르겠네, 그래서 그렇게 사막을 건너 망망대해를 지나 산을 기어오른 끝에 겨우 조지의 품에 안착한 건가? 대체 뭘 믿고서 내가 아는 한 그 애가 아직껏 한 번도 보여준 적 없는 자질을 그 애한테 갖다 붙여야 하는 건데? 단지 우리 아들이라서? 우리가 내버려두기만 하면 그때부터 다른 애들보다 똑똑해지기라도 하나?"

"그럼. 그러지 말란 법이 어딨어?"

리샤르가 자기가 세계 최고의 시나리오를 쓰고 있다고 생각한다는 걸 잠시 잊고 있었다. 그에 따르면 그가 썼던 TV 드라마에 대한 평가는 부당하다. 그가 면전에서 거절당하거나 보통우편으로 반송된 자신의 희망꾸러미를 발견한 뒤, 작업실 의자에 앉아 구시렁거리는 모습을 왕왕 목도했었다.

그한테서 자신의 자질에 대한 의심이라곤 눈을 씻고 봐도 흔적조차 찾지 못했다. 내가 땅속으로 꺼지고만 싶던 시절, 감히 내 이름조차 어물거리지 못한 채 철저한 어둠 속에서 몸을 웅크리던 시절에 나는 무엇보다 그가 스스로를 믿는 힘, 그가 내게 전달하는 그 자신감을 좋아했었다.

나는 대꾸했다.

"그럼 아들이 벽으로 돌진하는 걸 눈썹 하나 까딱하지 않고 구경만 하는 어미에 대해선 뭐라고 할래? 다 큰 애니까 그저 어쩌는지 구경만 한다면?"

그가 침묵으로 답했다. 하지만 씨근거리는 숨소리와 욕조 물이 찰랑거리는 소리가 들렸다. 밖은 햇살이 환하지만 바람이 제법 사납다. 창문이 윙윙거리고 나뭇가지가 사방으로 몸을 뒤틀었다.

나는 한숨을 내쉬었다.

"내 모든 말에 일일이 신경 곤두세울 거 없어. 당신이 잘되게 하려고 하는 말인 거 알아. 하지만 당신은 벵상을 몰라, 아니, 잘못 알고 있어. 그 애의 힘을 과대평가하고서 약한 면은 보려고 하지 않은 채 도살장으로 직행시킨다니까."

"도살장? 그걸 말이라고, 젠장맞을!"

"당신 아들 지금 맥도널드에서 감자 튀기고 있어, 리샤르. 이젠 현실에 눈뜰 때도 되지 않았어?"

"스물네 살에 감자튀김 좀 팔아서 죽은 사람 아무도 없어."

"하지만 이젠 여자랑 애까지 먹여 살려야 할 판이라고. 그 차이가 보이지도 않아? 잘 들어, 애를 키운다는 건 끝까지 가는 걸 의미하는 거야. 중간에 그만둘 수 없는 거라고. 당신이 무슨 말 할지 알아. 그 나이엔 그만둬도 중간이 아니고, 벵상도 자기 능력을 시험해볼 때라는 거겠지. 하지만 혹여 벵상이 함정에 발을 들이는 건 아닌지 잠깐만이라도 생각해봐. 그 모습을 머릿속에 그려보라고. 그래도 도우러 가지 않을래? 그 애한테 이제 내 말은 씨알도 안 먹혀. 하지만 당신 말은 들을 거야. 당신이 가서 그 여자는 걔 부인이 아니고 아이도 걔 아이가 아니라고 설득할 수 없어? 사리에 맞게 행동하도록 타이를 수 없냐고?"

"난 말이야, 벵상이 자기 일은 스스로 알아서 할 만큼 컸다고 생각해. 이게 내 의견이야."

"아니, 잠깐. 그게 무슨 말이야, 리샤르? 이해가 안 돼서 그래."

"이해했잖아."

"그러니까 당신은 아무것도 안 하겠다는 소리야? 팔짱 낀 채 멀거니 서서 구경만 하겠다고? 그렇게 이해하면 돼? 당신 대체 뭐하는 인간이야? 당신마저 머리가 어떻게 된 거야? 아니면 두 부자가 짜고서 일부러 그러는 거야?"

이번에는 리샤르가 전화를 끊어버렸다. 나로서는 예견된 행동이었기에 대수로울 것 없었다. 크게 기분 나쁘지 않다. 아니, 전혀 아무렇지 않다.

창밖을 내다보았다. 대로변의 가로수, 저 멀리 라데팡스에서 우뚝 치솟은 아레바 타워 건물, 바람이 쓸고 다니는 지붕, 온몸을 꽁꽁 싸맨 채 허리를 푹 꺾고 종종걸음 치는 개미만 한 행인들, 구름의 경주. 크리스마스가 며칠 앞으로 다가왔다. 가장 견디기 힘든 건 재앙이 닥치는 것을 속수무책으로 바라보는 일이다. 알고 있는데도 아무것도 하지 못하는 것. 이제 우리가 입술을 깨물게 되리라는 것이 명약관화하다.

시나리오 몇 부를 챙겨 엄마한테 갔다. 병원 홀에서 잡지 몇 권과 믹스 샐러드 두 통을 산 뒤 엘리베이터를 타고 나서야 나는 엄마가 읽지도, 먹지도 – 말하지도, 걷지도, 엄마의 주특기인 눈썹을 깜빡거리지도 – 못한다는 사실을 깨달았다. 순간 부르르 밀려드는 슬픔의 경련을 꼭 쥔 한 손으로 감추었다. 나는 잡지를 되는 대로 펼쳐 엄마에게 한 대목 읽어주었다. 구대륙이 추락을 거듭하며 냉혹한 은행가들의 손아귀로 계속해서 영혼을 넘겨주고 있다. 엄마가 별안간 눈을 뜨고 내게 달려들어 자기의 사랑하는 남편에게 이른바 도덕적 의무를 이행했는지 묻는 것은 아닌지 슬쩍 겁이 났다는 것을 고백해야겠다.

정작 엄마 자신은, 할 수 있는 한 온갖 도덕적 규칙을 무시한 채 아슬아슬하고 방탕한 삶을 이어온 엄마 자신은 남편에 대한 의무를 다했던가? 나와 아버지를 만나게 하기 위해 엄마가 동원하지 않은 저열한 수법이 무엇이던가? 나를 통해 자신의 의지를 관철시키고자 엄마가 사용하지 않은 치졸한 계략이 무엇이던가? 뇌진탕 중의 그 말은 그간의 역겨운 배신이나 안중무인에 가까운 방종과 달라도 너무 다르다.

시각은 오후가 한창인데 해가 떨어지기 시작한다. 비행기 한 대가 하늘을 관통하며 남긴 하얀 띠 모양의 흔적이 유백색과 오렌지색으로 물든 일몰을 향해 완만한 곡선을 그리는 동안, 하얀 띠의 끝부분이 창공으로 갈래갈래 흩어지다가 완전히 자취를 감추었다.

나는 중얼거렸다. "날 원망하면 안 돼. 엄마도 알 거야. 마치 엄마는 아무것도 모르는 양 굴 수 없다는 거." 너무 짠 검은 올리브가 잔뜩 든 샐러드는 쓰레기에 가까웠다. 오늘은 누군가 와서 엄마의 머리를 손질해주었다고 한다. 죄지은 기분이 들었다.

엄마를 똑바로 오랫동안 바라보지 못하겠다. 안 그러면 눈물이 터지고 말 테니까. 하지만 슬쩍 곁눈질하는 건, 피부가 마분지와 흡사한 엄마 얼굴에 눈길을 오래 주지 않는 건, 한 번 흘깃 쳐다보는 건 할 수 있다. 그렇다면 싸늘한 손을 잡은 채 나도 정확히 모르는 무언가를 기다리며 혼수상태에 빠진 엄마 곁을 지키는 이 임무를 그럭저럭 완수할 수 있다. 초저녁이 되자 병원에서 금종이로 만든 크리스마스 화환과 장식 공을 복도에 매달아 왔다. "천지가 개벽한다 해도 거긴

안 가, 엄마. 내 말 들리는지 모르겠지만 난 눈곱만큼도 그럴 생각 없어, 엄마. 이제 그 사람은 나한테 아무것도 아니야. 내 일부분이 그 사람과 연결되어 있다는 생각만으로도 수치스러운걸. 자꾸 이런 말 반복하게 하지 말아줘. 난 엄마가 그 사람 만나러 갔다고 질책한 적 없어. 그냥 내버려뒀지. 엄마의 결정을 존중했거든. 그러니까 제발, 엄마, 엄마도 내 결정을 존중해줘. 내게 견딜 수 없는 일을 강요하지 마. 엄마는 그 사람 아내고, 난 딸이야. 우린 입장이 같을 수 없단 말이야. 엄마는 그 사람을 찾아갔지. 하지만 난 엄마를 원망하지 않아. 엄마가 다 헤아릴 수 없었을 테니까. 아무튼 엄마는 그 사람을 찾아갔어. 난 아니고. 엄마는 마음만 먹으면 그 사람과 일체의 연을 끊을 수 있잖아. 하지만 난 안 돼. 내 몸에 그 사람 피가 흐르거든. 이제 뭐가 문제인지 알겠어? 아마 그래도 모를 거야. 한순간이나마 내 입장이 돼봤을 리 없을 테니까. 그따위 걸 나한테 강요한 걸 보면 결코 내 입장이 돼보지 않았다는 걸 알 수 있지."

나는 입을 다물었다. 간호사가 엄마의 상태를 확인하러 들어왔기 때문이다.

병실을 나서려는데 랄프가 도착했다. 나와 마주친 김에 그가 자기의 거취 문제를 다시 끄집어냈다. 그는 현재 엄마의 아파트에 머물고 있다. 나는 말했다. "불난 데 부채질하지 말아요. 당신한테 바라는 건 그게 전부니까. 나머지는 상황이 좀 더 확실해지면 그때 얘기해요."

랄프가 미스터리다. 그의 진짜 속셈은 과연 무엇일까? 늙은이 성애자가 아니고서야 엄마와의 관계에서 대체 무얼 기대하느냐 말이다. 비록 엄마가 그 방면으로 얼마간의 경험이 있다는 걸 부인할 순 없을지라도 빼어난 섹스 파트너일 거라는 생각은 들지 않는다. 크리스마스 식사에 랄프를 초대할지 말지 고민하는 내게 리샤르가 신경 쓰지 말라고 조언했다. 나는 말했다. "당신 말이 맞아. 그럴 필요 전혀 없는데. 좋아, 그럼 랄프는 초대하지 말자." 그편이 낫다. 나는 이 가족 간의 식사에 엘렌느를 초대할지 말지에 대해서도 따로 언급하지 않았다. 하지만 속으로는 그만큼 무심하지 못했다. 나는 리샤르가 옳다고 믿는 대로 조치하도록 그의 판단에 맡겼다. 그는 영혼이 있고 개념이 있고 선택의 자유가 있으니, 자유롭게 선택할 일이다. 우리는 햇살이 쏟아지는 카페의 테라스에서 술잔을 기울이며 앉아 있다. 간밤에 내린 눈이 보도에 얼어붙어 반짝거린다. 테라스는 기적적으로 눈을 피했다. 그리 추운 날은 아니다. 나는 말했다. "파트릭 부부도 부르면 어떨까? 어색하지 않게 스며들 수 있을 거야. 어떻게 생각해? 새로운 피를 좀 수혈하는 거. 좋은 사람들이거든."

"좋은 사람은 무슨. 그치 은행에서 일하잖아."

"응, 상관없어. 그냥 내 조커라고 생각해. 그날 최선을 다해서 즐거워보자. 제발. 분위기 좀 바꿔보자고."

그가 내 손을 가져다 어루만졌다. 하지만 그가 내 뺨을 때린 것은 절대 용서되지 않을 것이고 그도 그 사실을 잘 알고 있다. 이제 나에 대한 그의 애정 어린 동작들은 – 등 쓰다듬기, 어깨 끌어안기, 발목 마사지하기 등등 – 한숨 속에서 이루어지리라. 불과 얼마 전까지만 해도 그는 이렇게 말하곤 했다. "3년이야, 미셸, 곧 3년이 돼가, 천 일이 넘었다고. 우리 이제 그만……" 그럼 내가 그의 말을 중간에 자르곤 했다. "절대 안 돼, 리샤르. 꿈도 꾸지 마. 그건 절대 깨끗이 용서되지 않아, 불행히도. 설사 내가 그러고 싶다 해도 그럴 수 없어. 그런 문제는 아무도 더는 어쩌지 못해, 리샤르. 이성적으로 판단해."

불쑥불쑥 우리를 사로잡는 이런 식의 과도한 감상주의는 정말이지 질색이다. 그것은 과거의 추억 한 토막이나 한잔 술로도 우리를 어리석게 울컥하게 만든다. 어리석게. 왜냐하면 어떤 개선의 여지도 없기 때문이다. 그는 어떤 식으로도 만회할 수 없고 오점을 지울 확률도 전혀 없다. 영벌(永罰, Eternal Punishment)에 처해졌다는 점에서 그는 아버지와 같은 운명이다. 그들 모두 자신의 돌이킬 수 없는 행동으로 인해 영영 구원받지 못하고 추방되었기 때문이다.

하지만 리샤르는 최근 부쩍 좋아 보인다. 내게 손을 들어 올림으로써 – 그리고 그 손을 내 뺨에 철썩 내려침으로써 – 자신이 우리의 파경에 결정적 원인을 제공했다는 사실을 보다 수월하게 견디고 있다. 엘렌느를 만난 이후로 나를 영원히 잃었다는 사실을 보다 편하게 받아들인다. 정말이지 그가 슬퍼서 죽는 일 따위는 없을 듯하다. 그 여자가 그에게 그야말로 강력한 항우울제 작용을 하고 있다.

나는 리샤르의 손에서 내 손을 빼냈다. 햇살이 여전히 우리를 비추고 있다. 그 여자와 잔 이후로 그의 앓는 소리가 덜 처절해졌다. 또한 더 젊어지고 건강해졌다. 리샤르가 인내하려는 나름의 방식으로 미소를 지어 보인다. 그가 웃을 줄 안다는 것을 까맣게 잊고 있었다. 이렇게 참담할 데가. 그 여자는 불쑥 나타나 최고의 것들만 냉큼 취해버렸다. 나는 보드카를 주문하고서 담배를 피워 물었다.

리샤르가 메뉴를 제안했고 나는 건성으로 들으며 고개를 끄덕였다. 엄마가 입원한 이후로 식욕이 별로 나지 않는다. 심지어 속이 메슥거리는 경우도 잦다. 부디 임신이 아니기를. 농담이다. 가능할 리 만무한 일이기도 하고. 강간당한 것을 차치하고라도 나의 성생활은 언제부턴가 음울한 사막으로 요약된다. 보나 마나 리샤르의 경우는 아니겠지만.

엄마가 죽었다. 크리스마스 자정 미사가 열리는 동안에 우리는 식사를 마치고 선물을 개봉했다. 볼랭제 샴페인 병이 터졌고 모두에게 아쉬움 없이 배포되었다. 친근하고 화기애애한 분위기였다. 주위가 온통 눈으로 뒤덮였음에도 날이 온화했다. 밖으로 나와 담배를 피우고 있는 사람들이 드문

드문 보였다. 행여 안나와 조지가 충돌하는 일이라도 생길까 두려웠지만, 안나가 급속도로 몇 잔을 삼킨 뒤 급속도로 흥이 올랐다. 엄마 품에서 잠든 에두아르 아기의 볼을 쓰다듬으러 갈 정도로. 하늘이 맑고 별이 총총했다. 파트릭의 부인 레베카가 별들이 환하게 반짝거린다며 탄성을 질렀다. 각진 얼굴에 다갈색 머리의 아담한 여자다. 그러자 파트릭이 레베카가 몇 달 전에 보베 성당에서 신비한 체험을 하고 온 뒤로 곧바로 세례를 받았다며, 우리에게 방해가 되지 않는다면 그녀가 자정 미사 실황 중계의 몇 장면을 꼭 시청했으면 한다고 덧붙였다. 나는 말했다. "그럼요, 실컷 보세요. 볼륨만 줄이면 아무 문제없어요." 그때 내 주머니에서 휴대전화가 진동했다.

처음에는 아무 소리도 들리지 않았다. 멀리서 나는 듯한 단속적인 잡음뿐. 나는 자리에서 일어나 통화 상대방에게 다시 한 번 말해달라고 청하며 현관문 쪽으로 향했다. 수신 상태가 불량했기 때문이다. 나는 밖으로 나와 통화를 이었다. "네? 여보세요?" 전화 저편에서 엄마가 죽었다는 말이 들려왔다. 말문이 막혔다. 나는 그저 이렇게만 대꾸했다. "네?" 그러고는 바로 전화를 끊어버렸다. 또다시 들어오는 수신 신호를 차단했다. 몸이 떨렸다.

병원에 다시 전화를 걸어 내가 방금 들은 말을 확인할까 잠시 망설이다가 버들가지 의자에 앉았다. 리샤르와 내가 이 집으로 이사했을 때 엄마가 사준 의자다. 어찌나 끔찍한 끼익 소리를 내는지 밀쳐버리고 싶었지만 나는 몸이 굳은 채 움직이지 않았다. 잠시 팔걸이에 몸을 의지한 채 지진이 지나 기를 기다렸다.

지진이 가라앉았다. 나는 눅눅해졌다. 관자놀이가 축축 하다. 숲 위의 달빛이 휘영청 밝다. 저 멀리 파리 시내가 반짝 거린다. 고슴도치 한 마리가 내 앞을 지나 정원을 조르르 가 로지른다. 웅성거리는 대화 소리가 들려온다. 뒤돌아보니 한 쪽에서는 안나와 뱅상이 담배를 태우고 있고, 다른 쪽에서 는 파트릭과 로베르가 한창 얘기 중이다. 로베르가 자신의 완벽한 시가 기술을 시연해 보일 상대를 찾은 듯하다.

모든 것이 제자리를 지키고 있고 모든 것이 완벽하리만 치 안정적이다. 누구도 무엇이 됐건 아무 낌새도 채지 못하 고 있다. 나는 애써 호흡을 억누르며 두방망이질 치는 가슴 을 가라앉혔다.

잠시 뒤 몸을 일으켰다. 어렵지 않게 미소가 지어진다. 나는 밖에 있는 이들에게 필요한 것이 없는지 묻고 나서, 한 마디도 알아듣지 못한 로베르의 말에 깔깔거리며 집 안으로 들어섰다. 속을 완벽하게 감췄다. 아무도 아무것도 눈치채지 못했다. 나는 안으로 들어갔다. 정장 차림의 레베카가 소파 에 앉아 고요한 자정 미사 화면 앞에서 두 눈을 깜빡거리고 있다. 나머지 세 명은 각자 손에 잔을 든 채 벽난로 근처에 모여 있다. 나는 레베카 옆으로 가서 앉았다. 그리고 레베카를 따라 노트르담 대성당 실황 중계 화면에 시선을 고정한 채 말했다.

"엄마가 돌아가셨다는 연락을 받았어요."

레베카가 나를 바라보더니 그저 고개를 주억거리는 것으로 만족했다. 그녀가, 그녀의 영혼이 지금 정확히 어디 있는지는 모르겠으나 분명 여기, 내 옆은 아닌 듯하다. 레베카에게 미소를 지어 보였다. 그녀에게 끔찍한 소식을 털어놓으며 중압감을 던 동시에 통제력을 잃지 않을 수 있었다. 지금 당장 다른 이들과 이 소식을 나누지 않아도 된다. 레베카도 나를 배신하지는 않을 터. 나는 레베카에게 차와 뷔슈[6]를 들겠느냐고 물었다. 레베카가 둘 다에 열광했다. 나는 주문을 접수했다. 조금 이상하고 맥없는 여자라는 인상을 풍기긴 했지만 이 정도일 줄이야. 나는 차를 가지러 부엌으로 갔다. 곁을 스쳐가는 내게 리샤르가 우정의 윙크를 보냈다. 그가 아무것도 보지 못하고 아무 이상한 낌새도 채지 못했다면 내 위장술이 그만큼 뛰어나다는 증거이리라.

내가 레베카의 주문품을 쟁반에 받쳐 들고 거실로 돌아가자 밖에 있던 이들이 얼어붙은 대지의 내음을 풍기며 안으로 들어왔다. 대화가 이어졌고 시선이 오갔다. 어느새 나는

---

6   크리스마스 케이크

그들 사이를 부드럽게 떠돌고 있었다. 끔찍한 비밀을 뜨거운 부적처럼 가슴에 부여잡은 채.

새벽 무렵 마지막 손님인 로베르와 안나가 돌아간 뒤 문을 닫았다. 엄마를 위한 몇 시간의 유예를 얻고 난 기분이다. 아울러 나를 위해서도. 그렇게 우리는 그 유예를 누렸다. 우리는 서로 떨어진 채 마지막 순간을 함께 보냈다. 우리 단둘이서만, 기댈 이 아무도 없던 예전처럼 단둘이서만. 나는 깊은 만족감을 느꼈고 거기서 위안을 얻었다. 좀 전에 로베르와 안나를 떠나보낼 때 로베르가 차 열쇠를 찾기를 기다리며 문가에 잠시 서 있었다. 내 앞에서 몇 미터 떨어진 곳에 티티새 한 마리가 날아와 앉았다. 내게서 눈을 떼지 않은 채 고개를 기울이는 허세 가득한 거동이 꼭 우리가 오래 알고 지낸 사이이고 자기가 왜 돌아왔는지 내가 잘 알 거라는 듯한 인상을 풍겼다. 나는 사과 몇 조각을 잘라 접시에 담아서 티티새에게 내민 뒤 침실로 올라갔다.

정오가 한참 지나서야 깨어났다. 주변에 부고를 전하기 시작했다. 내 몫인 당혹스러운 침묵과, 슬픔을 이겨내라는 격려와 뭐든 돕겠다는 제안을 수집하며. 허나 아무도 만나고 싶지 않다. 나는 모든 선한 영혼들을 가까스로 물리쳤다.

파트릭을 제외하고는. 하지만 그의 방문은 이렌느의 사망 – 당연히 그는 모르는 – 과 무관하다. 그는 잃어버린 물건을 찾겠다는 명목으로 우리 집을 방문했고, 그 물건이란 바로 팔찌였다. 금전적인 가치는 없지만 레베카가 루르드 순례 기념으로 가져온 것이란다. "죄송해요, 레베카가 팔찌를 잃어버렸을까봐 제정신이 아니거든요." 파트릭이 그의 젊은 아내가 저녁 내내 떠나지 않았던 소파의 등받이와 좌석 사이에 손을 집어넣으며 사과했다. 무릎을 구부리고서 이마에 힘이 잔뜩 들어간 채 쿠션 속으로 이두근까지 팔을 밀어 넣은 그가 열성적인 추적을 멈추지 않으며 덧붙였다. "어젯밤의 멋진 파티에 다시 한 번 천 번 만 번 감사드려요."

나는 감사할 필요 없다는 고갯짓을 하며 내 발치에 웅크리고 있는 이 남자를 관찰했다. 그에게 문을 열어주었을 때 안개가 주변을 에워싸고 있었고 멀리서 고함인지 울부짖음인지 모를 소리가 들려왔다. 마치 그가 갖은 고초를 겪으며 험난한 길을 통과하기라도 한 듯.

오후 4시가 채 되지 않은 시각이건만 해가 뉘엿거리기 시작했다. 지난 수해 동안 바로 여기, 이 소파에서, 리샤르와 몇 번이나 했던가. 로베르며 그 바이올리니스트며 누군지도 잘 모르는 이들과는 또 몇 번이나?

"앗, 찾았어요!" 그가 문제의 팔찌를 흔들어 보이며 입이 귀에 걸리도록 활짝 웃었다.

그의 코가 내 가랑이와 거의 같은 높이에 있다. 약 1미터 간격으로. 당연히 이번엔 가운을 착각하지 않았다. 나는 긴 가운을 걸쳤지만 틈새가 벌어지도록 세심한 신경을 기울였다. 나는 기다렸다. 그는 여전히 웃음이 가시지 않은 얼굴로 꿈쩍도 하지 않는다. 나는 눈을 치뜨며 푸르스름한 저녁 어둠에 잠긴 눈 덮인 삐죽삐죽한 숲에 탄성을 보냈다. 이만하면 그에게 부여된 시간이 지났다는 생각이 들었다. 나는 몸을 돌려 문으로 향한 뒤 선언했다. "오늘 아침에 엄마가 세상을 떠났어요. 아무것도 대접하지 못해 죄송해요, 파트릭. 하지만 혼자 있고 싶어요. 레베카에게도 안부 전해주세요. 괜찮죠?"

그가 몸을 일으켰다. 갖가지 감정에 사로잡혀 순간 기우뚱하는 듯했으나, 이렌느의 죽음이 먼저였다. 그가 후퇴했다. 서툴게 사과하며 내 손에 키스했지만 혹시 지금에야 비로소 내가 약 1분 전에 생각했던 것을 생각한다면 이미 너무 늦었다. 불행히도 내 머릿속에선 그 생각이 증발해버렸다. 그런 충동은 주문대로 대령하는 것이 아니다.

회사는 크리스마스부터 1월 1일까지 휴가다. 나는 이 며칠을 장례식이며 엄마의 유품 정리 등 끔찍한 일들을 처리하면서 보냈다.

명절 연휴 기간에 어머니를 잃는 것은 특별히 고달프다. 장례업체가 정상적으로 기능하지 않기 때문이다. 게다가 상실의 고통에 명절의 허례허식과 비현실성과 멈춘 시간과 마비 상태가 더해져, 가뜩이나 뼈아픈 죽음을 한층 더 가슴 미어지고 불가해한 것으로 만든다.

랄프가 1월 말까지 아파트를 비우겠다고 약속했다. 좀 먼 감이 있었지만 가타부타 덧붙이지 않았다. 거처를 바로 옮기기 쉽지 않으리라는 것은 충분히 이해할 수 있는 점이다. 나는 수락한 뒤, 주중에 내가 아파트에 들러 엄마의 물건을 분류하고 상자에 담을 수 있도록 최대한 그에게 방해가 되지 않는 날을 타진했다.

아파트에 들른 날, 나는 아파트를 휘 둘러본 뒤 그에게 혹시나 내가 이사 올 수 있을지 가늠해보았다고 설명하고는 그의 참석 여부 확인차 장례식 얘기를 꺼냈다.

그가 울컥하더니 일장연설을 늘어놓았다. 어떻게 자기가 이렌느의 장례식에 참석하지 않을 수 있다는 생각을 잠시 잠깐이나마 할 수 있는 것인지, 그게 자기한테 얼마나 심한 상처가 되는지 등등. "난 다만 당신이 어떤 식으로든 형식에 얽매일 필요 없다는 말을 해주고 싶었을 뿐이에요, 랄프. 하지만 참석하겠다면 얼마든지 환영이에요. 잘 알 거예요."

그가 그렇게 발끈하는 성미인 줄 미처 간파하지 못했다. 리샤르가 놀랍지 않다며 자기는 랄프를 처음 본 즉시 그런 인상을 받았다고 말했다. "웃을 때 입꼬리 실룩거리는 거 못 봤어? 난 바로 알겠던데. 진상이라는 걸."

"그래, 당신 말이 맞아. 하지만 얼마 전까지도 엄마랑 잠자리를 했던 남자야. 그건 아무것도 아닌 게 아니지. 얼굴도 가물가물한 먼 친척보다 나은 존재라고. 그 남자가 엄마를 품에 안고 엄마한테 키스하고 엄마와 살을 비볐어. 어떤 의미로는 소름이 끼쳐."

"뭐가 소름이 끼쳐?"

"뭐가 소름이 끼치느냐고? 글쎄, 그냥 둘이 맺은 관계, 그 남자만 아는 엄마의 어떤 면, 둘의 나이 차, 둘만의 내밀한 것들…… 정말 끔찍한 건 뭔 줄 알아? 엄마는 두 가지를 원했어. 재혼하고 싶어 했는데 내가 반대했지. 강력하게. 이게 그 하나고, 다른 하나는 아버지와 관련된 거야. 엄마는 너무 늦기 전에, 아버지가 완전히 정신줄을 놓기 전에 내가 적어도 한 번쯤은 아버지를 보러 가기를 원했어. 그것도 거절했지. 당신은 이런 날 어떻게 생각해? 적어도 표창장 감은 아니지, 안 그래? 어쩌면 랄프가 엄마한테 마지막으로 기쁨을 준 사람이 아니었을까 싶어. 혹여 그렇지 않다 해도 그 사람이 절대 나는 아닐 거고. 난 그 사실이 지독하게 부끄럽고 끔찍하게 슬퍼."

우리는 묘석 사이를 거닐다가 관들을 둘러보았다. 맞은편 길가에는 카라반 업체의 빛바랜 깃발이 잿빛 하늘에 펄럭이고 있다. 리샤르가 내게 팔을 내밀었다. 바라건대 엘렌느가 나와 리샤르 사이의 여러 가지 것들이 그리 명확하지 않다는 걸 속히 알아차리기를, 그래서 마침내 폭발하기를. 그렇게 되면 이번에도 곱지 않은 시선이 내게로 쏠릴 것이고, 내 태도가 도마에 오르리라. 마치 내가 무엇이건 리샤르에게 억지로 시키기라도 한 듯, 마치 내가 리샤르에게 내 곁에 있으라고 강요라도 한 듯. 허나 리샤르는 자기가 무슨 일을 하고 있는지 잘 알 것이고, 만일 그렇지 않다면 가장 먼저 내가, 유감이리라.

아무튼 오늘은 그와 동행하기를 잘했다. 머리가 빙빙 도는 것이 도대체 어떤 모델의 관에 어떤 이런저런 완충물을 넣어야 할지 선택하고 결정하는 것이 불가능하다. 나는 최선을 다해달라는 말로 리샤르에게 일임하고는 밖으로 나가 바람을 쐬며 담배를 입에 물었다.

목요일. 발인. 하늘이 하얬다. 드문드문 떨어지는 눈송이가 옅은 바람에도 소용돌이를 그리며 반짝반짝 광이 나는 관 위로 미끄러졌다. 리샤르와 벵상이 내 양옆을 지켰다. 만일의 불상사에 즉시 개입할 만반의 준비가 되어 있다는 것이 느껴진다. 이제 내가 혹여 쓰러질 경우에 대비해 의자는 준비되었는지 걱정하지 않아도 된다. 든든한 네 팔에 둘러싸였으니까.

결국 끝까지 버티지 못했다. 그럴 용기가 없다. 관이 내려가는 광경을 보고 싶지 않다. 하지만 예식에 지장을 주고 싶지 않다. 나는 아무 이상 없고 아무도 필요하지 않다는 신호를 보내고는 뒤로 살짝 빠져 조용히 출구로 향했다. 몇 발자국쯤 걸었을까. 나는 그대로 실신했다.

잠시 뒤 나를 위해 대기시킨 벤치에서 의식을 되찾았다.

놀라울 것도 없다. 그만큼 충격이 컸던 것이다. 나와 같은 사례에 익숙한 묘지 경비원이 설탕을 삼키라고 조언했다. 내가 그가 이번 주 들어 세 번째로 겪는 실신자다. 나는 몸을 일으켜 내게 고개를 기울이고 있는 이들을 안심시켰다. 얼굴이 백지장 같다는 소리에 나는 주워섬겼다. 응, 그럴 거야, 하지만 이제 괜찮아, 아무래도 어려운 일을 겪긴 했나봐, 사람이 워낙에 실제보다 자기가 강하다고 믿는 법이잖아, 내가 지금 딱 그 꼴이네, 현실이 거봐라, 하면서 내 분수를 일깨워주네.

파트릭, 그가 나를 집에 데려다주겠다고 나섰다. 다들 내가 운전할 상태가 아니라고 판단했다. 그들은 내가 묘지 한복판에서 허깨비처럼 풀썩 무너져 내리는 것으로 통제력을 잃었다는 것을 입증하고 나서도 기어이 운전대를 잡겠다고 고집을 부린다면, 차 뒷좌석에 아예 꽁꽁 묶어버리겠다는 위협도 서슴지 않았다.

나는 비교적 우울한 상태였기에 혼자서 집에 가고 싶은 마음이 굴뚝같았다. 다음날 아침이 밝아올 때까지 아무 말도 하고 싶지 않았다. 하지만 그들이 나를 거의 끌다시피 파트릭의 차에 데려가 착석시키고는 안전벨트를 매준 뒤, 내쪽 차창으로 고개를 기울여 집에 도착할 때까지 얌전히 있으라고 엄포를 놓았다. 나는 이제 골칫거리이자 근심의 원천이 되어버린 로베르의 음탕한 시선을 피했다.

"미안하지만 말 시키지 말아줘요."

나는 파트릭이 시동을 걸자마자 주문했다.

우리는 강변을 따라 달리다가 센 강을 건너 숲을 통과했다. 나는 그에게 한마디 말도 눈길도 던지지 않았고, 그는 아무 내색도 하지 않은 채 하늘을 어둡게 만들기 시작하며 흩날리는 좁쌀 같은 눈발 속에서 묵묵히 운전만 했다.

"우리가 운이 좋았네요."

내가 말하자 그가 대답했다.

"밤에 돌풍이 일 거라는 예보가 있어요."

나는 고개를 끄덕였다. 그와 함께 있는 것이 싫지 않았으나 지금 내겐 말하는 것 자체가 고역이다. 또한 솔직하자면 그에게 화가 나기도 한다. 그와 함께 있을 때면 발생하는 이 끊임없는 돌발 사고와 우리 사이의 이 끊임없는 시차.

차가 집 앞에 멈추자마자 나는 기다릴 새 없이 내렸다. 그는 내가 대문께 이를 때까지 차를 출발시키지 않았다. 그의 아내 레베카가 어떤 여자인지 보다 구체적으로 알게 된 지금, 그에게 좀 더 너그러운 감정이 드는 건 사실이다. 원료 가격을 투기하거나 새로운 금융 시스템을 도입하는 데는 분명 고매한 인성도 빼어난 감수성도 요구되지 않겠지만, 대체 누구에게 레베카 같은 여자와 평생을 함께하라고 빌어줄 수 있단 말인가?

나는 어깨를 추어올린 뒤 집으로 들어가 경보 장치를 해제했다. 밖을 내다보았으나 그의 차가 더는 보이지 않았다.

갑자기 눈이 다발로 쏟아졌기 때문이다. 오늘 아침 집을 나서기 전에 난방 장치를 가동시킨 덕에 집 안이 훈훈했다. 혼자 살게 된 이후로 집이 크게 느껴지는 것이지 리샤르와 벵상이 있었을 땐 완벽했다. 특히 이렌느까지 함께 살던 초기에는. 나는 널찍한 다락방을 정비한 뒤 책상과 커다란 쿠션 몇 개와 대형 스크린을 들여 내 작업실로 꾸몄고, 이렌느는 1층의 한 부분을 차지했다. 요컨대 우리는 공간이 부족했다. 결국 이렌느가 우리를 돌게 만들기에 이르렀고, 급기야 우리는 유혈이 낭자해지기 전에 이렌느가 다른 곳으로 나가 살도록 집세를 물리기로 결정했다.

이 집은 20여 년 전, 우리 회사가 초창기에 제작한 영화 하나가 예기치 못한 성공을 거둔 뒤에 구매했다. 나는 이 집을 공들여 건사해왔다. 우리 가정에서 적어도 무언가 한 가지는 견고하게 남아 있도록, 꿋꿋하게 서 있도록, 모든 것이 헛되지는 않도록. 흰개미 방역 처리도 했고, 1999년 폭풍우 때 기왓장이 몇 장 날아간 지붕도 보수했다. 리샤르는 이를 그다지 반기지 않았다. 벽도 지붕도 오직 내 능력에 의존해야 하는 것을 견딜 수 없어 했다.

나는 그의 사고방식을 바꾸는 데 실패했고 결국 포기하기에 이르렀다. 해결되지 않은 모든 문제는 늦건 빠르건 더욱 첨예한 형태로 다시 수면 위로 떠오른다는 것을 잊기에 이른 것이다. 그 해악이 마지막 순간까지 우리를 좀먹었다.

나는 이렌느의 유품을 가져다 쌓아둘 공간을 가늠해보기 위해 다락방에 올라간 김에 앞집을 염탐했다. 눈이 소리 없이 계속해서 쏟아져내린다. 앞집 1층 창문에 매달린 크리스마스 장식 전구가 환한 빛을 내뿜으며 반짝거린다. 굴뚝에서 연기가 피어올라 하늘을 뿌연 백색으로 물들이고 있다.

그리 시장하지는 않았으나 기운을 내기 위해 배를 채우기로 했다. 나는 헤드폰을 쓰고서 닐스 프람의 〈펠트(Felt)〉 앨범을 들으며, 입가에 담배를 문 채로 프라이팬에 달걀을 깨뜨렸다. 엄마가 정말, 죽었다. 이번에야말로. 의심의 여지가 없다. 그럼에도 닐스 프람이 어느새 나를 송두리째 매혹시킨다.

이제는 그야말로 돌풍이 불고 있다. 하늘이 어두워지는 것이 돌풍 때문인지 시간의 순리 때문인지 분간조차 되지 않는다. 헤드폰을 썼음에도 바람이 윙윙대는 소리가 들려온다. 나는 잠옷으로 갈아입은 뒤 화장을 지웠다.

밤이 깊었을 때 파트릭이 찾아와 이런 날에 우리 집의 덧문이란 덧문이 죄다 열린 것을 보니 도무지 마음이 편치 않았다고 해명했다. "당신을 방해하고 싶은 마음은 없었어요. 그래도 이건 너무 어리석다는 생각이 들었죠. 이대로 아무것도 하지 않으면 당신 집 창문의 절반가량은 작살날 테니까요." 나는 잠시 망설이다가 그를 안으로 들였다. 바람 때문에 문을 다시 닫는 데도 애를 먹었다. 그가 나를 머리부터 발끝까지 훑었다. 이 남자는 내 몰골이 말이 아닐 때 들이닥치는 재주가 있다. 나는 말했다. "당신이 1999년도의 장관을 봤어야 해요. 세상의 종말이 따로 없었죠."

내가 채 말을 맺기도 전에 그가 가장 가까운 창문으로 달려가 유리창을 활짝 열고는 벽에 딱 붙도록 젖혀진 덧문을 붙잡았다. 그것은 잡는 즉시 놓쳐버리는 물질과의 무자비한 투쟁이었다. 그의 몸은 둘로 접혔고, 머리칼은 일제히 곤두섰다. 그가 으르렁거렸다. 나는 그를 도와 이미 거실을 어수선하게 만들어놓은 저 성난 소용돌이 속에 몸을 던져야 할지 말아야 할지 갈등했다. 다음 순간 고맙게도 그가 가까스로 덧문을 닫는 데 성공했고, 모든 것이 도로 잠잠해졌다. 나는 말했다. "파트릭, 한 번도 세본 적은 없지만 이 집에 어림잡아 창문이 스무 개쯤은 될 거예요."

"바람이 서풍이니까 우선 이쪽 창문부터 닫기로 하죠."

그는 다른 상황에서는 대개 단점인 이 독단적인 태도가 몸에 밴 듯하다. 나는 복종한 채 다음 창문으로 향하는 그의 뒤를 따랐다. 그가 창문 손잡이에 손을 올려놓았다. 나는 신호를 보냈다. 얼음장 같은 바람이 밀려들었다. 파트릭이 창문을 붙들고 있는 동안 나는 몸을 밖으로 내밀어 있는 힘껏 덧문을 잡아당겼다. 문이 덜커덕 닫혔다. "잘했어요." 나의 인정 많은 이웃이 나에 이어 서둘러 유리창을 닫으며 말했다. 나는 내가 이룬 성과에 여전히 얼떨떨한 채 잠시 그 자리에 얼어붙었다. 그가 양손을 내밀어 얇고 부드러운 내 잠옷 위로 내 양팔을 쓰다듬었다. 우리 사이엔 그의 팔 길이만큼, 즉 약 50센티미터만큼의 간격만 있을 뿐이다.

"자, 2층도 보러 가죠."

그가 선언했다. 그동안 정신이 돌아온 나는 거센 바람에 흐른 눈물을 닦아냈다.

내 방은 서쪽이다. 그가 문 앞에 멈춰 서더니 시선으로 내게 물었다. 나는 고개를 수그린 채 끄덕였다. 우리는 안으로 들어갔다. 침대가 흐트러져 있고 의자 위에는 속옷이 널려 있다. 누가 여기 들어올 줄은 몰랐다.

"누가 여기 들어올 줄 몰랐어요."

나는 그의 시선이 향하는 곳을 바라보며 해명했다.

그가 도심으로 눈을 쓸고 가는 돌풍의 압력에 달그락거리며 신음하는 창문의 위치를 파악한 척했다. 이쯤에서 그가 내 쪽으로 걸어왔다. 이쯤에서 그는 원하면 승리할 수 있다. 그런데 그는 우선 창문부터 처리하는 것이 좋겠다고 생각하는 것 같다. 우리는 협업을 재개했다. 나는 폐 속으로 휘몰아친 찬바람에 기진맥진하여 잠시 침대에 앉아 숨을 골랐다. 그도 내 곁에 와서 앉았다. 이윽고 그가 내 무릎에 손을 얹더니 얇고 부드러운 잠옷 위로 무릎을 어루만졌다.

"자, 위층도 가볼까요. 이제 거의 끝나가요. 이 소리 들려요? 정말 무지막지하네, 이 바람 소리 들려요? 여기가 당신 침실? 좋은데요. 당신이 꾸민 거예요?"

그가 말하고는 일어났다. 우리는 위층으로 향했다. 내 작업실로. 나는 불을 다 켜지 않았다. 초대형 쿠션들이 보였다. 서쪽 창문이 습기를 머금어 팽창한 바람에 덧문의 빗장을 벗기는 데 우리 둘 다 매달려야 했다. 빗장이 풀리며 우리는 동시에 바닥으로 나뒹굴었고, 정신을 차려보니 그가 내 위에 누운 형국이었다. 순간 한 줄기 전류가 내 몸속을 빠르게 훑고 지나갔다. 그가 벌떡 일어나 저주스러운 바람이 밀려드는 저주스러운 덧문과 저주스러운 창문을 닫았다.

다락방에 머물기. 나쁘지 않다. 이곳에 들여놓은 뒤로 절대 더는 건드린 적 없는 물건들, 요컨대 엄마와 나, 우리와 관련된 우리의 역사를 이루는 물건으로 가득 찬 이곳은 특별한 분위기가 감돈다. 절대 열지도 들춰보지도 않은 트렁크며 상자며 서류며 사진들. 우리는 작은 계단을 기어올랐다. 위에서는 바람이 비행기 모터처럼 윙윙 소리를 내며 휘몰아친다. 다락 전체가 온 영혼을 다해 삐거덕거린다. 이렇게 황홀할 데가. 나는 불을 켰다. 전구가 지지직거리며 나갔다. "아, 망할!" 그 모든 것에도 불구하고 우리는 그곳으로 들어갔다.

그곳에서 나는 그의 일거수일투족에 촉각을 곤두세웠지만 그는 곧장 창문으로 달려가 덧문의 빗장을 사정없이 흔들어댔다. 빗장이 풀렸을 때 이미 창가로 가 있던 내가 덧문을 붙잡기 위해 밖으로 몸을 내밀었다. 다음 순간, 나는 플란넬 잠옷바지를 걸친 엉덩이를 흔들며 다급한 비명을 질렀다. "못하겠어요, 파트릭! 도와줘요!"

아무튼 이른바 수작을 걸기 위해 다시 나를 찾아오기란 쉽지 않았을 것이다. 이 부분에 대해선 그와 꼭 얘기해보리라. 나중에 말이다. 적잖은 굴욕을 감수했으리라는 생각이 든다. 그러니 내가 길을 터주기 위해 추파를 던져야 할까? 그의 손을 가져다 내 가랑이에 얹어야 할까? 어쨌든 나는 가까스로 덧문을 닫을 수 있었다. 바로 그때 파트릭이 느닷없이 내 등에 몸을 밀착시켜 비비면서 내 고무줄 잠옷바지 속으로 손을 미끄러뜨렸다. 잠옷을 통과한 그의 손이 곧장 내 성기 쪽으로 내려왔다.

우리가 이렇게 되리라고는 더 이상 기대하지 않았었다. 나는 만족스러운 한숨과 함께 다리를 벌리며 그에게 입술을 내주기 위해 고개를 돌렸다. 그런데 그가 펄쩍 뒤로 물러나더니 신음에 가까운 소리를 내뱉으며 어슴푸레한 공간을 달려 계단 밑으로 사라져버렸다. 믿기지 않는다. 어떻게 이런 일이. 믿기지 않는다. 숨이 쉬어지지 않는다.

최악의 밤을 보냈다. 아침에 문 앞에 놓인 꽃다발을 발견했다. 나는 즉시 쓰레기통에 처넣었다.

10시경, 초인종이 울렸다. 나는 해명하기 시작하는 그를 관심 없다는 말로 딱 잘라 제지한 뒤 문을 닫았다. 문구멍으로 들여다보니 그가 몇 발자국 멀어지다가 참담한 표정으로 고개를 푹 숙이며 내가 쿠션을 빼낸 그네 위로 털썩 무너져 내린다. 그리고 양손으로 이마를 감싼다.

정오, 그가 여전히 그네에 앉아 있다. 가지 않았다. 하늘이 맑고 바람도 덜 거센 데다 주기도 일정하지만 추위가 매섭다. 혹여 내가 아무런 조치도 취하지 않아서 그가 내 집 앞에서 죽기라도 한다면 이유 불문하고 내게 책임이 있는 것은 아닐까? 나는 아래위층을 오르내리며 볼일에 몰두하다가 이따금 가던 걸음을 되돌려 창문을 통해 그네를 확인했고, 그때마다 망할 인간이 굳건히 자리를 지키고 있었다.

안나가 전화했다. 내가 상황을 설명하자 안나는 파트릭이 자칫 감기라도 걸리거나 이상한 소문이라도 퍼지기 전에 즉시 집으로 돌려보내라고 조언한 뒤 물었다. "아니, 어쩌다 그 지경까지 됐어? 정말 어처구니가 없네. 내가 가줄까?" 나는 파트릭을 흘깃 쳐다보고 나서 대답했다. "아니야, 그럴 필요 없어."

레오나르도 디카프리오가 나오는 영화가 끝나고 나서 고개를 드니 해가 넘어가 있었다. 그는 여전히 자리를 지키고 있다. 나는 잠시 집 안을 서성이다가 결국 옷을 주섬주섬 걸쳐 입고서 밖으로 나갔다.

나는 파트릭 앞에 서서 양손을 허리에 얹은 채 말했다. "혹시 지금 이게 현명한 짓이라고 생각해요? 이 그네에서 밤도 새울 참이에요? 말해봐요." 그의 눈에 반짝하는 빛이 스쳐 지나가는가 싶었으나 그게 다였다. 낙타털 외투의 깃을 세워 목을 감싼 그의 손이, 냉기로 하얀 베일에 뒤덮인 외투 깃 안쪽에 강력 접착제로 붙어버리기라도 한 듯했다. 잘은 몰라도 그가 가련한 미소를 지으려 했으나 마비된 안면근육 때문에 뜻대로 되지 않는 듯했다.

나는 그의 양 겨드랑이에 팔을 넣어 강제로 일으켜 세웠다. 그는 굳세지 않았다. 얼이 빠진 채 등이 활처럼 휘도록 웅크린 몸을 뼛속까지 덜덜 떨었다. 나는 그를 벽난로 앞 둥근 의자에 앉혀놓고서 – 오래 있게 할 생각은 없다 –, 럼과 뜨거운 물을 반씩 섞어 그로그를 만들어주었다. 열 손가락이 제 기능을 회복하는 대로 직접 마시면 될 일이다. 하지만 지금으로서는 그는 덜덜 떨고만 있다.

나는 물었다. "대체 뭐가 문제죠? 뭐 때문에 이러는 거죠?"

대답을 기대한 것은 아니다. 나는 담배를 피워 물었다. 그가 고개를 설설거렸다. 어떻게든 문장을 만들어보려는 것 같았지만 입에서 어떤 소리도 나오지 않았다. 나는 내가 제조한 소위 마취제와 함께 목구멍을 적셔줄 사탕을 권했다.

"어서 그로그 마시고서 집으로 돌아가요, 파트릭. 우리 여기까지만 해요, 알았죠?"

그가 여전히 이를 딱딱 부딪치며 자기는 다만 내게 사과하고 싶었고, 내 몸에 손을 얹은 자신이 혐오스러울 뿐이라고 말했다.

나는 잠시 그를 응시했다. 벽난로 앞인데도 몸이 떨렸다. 나는 말했다.

"알았으니까 그만해요. 더 이상 일을 크게 만들진 말자고요."

담배에 불을 붙여 그의 입에 물려주었다. "솔직히 말해봐요, 파트릭. 내가 여자로서 안 끌리나요?" 그가 거의 분노에 가까운 표정으로 숨막혀하며 어버버거렸다. 어느새 밤이 깊었다.

그를 관찰했다. 말없이. 아무래도 나는 인내심이 부족한 것 같다. 피로감이 몰려온다. 그가 혈색을 되찾고 그로그를 마시기를 기다려, 건너편에서 그를 기다리고 있는 그의 차를 가리키며 문밖으로 내몰았다.

그가 가슴을 치며 내 쪽을 두 차례 돌아보았다. 나는 희미하게 고개를 끄덕였다. 보름달이 떴다.

빙판이 된 차도를 굴러 길 건너편의 자기 집을 향해 올라가는 그를 지켜보았다. 그동안 일을 하며 이상한 남자들을 더러 만나도 봤지만 파트릭은 모두를 압도한다. 하지만 모든 것에도 불구하고 그가 싫지 않다. 저토록 복잡하고 예측 불가능한 남자와는 골칫거리만 수집할 것이 빤하고, 그렇기에 당장이라도 이 관계를 포기하고서 즉시 연을 끊어버리고 싶지만 아무래도 내가 아직 덜 늙었나보다. 나는 아직 평범하지 않은 연애를 몇 번 더 경험할 수 있을 성싶다. 그 힘, 그 능력이 아직 남아 있는 듯하다. 짐작건대 이번 편이 이렇게 짧게 끝나지는 않을 것 같다.

나는 불 앞에 잠시 우두커니 서 있다가 작업실로 올라가 선물 몇 개를 포장했다. 준비가 좀 늦었다. 엄마의 죽음으로 생활 체계가 엉망진창이 되었다. 이어서 카드를 써서 선물 안에 미끄러뜨린 뒤 하품을 했다.

내 손이 아직 입을 막고 있었을 때, 누군가 내게 왈칵 달려들며 나를 그대로 바닥으로 – 카펫이 깔린 – 넘어뜨렸다. 침입자와 함께 추락하며 나는 책상에 있던 전등을 잡아당겼고 그 바람에 방 안이 어두컴컴해졌다. 내가 비명을 지르자 턱으로 주먹이 날아왔다. 침입자는 복면을 썼다. 나는 다소 얼떨떨한 상태였지만 더 한층 악을 쓰며 전력을 다해 도망쳤다. 이번엔 그가 힘을 잘 쓰지 못했다. 아니, 그보다는 내가 이판사판의 심정으로 날뛴 것인지도 모른다. 하지만 끝끝내 그가 나를 옴짝달싹 못하게 만들고야 말았다. 아무것도 두렵지 않았다. 나는 걷잡을 수 없는 분노에 휩싸였다. 화가 머리 끝까지 차올라 그의 무기 소지 여부조차 확인하지 못했다.

그가 온 힘을 다해 나를 짓누르며 내 목을 졸랐다. "사람 살려! 도와줘!"라고 악을 쓸 때마다 얼굴로 손이 날아왔지만 실신하기에는 분노가 너무 거셌다. 그가 내 바지를 내리려 하는 동안 나는 책으로 가득 찬 계단의 난간을 붙들고서 등으로 땅을 밀며 그 반동으로 그의 정수리를 발로 찼고, 그렇게 그의 압박에서 몸을 빼낼 수 있었다.

하지만 그가 다시 우위를 점했다. 나는 새로운 공격이 시작될 때까지 버둥거리며 물러나야 했다. 가까스로 벽에 등을 기대어 앉았을 때 우연히 선물 포장에 사용했던 가위가 손에 잡혔다.

그가 다시 한 번 나를 움켜잡기 위해 와락 손을 뻗쳤다. 하지만 그 손이 그 이상 길게 뻗지 못했다. 내가 팔을 높이 치켜 올려 그 손 여기저기에 구멍을 냈기 때문이다. 가위로 인정사정없이.

이번엔 그가 소리를 질렀다. 이젠 그가 목소리를 들려줄 차례다. 하지만 나는 이미 그의 정체를 안다. 심지어 어쩌면 내내 알고 있었는지도 모른다. 지금 이렇게 복면을 벗기기도 전부터.

나는 벌떡 몸을 일으켰다. 가윗날 끝을 그에게 향한 채. "당장 나가요, 내 집에서." 나는 분노로 덜덜 떨며 가라앉은 목소리로 명령한 뒤 계단 쪽으로 그를 떠밀었다. "내 집에서 나가! 당장!" 나는 그의 피가 시뻘겋게 묻은 가위를 그의 얼굴에 대고서 세차게 흔들며 활활 타는 눈빛으로 그를 쏘아보았다. 조금이라도 허튼 수작을 보였다간 즉시 다시 공격할 요량이었다. 번개처럼 빠르게. 나는 노기충천했다. 그도 그걸 보았다. 그도 그걸 본 것이 만족스럽다. 그가 일그러진 얼굴로 다친 손을 감싸 쥔 채 황급히 뒷걸음쳐 물러났다. 하지만 모르겠다, 저 일그러진 얼굴 뒤에서 그가 실제로 느끼는 감정은 어떤 것일지. 모르겠다. 그가 현관까지 물러났다. 나는 외쳤다. "꺼져요! 다시는 내 근처에 얼씬도 말아요!"

그가 몸을 돌려 현관문의 손잡이를 잡았다. 가장 당황스러운 건 내가 지금 파트릭에게 화가 났다는 것이다. 내가 알고 있는, 내 이웃이자 나와 야릇한 관계이며 기타 등등인 그 파트릭에게. 나를 공격한 남자는 분명 그가 아닌데 말이다. 복면을 쓴 그 남자는 그가 아니다. 만일 그의 손에 상처마저 없었던들 혼란이 극으로 치달았을 것이고, 나는 이렇게 중얼거렸으리라. "아니, 너 대체 무슨 짓을 한 거니? 네 친구 파트릭이잖아, 친구도 못 알아봐?"

문이 열렸다. 그가 문을 앞으로 밀었다. 나는 그의 얼굴을 향해 계속해서 가위를 겨눈 채 그를 따라갔다. 보름달이 표표히 빛났다. 나는 눈을 깜빡였다. 의식 속에서 두 파트릭이 포개어졌다. 나는 우뚝 걸음을 멈췄다. 그가 계속해서 뒷걸음질로 멀어졌다. 이제는 그의 분신이 똑똑히 보인다. 처음에 날 강간했고, 좀 전에 또다시 같은 짓을 시도했던 자가. 그가 미끄러지며 빙판에 얼굴을 부딪혔다. 나는 그를 돕기 위해 몸이 반사적으로 앞으로 쏠리는 것을 억제해야 했다.

언뜻 경찰에 신고할까도 생각했지만 포기했다. 차라리 욕조에 몸을 담그는 편이 나을 것이다. 나 자신에게조차 감히 진실을 말할 엄두가 나지 않음에야.

다음날 묘지로 차를 찾으러 갔고 이것은 자연스럽게 엄마를 처음으로 방문하는 기회가 되었다. 의무사항도 아니고 천천히 해도 될 일이었지만 장소가 비교적 한산했던 데다 내가 느닷없는 도피를 택한들 거리낄 것이 아무것도 없었다.

묘비는 세우지 않았지만 어쩌면 조촐한 흙무덤이 보다 인상적일 수 있다. 무덤 앞에 놓인 꽃이 아직 시들지 않았다. 크리스마스와 새해 사이의 이 시기는 늘 싱숭생숭하다. 이곳에 들어온 뒤로 계속해서 나를 따라다니는 이 고요가 익숙지 않다는 것이 그 증거다. 이 고요가 지금 내게 완벽하게 들어맞는 적막하고 비현실적인 감정을 생성하고 있다. 나는 허리를 숙여 나도 모를 무언가를 정돈하느라 괜스레 손을 놀리고는 장례식 날에 내가 보였던 초라한 행태에 대해 엄마에게 사죄했다. 어머니의 무덤을 찾기에 더없이 좋은 날이다. 하늘이 백합처럼 하얗고 청명하며 차가운 바람은 딱 상쾌할 만큼만 살갗을 자극한다.

몸을 일으키는데 주위에 나무들이 제법 많으면서도 하늘이 잘 보이는 것이 눈에 들어왔다. 나는 말했다. "엄마, 좋은 데 있네. 도시인데도 시골 분위기가 나. 여름엔 새랑 벌들도 많이 날아오겠어."

나는 차고 검은 흙에 손을 얹었다가 발길을 돌렸다.

담배와 고양이 사료를 사기 위해 슈퍼마켓 주차장에 차

를 세웠을 때는 해가 기울 무렵이었다.

묘지 방문 시험을 통과한 것이, 잘 버텨낸 것이 만족스럽다. 걱정을 덜었다. 충격을 웬만큼 견뎌냈다. 생각보다 양호하게 헤쳐 나왔다. 이젠 내가 장례식 날과 같은 유난을 떨지 않고도 이따금 그곳에 들를 수 있으리라는 것을 안다. 나는 아직 엄마가 필요하고, 위안을 얻은 채 그곳에서 나왔다.

슈퍼 입구에서 파트릭과 마주쳤다. 양손 가득 식료품을 든 그가 나를 보자마자 창백해지며 얼어붙는가 싶더니 돌연 뛰기 시작했다. 아마 내가 무언지 모를 새로운 무기를 또다시 휘두를까 겁이 났던 모양이다. 그가 황급히 달리는 통에 틈이 벌어진 식료품 봉투 하나에서 내용물이 떨어지며 요란한 소리와 함께 바닥에서 박살이 났다.

나는 돌아보지 않은 채 가던 길을 걷다가 주류 코너로 방향을 틀었다. 아직도 그에게 화가 치민다. 마찬가지로 그에게 우롱당하면서 눈앞의 현실을 보려지 않았던 나한테도 화가 치민다. 나는 여전히 여차하면 몽둥이 또는 잘은 몰라도 그가 더 이상 위협이 될 수 없게 만들고 나아가 죽게 할 수도 있는 무언가로 공격할 수 있다는 생각을 하고 있다. 그 시나리오는 언제든 반복될 수 있다. 그가 내 근처에 얼씬거리지 못하게 해야 한다.

하지만 나는 여전히 그를 원한다. 역겨운 일이다. 만일 머리를 바짝 민 저 경비원들이 두렵지 않았던들, 난방기에 수갑으로 매이는 꼴이 되는 것이 두렵지 않았던들 나는 통한과 절망의 비명을 질러댔으리라. 내가 나를 두고 벌이는 이 오싹한 게임이 혐오스럽다. 대체 내 안의 무엇이 잘못된 것일까? 나이 탓일까? 나는 망연자실한 채 탄산수며 진이며 올리브며 0퍼센트 칼로리 크림치즈 따위를 장바구니에 담았다. 잠시나마 로베르와 다시 관계를 이어야 하는 것은 아닐까 하는 생각마저 들었다. 다른 모든 것을 무시한 채 오로지 그 관계에만 몰두하기 위해. 그리하면 많은 것이 단순해지고 로베르가 가슴속에 키우고 있는 재앙의 불씨도 꺼질 터. 하지만 충분히 설득력 있는 해결책이 아니었다. 나는 머릿속에서 그 생각을 지웠다.

"당신 친구는 초대 안 했어."

로베르가 새해맞이 파티를 위해 나를 맞으며 가시 돋친 말을 던졌다. 완벽하게 손질된 머리에 목에는 스카프를 두르고서 하얀 이를 드러내며 심술궂은 미소를 짓고 있었다.

그는 내게 처음으로 쾌락을 알게 해준 남자와 닮았다. 다만 당시엔 내가 열여섯 살이었다는 것이 다를 뿐. 그 남자는 내 아버지가 범죄를 저지르고 수감된 뒤 나를 담당한 신경정신과 의사였다. 이름난 신경정신과 전문의였지만 부도덕한 자였다.

"로베르, 아주 잘했어. 당신이 그 사람을 초대하지 않아서 천만다행이야. 아주 잘했어."

"저런."

"진심이라니까."

나는 외투를 벗어 그에게 건넸다. 그와 함께 새해 축하 파티를 하는 것이 뛸 듯이 기쁠 리 없건만 달리 피할 재간이 없었다. 다른 이들도 참석하니 말이다. 또한 나도 올해의 마지막 날을 혼자 보낼 상태가 아니었다.

불과 사흘 전에 엄마를 땅에 묻었다. 흥이 넘치거나 테이블에 올라가 춤추기를 기대하는 것은 아니지만 사람들 틈에 섞일 필요가 있다는 생각은 든다. 덤으로 약간의 알코올도. 이렌느는 이런 종류의 파티에 열광했다. 한 달 전부터 들떠서 준비할 만큼.

리샤르가 다가와 알은체를 했다. 어느 모로 보나 나 다음으로 이렌느의 사망에 가장 깊은 충격을 받은 사람은 리샤르일 것이다. 이렌느는 좋아하기 쉽지 않은 여자였으나 리샤르는 운명을 감수하고서 그녀를 받아들였다. 세월도 그들의 관계에 호의적으로 작용했다. 결국 몇 년 만에 그들은 좋은 친구가 되었다. 리샤르에 따르면 이렌느의 방탕한 삶은 그와는 무관하다.

이렌느는 내게 종종 리샤르를 좀 본받으라고 말하곤 했다. 타인의 삶을 존중하는 그의 태도를. 아니면 그의 중재에 따르던가, 그도 아니면 적어도 그의 충고에 귀 기울이라고. 리샤르가 이렌느의 유품 정리를 돕겠다고 제안했고 나는 수락했다. 그가 물었다.

"파트릭은 안 왔어?"

"응. 모르겠어. 왜 그걸 나한테 물어?"

"왜?"

"유부남이잖아. 아내가 있는 남자야. 그 사람이 어디 있는 걸 왜 나한테 묻느냐고?"

"아…… 미안해. 난 그저 두 사람이……."

나는 어깨를 추어올린 뒤 그에게서 멀어졌다. 우리와 함께 일했던 몇몇 소설가들과 시나리오 작가들, 우리를 위해 뮤직비디오를 제작했던 영화감독들이 보였다. 아파트 전체가 그들의 에고로 가득 차 혹여 전기가 끊기더라도 좌중에서 자체적으로 빛을 발산할 것만 같은 분위기였다. 그들은 원기 왕성해 보였고 아이디어가 넘쳐 흘렀으나, 무엇보다 1년 중 다만 몇 시간 동안만이라도 비즈니스를 잊고 느슨해지기 위해 이 밤을 즐기고자 했다. 이곳에서는 샴페인 잔이 홀연히 나타나게 하기 위해서는 그저 손만 뻗으면 그만이었다.

"아, 뱅상, 우리 아들. 고마워. 잘 지내니? 조지는 아직 도착 전이야?"

그가 미간을 모으며 자신의 잔에 샴페인을 따랐다.

"조지는 안 와요. 안나 아줌마 집에는 발도 들이기 싫대요."

"아, 그래? 무슨 이유로?"

"그냥요."

"휴, 정말이지 바람 잘 날 없구나. 알았고, 평면 TV는 어떠니, 맘에 들어?"

"네. 아니 실은 그렇기도 하고 아니기도 해요. TV가 아침부터 밤까지 하루 온종일 켜져 있거든요. 조지가 가끔 오줌이나 누는지 모를 정도예요."

"그러다 눈 버리지. 두고 봐라."

안나가 내게 신호를 보냈다. 내가 다가가자 그녀는 조지를 위해서나 자기를 위해서나 이편이 차라리 낫다며 벵상 앞에서 자기편을 들어달라고 말했다. "자기도 알잖아, 정말 페스트 같은 년이야. 저 덜떨어진 녀석이 마냥 좋게만 봐서 그렇지."

내가 대꾸했다.

"나도 백 번도 더 주의를 줬어. 백 번도 더 경고했다고. 백 번도 더."

"그 물건이 아이 아빠를 감방에서 빼내고 싶어 해. 온통 그거에만 혈안이 되어 있어. 애 아빠를 감방에서 빼낼 수만 있다면 무슨 짓이라도 할 기세야. 혹시나 벵상이 돈을 구하지 못하면 벵상하고의 사랑도 그리 오래 가겠나 싶다니까. 이제부턴 아이를 맡는 문제에 자기하고 나하고 정신 바짝 차리고 주의를 기울여야지, 안 그랬다간 정말 큰코다칠 거야."

"그래, 하지만 오늘 밤은 말고."

나는 미소 지으며 대답하고는 좌중 쪽으로 고개를 돌렸다.

나는 남자는 아니지만 엘렌느같이 잘 빠진 젊은 여자를 보면서 남자들이 느끼는 감정을 어느 정도 짐작할 수 있다. "나도 마찬가지야." 안나가 내 어깨에 손을 얹으며 호언했다.

나는 담배에 불을 붙였다. 안나와 로베르는 가구들을 죄다 벽으로 밀어놓고서 가운데에 커다란 뷔페 테이블을 배치했다. 나는 로베르를 피해 좌중 사이를 이리저리 서성였지만 종국에는 로베르에 의해 거실 한구석으로 몰리게 되었다. 새벽 3시경, 모두들 그럭저럭 피로해졌을 때 내가 눈이 내리는 것을 구경하기 위해 창가에 선 것이 화근이었다. 그가 내 귀에 대고 속삭였다.

"나, 선포할 거야. 거짓말에 종칠 때가 됐어."

나는 반사적으로 그의 양복 깃 안쪽을 붙들었다. 그가 허풍을 떠는 것이 아니라는 것을 안다. 나는 저 시선을 안다. 나는 이를 악물며 신음처럼 내뱉었다.

"알았어! 알았어. 나의 불쌍한 로베르."

"아니, 잠깐. 나의 불쌍한 로베르라니. 그 말 취소해. 지금 당장. 안 그러면 가버릴 거야."

"취소. 나의 불쌍한 로베르란 말 취소할게."

"당신이 언제부터 이렇게 돼버렸는지 모르겠지만 나랑 자는 게 늘 고역은 아니었다는 걸 기억했으면 해. 그리고 당신 입으로 해명을 들어야겠어."

"과거를 왈가왈부해봤자 무슨 소용이야. 설명할 수 없

는 걸 설명하게 하지 말아줘."

"나한테 그런 식으로 말하지 마. 나 바보 아니거든."

우리는 결국 돌아오는 주중 하루 초저녁으로 약속을 잡았다. 눈이 거의 그쳤다. 불빛이 반짝거린다.

나는 물었다.

"좀 혐오스럽지 않아? 그런 식으로 끝낸다는 게?"

"아무것도 변하지 않았더라면 좋았을 거야. 하던 그대로 변함없었더라면. 당신도 변함없고."

"그래서 기껏 생각해냈다는 게 이렇게 사람 협박하는 거야? 이 등신 머저리야."

"취소해."

"등신 머저리 취소할게. 하지만 당신답지 않아, 로베르. 이건 당신이 어쩔 수 있는 게 아니거든. 그러니까 우리 만나는 날 혹시 내가 마음을 다하지 않더라도 이해해줘. 그걸로 트집 잡기 없다, 알았지? 존중심은 요구하는 게 아니라 절로 우러나는 거야."

어쨌든 나는 그가 권하는 잔을 받았다. 하지만 그와 함께 마시는 것은 거절했다. "섹스는 섹스고 이건 이거고."

그가 히죽거리더니 내게 상상의 모자를 벗어 내리며 인사하고는 발길을 돌렸다. 적잖이 우스운 대답이었다는 것을 알고 있다. 하지만 취기가 어지간히 오른 상태다. 완벽하다. 정확히 내가 바라던 바다. 정확히 내가 필요했던 것이다.

새벽 4시경, 나는 아무에게도 알리지 않고서 아파트를 빠져나왔다. 거리가 한산했다. 대간선도로를 피해 얼마 뒤 도심을 벗어났다. 집에서 몇 미터 떨어지지 않은 곳에 이르자 짙게 깔린 안개가 심술을 부렸다. 두 차례나 브레이크를 밟아야 할 정도로 앞이 전혀 보이지 않았다. 차에 안개등이 달렸지만 작동시켜봤자 결정적인 해결책이 되지 못했다. 결국 일어날 일이 일어나고야 말았다. 나는 커브에서 차를 돌리지 못한 채 비탈로 곤두박질쳤다.

　충격이 만만치 않았다. 에어백이 부풀며 얼굴을 덮쳤다. 정신을 차렸을 때는 모터가 멈춰 있었다. 맨 처음 느껴진 것은 고요였다. 나는 시동을 끄려고 손을 뻗었다. 완전무결한 암흑이다.

　내가 어디에 있는지 알고 있다. 숲속이다. 거의 다 왔고, 집에서 그리 멀리 떨어지지 않았다. 하지만 낮에도 인적이 드문 작은 길가다. 얘기인즉슨 새해가 더없이 멋지게 시작되었다는 뜻이다. 나는 머리를 뒤로 젖힌 채 잠시 꼼짝도 하지 않았다. 한참 만에 마음을 다잡고 다리를 움직이자니 비명이 터져 나왔다. 내 비명 소리에 희뿌연 어둠 속에서 졸고 있던 사위가 공포로 얼어붙었다. 왼쪽 발목에서 전해오는 찌르는 듯한 통증. 극심한 고통과 놀람으로 벌어진 입이 다물어지지 않는다.

　이윽고 나는 호흡을 가다듬고 발쪽을 살펴보기 위해 조

심조심 몸을 굽혔다. 외관상 멀쩡했다. 발목이 으스러졌거나 발이 잘려나갔을 것을 상상하며 두려움에 떨었지만 모든 것이 제자리에 붙어 있다. 혈흔도 보이지 않는다. 다만 움직일 수 없을 뿐이다.

머리를 굴렸다. 경적도 울려보았다. 안개가 하도 짙어 자동차 보닛 앞부분만이 겨우 보일 뿐이다. 냉소에 찬 허탈한 웃음이 터져 나왔다. 머리를 굴렸다. 미약한 어지럼증이 느껴진다. 내가 옳지 못한 여자라는 것을 인정해야겠다. 옳지 않은 감정에 강력하게 휘둘리고 있다는 것을. 나는 그에게 전화했다. 혹여 잠을 깨운 건 아닌지 묻지도 않은 채, 거두절미하고 내가 처한 상황을 설명했다. 그가 말했다.

"10분 내로 갈게요."

나는 담배에 불을 붙였다. 이성이 이기는 경우는 극히 드물고 혹여 이성에 굴복한다 해도 한낱 좌절과 한낱 권태와 한낱 절망만 야기될 뿐이라는 생각이 들었다.

그가 허둥지둥 달려왔다. 잠옷 위에 겨우 외투만 걸치고서. 그 열의에 거의 감동할 뻔했지만 아무 내색도 하지 않았다. 그가 내 차창 쪽으로 고개를 기울였다. 나는 차창을 내리고서 말했다. "집에 데려다주면 고맙겠어요." 그가 고개를 끄덕였다. 양손을 주머니에 찔러 넣고 시선은 신발 끝에 고정한 채. 우리는 그렇게 가만히 몇 분을 흘려보냈다. 이윽고 내가 입을 뗐다. "자, 파트릭. 내가 다쳤거든요. 이 차에서 나가

게 도와주지 않을래요?"

그는 말하는 법은 잊었어도 팔 사용법은 잊지 않았다. 나는 나를 안아 올려 차 밖으로 빼내는 그의 팔에 매달렸다. 이것은 내가 그의 복면을 벗긴 후 우리의 첫 신체 접촉이다. 이루 말할 수 없이 묘하고 격한 감정이 밀려왔다. 그가 나를 안아들었다. 홀린 기분이었다. 당연히 이 남자에게. 또한 남자들을 공들여 선택하는 데 재능이, 그것도 아주 뛰어난 재능이 있는 나 자신에게.

그가 나를 자기 옆 조수석에 앉히고는 안전벨트를 매라고 지시했다. 그와 한 번도 눈길이 마주치지 않았다. 그가 핸들을 으스러져라 꼭 쥔 채 앞만 보았기 때문이다. 계기판의 불빛에 어렴풋하게 드러난 그의 옆얼굴이 결사코 내 쪽을 돌아보지 않았다.

나도 묵묵히 앞만 바라보았다. 이 차의 냄새, 이 성당의 향냄새가 기억난다. 그때는 아직 이 차를 운전하던 남자가 며칠 전 나를 강간했던 정신이상자가 아니라 매력적인 이웃이었다. 여기 앉아 이 향에서 유년 시절을 연상하며 아늑함을 느끼고 미소 지었던 기억이 난다. 이번엔 같은 기분이 들지 않는다. 이 향은 치명적이다. 나는 차창을 내렸다. 찬바람이 밀려들었지만 그는 가타부타 말이 없다. 운전에 집중하고 있다. 당연히 그의 손, 피가 밴 붕대로 싸맨 손 – 짐작건대 나를 차 안에서 빼낼 때 상처가 다시 벌어졌을 공산이 크다 –

의 존재가 얼마 전 그와 나 사이에 있었던 폭력적인 사건을 상기시킨다. 결코 그것을 잊어버리는 우를 범하지 말아야 한다. 파트릭은 폭력적인 남자다. 그는 한 치의 망설임도 없이 내 얼굴을 정면으로 가격했고, 내 목을 졸랐으며, 내 팔을 뒤로 돌려 비틀었고, 나를 짓눌렀다. 이번에도 내 몸 여기저기가 멍으로 뒤덮일 터.

그런데 이상하게도 그가 두렵지 않다. 경계를 늦추진 않고 있지만 두렵진 않다.

그는 어떻게 운전을 하는지 몰라도 나는 앞이 전혀 보이지 않는다. 우리가 달려야 하는 2킬로미터가 지금 내 상황으로는 결국 빠져들고야 말 하얀 포말이 이는 대양처럼 느껴진다.

출발 전에 삼켰던 마지막 진이 아무래도 그리 세지 않았나 보다.

발목이 붓고 있는 것이 느껴진다. 나는 어렵사리 허리를 굽혀 발목을 만져보았고, 그 통에 황홀하게도 온 관절이 삐거덕거린다는 것을 알게 되었다. 발목은 열이 날 뿐 겉보기엔 큰 변화가 없다. 그는 핸들에 용접이라도 된 듯 딱 붙어서 고개를 어깨 속으로 움츠린 채 한없이 옹색한 자세로 묵묵히 운전만 했다. 차에 스며든 한기 때문인지도 모르겠다. 하지만 나는 숨 쉬기 위해 찬 공기가 필요하다. 위로 치켜진 치마를 내리는 것도 잊은 채다.

느닷없이 차가 멎었다. 집에 도착했다. 비록 집이 보이지 않았지만 아마 그럴 것이다. 파트릭의 태도가 확고하다. 그가 차에서 내려 확인한 뒤 다시 나타나 긍정의 뜻으로 고개를 끄덕였다.

나는 다시 한 번 그에게 내가 혼자서는 내릴 수 없는 상태임을 설명해야 했다. 그가 그렇게 주춤거릴 새 없이 어서 나를 차에서 빼내지 않으면 이대로 동사할 수도 있다는 말과 함께. 나는 그의 목에 팔을 둘러 그를 더한층 당황시켰다. 우리의 접촉에 오늘밤의 내 구세주가 고통스러워하고 곤혹스러워하는 것이 보였다. 그에게 그런 반응을 불러일으킬 수 있다는 것에, 내가 그런 힘을 소유했다는 것에 희열이 느껴졌다.

그가 나를 안았다. 나는 아무것도 요구하지 않은 채 다만 그의 목에 두른 팔을 풀지 않고서 잠자코 기다렸다. 성공인 듯했다. 그가 나를 번쩍 들어 안고서 정원을 가로질러 집까지 갔다. 문 앞에서도 나는 땅에 발을 내려놓으려는 기미를 조금도 보이지 않았다.

외투 주머니에서 열쇠를 찾으면서 혹시 너무 무겁지 않은지 물었지만 대답을 바란 것은 아니다.

나는 문을 열고 경보 장치를 해제한 뒤 그에게 2층으로 올라가달라는 손짓을 하며 덧붙였다. "침실이 어딘지는 잘 알죠?"

그는 충격으로 어리둥절하고 이 상황을 이해하지 못하

는 듯하다. 내가 만일 떠나기 전에 지하실을 치우거나 다락방을 정돈하라고 하면 즉시 이행할 것 같은 얼굴이랄까.

그가 나를 침대에 내려놓았고 그 즉시 나는 그의 존재에 아랑곳없이 미간을 곤두세운 채 스타킹을 벗어서 바닥으로 던져버린 뒤 – 공교롭게도 그의 발치에 떨어졌다 –, 좀 더 가까이에서 상태를 살피기 위해 발목을 끌어당겼다. 썩 아름다운 광경은 아니었다. 발목이 이미 벌겋게 부어오른 데다 지독하게 아팠다. 나는 오만상을 지으며 고개를 쳐들다가 나의 맨 다리와 하얀 허벅지와 검정색 레이스 – 내 체조 자세가 이것들을 훤히 드러낸 것이지 나는 이것들을 익히 잘 아는 자의 시선을 끌 의도가 없었다 – 가 자아내는 그림, 이 매혹적인 그림이 내 의도와 상관없이 만족스러운 결과를 거두면서 그를 온통 혼란스럽게 만들고 있는 광경을 흐뭇한 기분으로 목도했다.

나는 그가 발목을 살피고서 의견인지 뭔지를 말해보도록 그를 향해 다리를 내밀었고 그 바람에 가랑이가 더욱 적나라하게 드러났다. 답변을 기다렸다. 만에 하나 상황이 내게 불리하게 돌아간다면, 내가 잘못 생각했다면, 즉시 호신용 스프레이를 뿌릴 태세를 갖추고서. 베개 밑에 가디언 엔젤이 대기 중이다.

그가 마침내 그토록 탐냈지만 이번에도 다시 한 번 포기하게 된 나의 신체의 일부로 시선을 비스듬히 향한 채 뒤로 물러났을 때, 다리에 경련이 일기 시작했다. 한동안 전혀 모호하지 않지 않은 다소 음란한 자세를 유지했건만 그에게 아무 효과도 불러일으키지 못했다. 그가 돌연 문지방을 넘더니 계단으로 달아났다.

마르티가 침대로 뛰어올라 내게 몸을 비벼댔다. 나는 마르티를 쓰다듬었다.

발목에 살색 벨포 붕대를 두르고도 시간이 한참 지나서야, 나는 난간에 의지한 채 한 발로 겅중겅중 뛰어 1층으로 내려가서 현관문에 빗장을 걸었다. 얼음 팩이 없어서 얼린 완두콩 주머니로 발목을 찜질했다.

안개가 걷히고 하늘이 갰다. 보험사에 전화를 걸어 차 견인을 부탁한 뒤 알카 셀처 두 알을 복용했다. 1월 1일이다. 교도소에서 전화가 왔다. 아버지가 간밤에 목을 맸다고 한다. 나는 앉아 있다. 이 순간 겉으로는 망연자실한 듯 보이겠지만 실은 아무 느낌이 없다. 한 손은 부엌 식탁에 걸치고 다른 한 손은 이마를 짚은 채 아무 생각도 없다. 이번엔 휴대전화가 부르르 진동한다. 내가 1980년대 초 미키 해변 클럽에서 어린이들을 대량 살상한 남자의 딸이 맞는지를 묻는 한 기자의 전화. 나는 묵묵부답으로 전화를 끊었다.

아버지가 우리를 피로 물들인 해인 열여섯 살 때 기자가 꿈이었다. 내가 만일 학업을 계속 이을 기회가 있었더라면 어떤 종류의 기자가 되었을지 궁금하다. 나는 일어났다. 식탁에서 휴대전화가 혼자 진동하도록 내버려둔 채.

지금 내가 느끼는 안도감이 부끄럽다. 부끄럽다. 적어도 가슴이 드문드문 따끔거린다든지 얼굴이 보일 듯 말 듯 일그러진다든지 약간의 후회감이 드는 것으로라도 이 부끄러움을 무마하고 싶지만 아무 감정도 들지 않는다.

외려 그 사건이 다시 파헤쳐질까봐, 가라앉았던 진흙이 휘지러지며 다시 떠오를까봐 두렵다. 그가 이런 식으로 내게 복수하고 나를 벌하는 것은 아닌지, 마지막 숨과 마지막 총기를 이렌느에게 불만을 토로했듯 내가 30년 세월 동안 단 한 번도 자기를 면회하러 오지 않은 것에 대해 직접 천벌을 내리는 데 바친 것은 아닌지 의문이 든다. 내가 위안이 되어주지 않은 것에 대해, 자식의 지지를 박탈한 것에 대해.

사실 아버지에 대한 기억이 전혀 없다. 옛날 사진 몇 장 ─ 특히 언론들이 몇 달 동안 다투어 재생산했던 ─ 으로 아는 것이 전부다. 하지만 그것들로는 그가 움직이는 모습을 볼 수도, 목소리를 들을 수도, 체취를 맡을 수도 없다. 그 모든 요소가 제거된 이미지는 별반 관심을 불러일으키지 못하며 아무것도 제시하지 못한다. 나는 그를 잊었다. 그것은 빈 의자다. 이렌느는 달랐다. 세월과 함께 그가 우리에게 겪게 했던 소용돌이를 죄다 무시한 채 그에게 유리한 몇몇 에피소드 ─ 네 아버지가 이랬다느니 그렇게 하려고 했다느니 또는 네 아버지가 이렇게 말했고 저렇게 말했고 따위 ─ 의 기억에 의지하여 극히 미약하나마 좋은 감정을 유지하려고 했지만, 헛수고였고 쓸데없는 소모전이었다. 나는 이렌느가 늘어놓는 말을 단 한 마디도 귀담아듣지 않은 채 건성으로 맞장구치며 기계적으로 고개를 끄덕이는 것으로 만족했다.

모르긴 해도 이렌느가 사진으로 가득 찬 상자를 보관해 두었으리라. 다락방엔 없다. 내가 원하지 않았으니까. 하지만 분명 버리지 않고서 자신의 아파트 어딘가에 두었을 것이다. 이렌느가 언론에 용케 감춘 그의 사진들. 유년 시절부터 감방에 갈 때까지 아키텐의 괴물의 전 생애가 단계별로 담긴 수십 장의 사진들. 당시엔 그것들을 팔아 떼돈을 벌 수도 있었다. 아마 안전하게 금고에 보관하지 않았던들 도난이라도 당했으리라. 엄마와 나, 우리는 수개월 동안 일정한 거처 없이 민박집이나 호텔 등을 전전했다.

늦지 않은 시각이다. 태양이 아직 정점에 도달하지 않았다. 얼린 완두콩 주머니의 도움으로 발목이 그럭저럭 봐줄 만한 상태로 돌아왔다. 나는 택시가 도착하는 동안 발목을 붕대로 살짝 조인 뒤 지팡이에 의지하여 거실을 서성이며 걷는 연습을 했다. 햇빛이 찬란했다. 정원을 뒤덮은 하얀 눈이 반짝거렸다.

나는 아파트에 입성하여 다짜고짜 이렌느가 드레스 룸으로 탈바꿈시킨 서재로 직진했다. 서랍 몇 개를 열기 시작하는데 팬티에 티셔츠만 달랑 걸친 랄프가 숨을 헐떡거리며 나를 뒤따라 방으로 들어왔다. 그가 못마땅한 표정으로 고개를 설설거렸다. "아, 이러면 안 되죠, 미셸. 이러는 법이 어딨어요?"

나는 그를 향해 고개를 돌렸다. "안녕하세요, 랄프. 뭐가 문제죠? 뭐가 이러면 안 된다는 거죠?"

"이러는 거요. 이렇게 막무가내로 들이닥치는 거. 벨도 누르지 않고 다짜고짜 들어오는 거요."

"열쇠가 있는 걸요, 랄프. 당신도 알잖아요. 벨을 누를 필요가 없었어요. 당신을 방해하고 말고 할 것도 없이 잠깐 들른 거니까요."

"잠깐 들른 거라도 마찬가지예요, 미셸."

"아니, 그 반대예요. 완전히 달라요. 우리 서로 기분 상하지 말자고요."

"아니, 아니, 그렇지 않아요. 정말 언짢군요."

나는 관자놀이를 슬쩍 긁었다. "알았어요. 그런데 랄프, 난 중요한 자료를 가지러 들른 거예요. 당신이 짐을 다 쌀 때까지 기다릴 여유가 없었어요. 그러니까 우리 일을 크게 벌이지 말아요, 알았죠?"

랄프가 두 손을 휘휘 내저으며 다시 한 번 고개를 설설거리는 것으로 내 말에 전혀 동의하지 않는다는 뜻을 내비치는 동안, 이렌느 나이의 절반쯤으로 짐작되는 알몸의 갈색 머리 여자가 그의 등 뒤로 나타나 턱짓으로 나를 가리키며 어찌된 일인지 시선으로 물었다. 나는 아무 말도 하지 않았다. 그들을 무시했다.

마침내 첫눈에 누군지 알아본 사진들로 가득 찬 신발 상자를 손에 넣었다. 나는 상자에서 지옥의 온갖 악취가 빠져나오기라도 하는 듯 서둘러 상자 뚜껑을 덮고는, 얼어붙은 태양 아래서 나를 기다리고 있는 택시에 뛰어올랐다.

해가 기울기 시작한다. 나는 옷도 갈아입지 않은 채 창고에서 삽을 찾아내 집 뒤편으로 갔다.

아직 추위가 심하지 않아 땅이 그리 단단하지 않았다. 나는 휘발유를 가져와서 구덩이 속에 신발 상자를 넣은 뒤 상자가 흠뻑 젖도록 휘발유를 뿌리고 나서 불을 붙였다.

불길로 손을 뻗어 녹이지는 않더라도 얼굴까지 열기가 끼쳤다. 나는 잠시 눈을 감았다. 가냘프게 쉭쉭거리는 불길 소리가 들렸다. 나는 필요한 시간만큼 자리를 지켰다. 모든 것이 한 줌 재로 변하는 것을 똑똑히 확인할 때까지. 저녁의 한기에 몸이 오싹했다. 잠시 뒤 내가 삽으로 다시 구덩이를 메우고 윗부분을 탁탁 두드려 흙을 다지는 동안 까마귀 한 마리가 음산한 까악 소리를 내며 하늘을 가로질렀다.

이렌느가 알았더라면 앓아누웠을 일이다. 나는 해거름의 어스름 속에서 집 벽에 등을 기댄 채 얼마간 밖에 서 있었다. 이렌느는 어떤 경우에도 그를 만나는 것을 그와 접촉하고 물리적 유대를 유지하는 것을 멈추지 않았고, 그것은 주로 초기에 그녀와 내가 거칠게 충돌하는 원인이었으나, 그녀는 한 번도 그 망할 면회를 포기했던 적이 없다. 그러면서도 우리에게 배정된 삶을 돌아보고 우리가 치렀던 대가와 감내해야 했던 모욕과 도주 등을 되새길 때면, 그에게 품은 원한을 숨기지 않았다는 것도 밝혀야겠다. 하지만 그녀는 주야장천 그를 만나러 갔으며 나는 그런 그녀를 이해하지 못한 만큼 불같은 분노에 휩싸이곤 했다. 그녀는 굳이 애써 해명하려 들지 않았고 기꺼이 모호한 태도를 취했다. 아마 살아 있었더라면 내가 사진을 불태운 것을 절대 용서하지 않았으리라. 가능한 일이 아님에도 그 남자를 두 번 죽였다며 나를 비난하는 소리가 귓가에 쟁쟁하다.

이렌느의 마지막 소원, 그녀가 내게 기대했던 최종 절차가 떠오른다. 그 요구는 면회 사이사이 그녀가 이끌었던 문란한 삶에도 불구하고 그녀가 어느 정도까지 그에게 집착했는지를 여실히 드러낸다. 그녀는 면회를 갈 때면 주로 머리에 스카프를 두르고 무릎 밑까지 내려오는 치마를 입었다. 자신의 뇌진탕에 내가 마음이 약해져서 마침내 관용의 길로 들어설 거라고 믿다니. 그 발상이 원망스럽다. 그러니까 내게 할 말은 고작 그게 전부였단 말인가?

로베르의 문자 메시지가 도착했다. 나는 그에게 전화를 걸었다. "여보세요, 로베르? 그렇지 않아도 전화하려고 했어. 내일 약속 말이야, 날짜를 좀 미루면 안 될까? 지금은 내가 걸을 수도 없는 상황이라……."

그가 대꾸했다.

"못 걸으면 어때? 둘이서 산보하러 나갈 것도 아니고."

매정한 판단에 말문이 막혔다.

나는 기분이 최상이지 못한 채로 그와 만났다. 그는 이미 누워 있었다. 가슴의 하얀 털이 부쩍 늘어난 듯했다. 지난번 부둥킴 중에 이미 그 사실을 깨닫고서 충격으로 몇 초 동안 망연자실했던 터였다. "어쨌든 복잡한 거 요구하지 마, 로베르. 난 춤도 못 추고 방방 뛰지도 못 하니까. 게다가 안나하고 나, 우리 둘 다 오늘 힘든 하루를 보냈어. 알아? 축제는 끝났다고."

나는 지팡이를 벽에 기대놓고서 옷을 벗기 시작했다. "당신이 나와 자기 위해 동원한 술수를 생각하면 소름이 끼쳐, 로베르. 혹시라도 나중에 찾아와서 원망하지 마. 당신에 대한 존중심이 더 이상 크게 남아 있지 않다 해도 찾아와서 구시렁거리면 안 돼, 알았지?"

나는 그가 키스를 시도했을 때 입술을 피하지 않았으나 죽은 인형처럼 아무 반응도 하지 않았다. 밖은 이미 어둑어둑했고 방 안은 도시의 불빛만이 스며들어 어슴푸레했다. 언젠가는 그에게 나를 내준 것을 후회하게 되리라는 것을 나는 늘 알고 있었고, 오늘이 바로 그날이다. 집에 가져다놓은 일거리가 생각났다. 지금 이 순간 내가 들여다보고 있어야 할 대상은 다른 무엇도 아닌 그건데. 이제 저녁을 먹을 새도 없이 한밤중까지 붙들고 있게 생겼다. 그가 말했다.

"긴장 풀어."

"난 기계가 아니야, 로베르. 누르기만 하면 되는 버튼이 없다고."

로베르의 시간이다. 몇 분 뒤 로베르가 있고 그가 내 몸을 어느 정도 아는 데다 정신도 건강해 보이는데, 나는 왜 굳이 그토록 복잡한 길을 찾는 것인지 의문이 들었다. 하지만 답이 없었다.

나는 그가 내게 주는 쾌락을 너무 드러내지 않으려고 애썼다. 어떤 상황에서 주어진 쾌락인지 잊지 않았기 때문이다. 쉽지 않았다. 나는 그에게 모든 것을 가르쳤고, 그는 훌륭한 학생이었다. 나는 입술을 깨물지 않으려고 이를 악물었다.

일이 끝나고 우리는 진토닉 두 잔을 방으로 가져오게 했다. 나는 침대에서 일어나 절뚝거리며 욕실로 갔다. 캐모마일 향 샤워젤로 구석구석 샤워를 마쳤다. 타인의 체취가 내 몸에 남는 것을 좋아해본 적이 없다.

그가 머리를 빗기 위해 욕실로 들어왔다. 알몸으로. 그가 거울로 자신을 구석구석 뜯어보며 말했다.

"오늘 당신 훌륭했어." 잠깐 동안, 그가 농담한다고 생각했다. 그가 내 위에서 로데오를 벌이는 동안 나는 완전히 죽은 듯 누워 있었기 때문이다. 하지만 그는 더할 수 없이 진지했다. 그가 말을 이었다. "아주 색다른 기분이었어. 시체처럼 굴려는 생각은 어떻게 하게 된 거야?"

나는 잠시 말문이 막힌 채 그를 바라만 보다가 대답했다.

"어쨌거나 약속했듯 내가 하고 싶은 말은 오직 하나야. 원하는 걸 가졌으니까 이제 됐지? 우리 친구로 남자."

"물론이지. 대찬성이야."

나는 다시 한 번 그를 물끄러미 바라보았다. 친구로 남는다는 것은 같이 자는 걸 의미하지 않는다는 것을 분명히 밝혀둘 필요가 있다는 생각이 들었다.

나는 발신자 표시가 없는 전화는 받지 않았다. 혹시 모를 기자들이나 교도소 행정처 등 아버지의 사망과 직간접적으로 관련이 있는 모든 전화를 피하기 위함이다. 장례식에 대해서는 아무것도 하지 않기로 작정했다. 다른 분야에서 다시 한 번 시체처럼 굴기로. 모든 것이 끝난 뒤 의무사항을 이행하리라.

리샤르는 나를 이해했다. 그에게는 내가 왜 이러는지 설명할 필요가 없다. 그는 안다. 그는 우리가 만났을 때 내가 어떤 상태였는지, 아버지가 그 모든 아이들을 살상함으로써 이렌느와 나를 어떤 지경으로 몰아넣었는지 보았다. 그때 리샤르를 만나지 않았던들, 초기 몇 년 동안 겁에 질려 늘 어둡고 파리했던 내가 본모습을 되찾기까지 그가 더할 나위 없이 세심하게 배려하며 지켜주지 않았던들 나는 아마 미쳐버렸을 것이다. 그는 내가 살아가는 법을 다시 익히도록 지켜주었으며 현실에 발붙이고 치유될 수 있도록 아이를 갖게 해주었다. 돌이켜보면 벵상의 출생이 어떤 식으로든 정말 나를 치유했는지는 잘 모르겠다. 그땐 아무것도 느끼지 못했으니까.

리샤르가 말했다.

"이렌느는 크리스마스이브에 가고, 당신 아버지는 새해 이브에 가다니 놀라운 일이야."

나는 대답했다.

"응, 나도 그 생각이 먼저 들더라."

나의 불행에 그가 애처로워하며 어깨를 끌어안았다. 나는 그가 내 목에 눈물을 떨어뜨리기 전에 몸을 **빼**내며 외쳤다. "우린 서로 다른 사람과 살림을 차리지 않기로 되어 있었어! 이젠 모든 게 무너졌어, 알아?"

리샤르가 고개를 떨어뜨렸다. 그가 할 말을 잃었다는 것은 그만큼 애통해하고 있다는 뜻이다. 그가 가책을 느낀다니 그것 참 반갑다.

아무래도 모임이 잦은 시기라는 이유도 있겠지만, 요즘 나는 비교적 정기적으로 마주치는 엘렌느만큼이나 리샤르를 자주 만난다. 그가 휩쓸려버린 격정과 저항하지 못한 도취감이 어떤 것이었을지 매우 잘 헤아려진다. 그가 내게 구하는 것이 무엇인지도 알고, 최근 어떤 설렘과 불안 속에서 살고 있을지도 안다. 왜냐하면 그와 내가 함께한 세월이 20년

이기 때문이다. 그가 그녀를 어떻게 대하는지가 보이고, 그의 시선이 그의 뜻을 거스른 채 드러내고 마는 그녀를 향한 고통스러운 갈망이 보인다. 그럼에도 내가 할 수 있는 일은 아무것도 없다. 우리의 삶을 지배하는 끔찍하고 우스꽝스러운 부조리에 대항하여 내가 할 수 있는 일은 아무것도 없다. 당장 우리 아들 뱅상이 그 아슬아슬한 길의 좋은 예시다. 맥도널드에서 회의 때 지배인과 티격태격하다가 일자리를 잃었다고 한다. 요컨대 내가 보증을 선 아파트의 월세를 감당할 능력을 얄짤없이 상실한 것이다.

날이 춥고 맑다. 교통의 흐름이 원활하고 차들의 지붕이 눈으로 덮였다. 조지는 1그램도 빠지지 않았다. 어쩌면 더 불은 것도 같지만 아파트가 좁고 천장이 낮다보니 실제보다 거대해 보일 수도 있을 것이다. 나보다 더 이 집 소식에 훤한 리샤르가 91킬로그램이라고 확인해준다. 보잘것없는 수입 때문에 경제적 차원의 개입은 할 수 없을지언정 그는 참관자로서 나와 동행했다.

조지가 스콘을 구웠다. 총 12개. 우리가 자리에 앉자마자 조지가 한 개를 집어 들어 한입에 해치운다. 뱅상이 우리에게 에두아르 아기를 건넸다. 키스와 통상적인 칭찬이 이어지는 동안 조지가 두 개째 스콘을 같은 방식으로 없애버렸다. 마법이라도 부린 것처럼.

뱅상이 내게 선수를 쳤다.

"뭐든 받아들일 순 없잖아요. 그 순간 월세 생각을 안 하긴 했죠. 사실이에요. 하지만 그렇다고 아무것도 안 해요? 개차반 같은 자식이 날 짓밟는데도 그냥 꾹 참아요? 엄만 내가 그랬으면 좋겠죠?"

리샤르가 끼어들었다.

"네 엄마는 그렇게 말 안 했다."

"내가 그렇게 말 안 한 거 벵상도 잘 알아."

"그렇게 말하진 않았죠. 하지만 속으론 그렇게 생각했죠. 내가 입을 다물었어야 한다고."

조지가 꿈꾸는 듯한 표정으로 스콘을 바라보며 물었다.

"그럼 자기 자존심은? 그랬으면 자기 자존심은 뭐가 됐겠어?"

리샤르가 분위기를 전환하고자 주먹을 입에 대고서 짧게 헛기침을 했다. 하지만 나는 이를 무시한 채 조지의 말을 받았다. "조지, 먹여 살려야 할 여자와 아이가 있는 사람에게 자존심은 사치랍니다. 난 벵상이 거기 취업하며 이 사실을 잘 이해했을 거라고 생각했어요. 그 주제로 나하고도 충분한 얘기를 나눴던 것 같고."

벵상이 반박했다.

"미안하지만 엄마, 날 이렇게 만든 건 엄마예요. 엄마가 나한테 주입한 거 잊었어요? 절대 당하지 말 것, 자신의 신념을 지킬 것. 기억 안 나요? 가슴속의 작은 불꽃을 꺼뜨리고 살면 절대 안 된다면서요?"

"그렇다고 생각을 하지 말란 얘기는 아니잖니, 벵상? 그런 마음가짐을 유지하되 행동하기 전에 늘 생각해야 한다고 얘기했잖아. 행동 후가 아니라 행동 전에."

"아무것도 안 하고 더러운 유대인 새끼 취급을 받고 있을 수는 없었어요."

"벵상, 우선 말하자면 넌 유대인이 아니야. 엄마도 너한테 세상의 모든 무게를 견디라고는 하지 않아. 지금 밖에 실업자가 수백만이다. 유럽만 따져도 삼천만이지. 정말 엄청나다고. 엄만 네 걱정을 하는 거야, 벵상."

나는 정정했다.

"비단 너뿐만이 아니라 난 나도 걱정돼."

걱정할 정도까지는 아닐 것이다. 하지만 두렵다. 내가 염려하는 불안하고 불확실하며 불안정한 현 상황이 엄마와 내가 건너온 어두운 세월로 나를 돌려보내기 때문이다. 아버지가 범죄를 저지르고 감방에 던져진 이후 우리가 당장 내일은 어떻게 살아가야 할지 머리를 누일 지붕과 침대는 있을지 또 무얼 먹어야 할지 알 수 없었던 막막한 시절로. 나는 그런 시련을 다시 겪을 자신이 없다. 정말이지 나빴던 시절로 다시 돌아가고 싶지 않다.

나는 말했다.

"좋아, 벵상. 알았으니까 능력껏 최선을 다해보렴. 두고 보면 알겠지. 함께 지켜보자꾸나."

흡족해진 리샤르가 내 어깨를 부드럽게 마사지할 의무감을 느끼고는 행동에 옮겼다. 요즘 그는 놀라우리만치 감상적이 되었다. 내 부모의 사망이 그에게 나에 대한 보호 본능을 자극한 것이 역력하다.

뱅상이 말했다.

"날 믿어줘요, 젠장맞을. 더 좋은 데를 찾을 수 있어요, 어렵지 않을 거예요."

나는 뱅상을 바라보았지만 아무 말도 하지 않았다. 어안이 벙벙할 따름인 저 단순하고 순진한 열의에 찬물을 끼얹고 싶지 않아서였다. 가끔은 나도 그런 순진한 마음을 되찾고 싶기도 하다. 내 힘이 무한대이고, 세상에 극복하지 못할 것이 없으며, 모든 것이 가능하다는 확신으로 똘똘 뭉쳐 있고 싶기도 하다.

조지가 스콘이 두 개 밖에 남지 않은 접시 – 리샤르도, 뱅상도, 나도 아직 건드리지도 않았다 – 를 우리 앞으로 밀었다. 그녀가 내게 키스해도 되느냐고 물었고, 나는 그녀의 입가에 묻은 빵부스러기에도 불구하고 수락했다.

추가로 떠안게 된 월세 부담은 내 예산에도 좋은 소식이 아니었으나, 나는 이 불운에 굴하지 않은 채 마음이 넓다느니 너그럽다느니 호인이라는 등의 칭찬을 받아들였다. 그리고 기회를 틈타 감방에 있는 에두아르 아기의 친부 소식을 물었다. 모두의 안도감과 만족감을 틈타 다른 상황에서라면 어떻게 화제에 올려야 좋을지 모를 주제에 접근한 것이다.

순간 그들이 난색을 표했다. 리샤르가 다시 한 번 주먹을 입에 갖다 대고서 헛기침을 해댔다. 나는 가벼운 어조로 심상하게 물었다. "저쪽은 어떻게 돼가는 거예요? 내 생각엔 아이 하나에 아버지가 둘일 수는 없을 것 같은데."

당연히 내가 관심 있는 건 아이의 생물학적 아버지의 운명이라거나 그가 현재의 상황에 처하기까지의 내력이 아니다. 나는 다만 두 사람의 계획이 무엇인지 또는 내가 염려하는 것처럼 아무 계획도 없는 것인지가 알고 싶은 것이다.

여기를 떠나는 편이 좋겠다. 그들과 기분 상할 일을 만드느니 ― 나중에 후회하게 될 말, 마음의 검은 대리석에 각인될 말을 퍼붓느니 ― 차라리 떠나는 편이 낫다.

안나는 놀라워하지도 않는다. 조지가 그녀의 집에 다시는 발도 들이지 않겠다고 결심하기 전부터 안나도 똑같은 결론에 이른 터였다. 조지는 비록 벵상도 자기를 본받게 하지는 못했지만, 아무튼 안나와 만나는 횟수를 줄이겠다는 약속은 기어이 받아내고야 말았다. 안나는 그 저열한 처사에, 그 처사의 중차대함에, 길길이 뛰며 분노했다.

아침에 떨어졌던 눈이 채 녹지 않았다. 기온이 떨어졌다. 살을 에는 바람이 분다. 나는 일찌감치 귀가했다. 재난 경보가 발효되었다. 저녁에 폭설이 예상된다. 멀리서 집으로 장작을 들여놓고 있는 파트릭이 보인다. 그의 집 굴뚝에서 하얀 연기가 소용돌이를 그리며 빠져나오고 있다. 나는 아직 김이 피어오르는 찻잔 너머로 팔에 장작을 한 아름 안은 그가 오가는 모습을 지켜보고 있다. 재수도 좋군, 비밀이 지켜졌으니, 라는 생각이 들었다. 나는 그를 어디에도 고발하지 않았다. 감방에 처넣거나 정신 병원에 감금시킬 수도 있었으나 그러지 않았다. 나한테 걸리다니, 운이 좋았다. 내 발에 엎드려 키스라도 해야 하리라.

숲 주변이 온통 하얗다. 금빛이 섞인 갈색으로 물든 구름의 기차가 분절되면서 바람의 방향에 따라 이리저리 흩어졌다. 날이 저물었다. 나는 덧문을 닫기 위해 파트릭을 불렀다. 몇 초간의 침묵이 흐른 뒤 내가 외쳤다. "귀먹었어요?"

그의 뒤에 숨어 있는 다른 남자를 보기 위해서는 노력을 기울여야 했다. 하지만 실현 불가능한 노력이었다. 여북하면 혹시 내가 꿈을 꾸었던 것은 아닌지 의문이 들 정도였다.

"발목은 어때요?" 그가 이미 지난번처럼 가장 가까이에 있는 창문으로 달려들며 물었다. 하지만 실은 아직 바람이 그리 세지 않다.

나는 대답했다.

"발목은 좋아지고 있어요. 고마워요. 당신 손은요?"

그가 운명에 순응한다는 표정으로 미소를 흘리며 어깨를 추어올리더니, 마리오네트처럼 좌우로 손을 흔들어 보이며 나를 안심시켰다.

"나쁠 거 없어요."

나는 이 창문에서 저 창문으로 집 안을 건너다니는 파트릭의 뒤를 따르며 보조 노릇을 했다. 그는 단 한 순간도 내게 접근하려는 기미조차 보인 적이 없고 명랑한 표정을 푼 적도 없다. 나는 한 순간도 그에게서 다른 남자를 식별해내지 못했다. 그에게서 일분일초도 눈을 떼지 않았음에도 불구하고 다른 남자의 그림자 하나, 얼핏 스치는 기운 하나 느끼지 못했다.

악마는 인간의 몸속에 24시간 동안 기거하는 것일까, 아니면 순간순간 들러붙는 것일까? 나는 이미 이런 의문을 가졌었다. 내 아버지 문제로 말이다. 어떤 날은 의견이 이편으로 기울었다가 다른 날은 반대편으로 기울었는데, 그때마다 내가 정답을 찾아냈다고 믿었다.

파트릭이 마레 지구에서 구입한 가지 스프레드를 가지고 오겠다며 자기 집에 갔다. 레베카가 산티아고 데 콤포스텔라 순례길로 떠난 터라 집에는 파트릭뿐이다. 나도 실은 레베카에게 소식을 전하기로 되어 있었다. 나는 그가 집에서 나와 폭풍을 뚫고 달려오는 모습을 바라보았다. 아직 눈발이 날리진 않지만 하늘이 슬슬 준비 중이다. 달이 진줏빛 후광을 은은하게 내뿜고 있다. 그동안 나는 블랙 러시안 두 잔을 준비했다. 그가 전속력으로 달려 내려오고 있다. 폭풍에 지

푸라기처럼 하릴없이 흔들리며 지그재그를 그리면서도 방향을 잃지 않고서 내 집 문 앞에 당도했다. 내가 문을 열자 그가 씨근덕거리며 안으로 들어섰다.

나도 내 행동이 경악스럽다. 당사자인 파트릭도 이게 대체 무슨 상황인가 싶은 눈치다. 그가 입구에서 쭈뼛거리며 어리둥절한 미소를 흘리고 있다. 내가 다음 순서를 통보하기를 기다리고 있다. 나도 경악스럽다. 이번엔 내가 내 안의 다른 미셸을 목도할 차례다. 나는 그를 돌아보며 말했다.

"어디, 그 가지 스프레드 좀 볼까요?"

마치 우리가 오랜 지기라도 되는 양, 그를 초대한다거나 같은 식탁에 앉아 저녁식사를 한다는 건 어림없는 일이다. 마치 아무 일도 없었던 듯 그와 음식을 나눈다는 건 상상할 수 없다. 그럼에도 그를 부른 사람이 바로 나라는 사실에는 변함이 없다. 그를 여기 오게 한 사람은, 다름 아닌 나다. 솔직히 나도 믿기지 않는다. 볼을 꼬집어보고 싶을 정도다.

나는 그에게 칵테일 잔을 건넸고, 그는 나에게 가지 스프레드를 바른 토스트를 건넸다. 나는 말했다. "맛있군요." 벽난로 속에서 바람이 쉭쉭거리기 시작한다.

시험 기간이나 다른 때 긴장을 견디기 위해서 필로폰을 예사롭게 복용하던 시절의 기억들이 더러 남아 있는데, 바로 지금 내가 느끼는 기분이 그때 그 시절과 문자 그대로 똑같다. 머리부터 발끝까지 전기가 훑고 지나가는 기분이라고 할까. 얼굴은 거미줄을 덮어쓴 것 같고 손바닥은 축축하며 입술은 바짝 타들어가고 생각은 마구 요동친다. 나는 물었다.

"그래서 어땠나요?"

심지어 내 목소리마저 생소하다. 파트릭이 소파 탁자에 웅크리고 앉아 토스트를 만들다가 토스트를 든 손을 그대로 공중에 매단 채 나를 향해 눈을 거들떴다. 이윽고 그가 고개를 숙이더니 절레절레 흔들며 내가 웃기는 농담이라도 했다는 듯 쿡쿡거린다.

몸을 비틀며 다 웃고 난 그가 다시 한 번 나를 바라보았다. 1초 동안 다른 남자가 모습을 드러냈다. 얼굴을 구긴 무시무시한 표정. 나는 그를 위협할 부지깽이를 잡아챌 태세를 취했다. 하지만 다른 남자는 이미 사라졌고, 다시 파트릭이다. 동요한 파트릭, 무릎을 꿇고 앉은 파트릭이 탁자 위의 자기 잔이 눈에 띄자 그것을 대뜸 잡아 몇 모금에 걸쳐 비운다.

나는 억지로 쥐어짠 나머지 차라리 고통스러운 경련에 가까운 미소를 지으며 추궁했다.

"좋았어요? 어땠냐고요? 대답해요."

고개를 더 낮게 수그리는 것이 가능했다면 아마 그는 그렇게 했으리라. 나는 가라앉은 목소리로 재차 묻지 않을 수 없었다.

"어땠느냐고요? 좋았어요?"

그가 나를 향해 다시 눈을 치떴다. 물론 일말의 광기가 얼비치긴 했으나 그는 여전히 매력적이었다. 그의 시선은 그가 원하기만 하면 맹독이 된다.

이제는 바람이 거세다. 전면적이고 맹렬하게 불어댄다. 벽에 가하는 압력이 느껴질 정도다. "그래야만 했어요." 그가 마침내 입을 열었다.

나는 아무 반응도 하지 않았다. 그의 말이 머릿속에 각인되었다.

나는 담배에 불을 붙였다. 당혹스럽기 짝이 없는 대답이다. 또한 분노가 치민다. 나는 문이란 문은 죄다 잠긴 실내를 시선으로 한 바퀴 훑었다. 내 입에서 나의 무분별과 오만과 어리석음을 탓하는 호된 말이 몇 마디 새어나왔다. 하지만 그가 두렵지는 않다. 나는 장작을 정돈하기 위해 그에게서 등을 돌렸다. 그가 두렵지 않다. 정돈을 마치고 나서 나는 그에게 내 집에서 나가라고 명령했다.

"당장!" 재차 다그쳐도 그는 또다시 어리둥절한 미소를 흘리며 – 아무래도 어리둥절한 미소가 그의 스타일인 듯하다 – 꼼짝도 하지 않았다. 나는 그의 얼굴을 향해 가디언 엔젤을 겨누며 두 번 말하지 않겠다고 경고했다.

이번엔 그가 이해했다. 아마 내가 적절한 어조를 사용하고 상황에 어울리는 단호한 표정을 – 입에서 거품이 일 정도로 – 지은 듯하다. 나는 그의 눈에 대고 계속해서 가스 스프레이를 흔들며 입구까지 그를 따라갔다. 어찌나 긴장했던지

손이 떨릴 지경이었다. 그가 팽팽해진 나의 신경을 염려하는 것이 눈에 보였다. 내가 의도와 상관없이 자칫 손을 잘못 놀릴까봐 두려워하는 것이. 아닌 게 아니라 이런 종류의 기구를 다뤄본 경험이 있었음에도 언젠가 실수로 스프레이를 작동시켰고 그 때문에 상대가 하마터면 실명할 뻔한 적이 있다.

그가 문을 열었을 때 우리는 쉭쉭거리고 으르렁거리며 정원을 점령한 어둠 앞에서 순간, 몸이 굳었다. 그는 미간을 찡그리며 나의 자비를 구하고자 했다. 이런 폭풍 속에서 과연 몸이나 제대로 가눌 수 있을 것인지 오직 신만이 아실 일이다.

"나가요!" 나는 악문 이를 떼지도 않은 채 말했다.

내가 이 일을 대하는 방식이 몹시 당황스럽다. 나를 지배하고, 매일 내게 나조차 속수무책인 어두운 감정을 불러일으키는 혼돈이 무척이나 곤혹스럽다. 나 자신과 싸워야 하는 것이, 내가 누구인지 스스로에게 물어야 하는 것이 혐오스럽다. 내 안에 파묻힌 목소리에 접근할 수 없다는 사실도 보탬이 되지 않는다. 그 목소리는 어찌나 깊숙이 파묻혔는지 판독이 전혀 불가능한 비통하게 잊힌 노래처럼, 멀리서 들리는 듯한 아주 가느다랗고 희미한 소리만이 겨우 식별될 뿐이다.

며칠 뒤, 안나가 우리가 벵상을 고용하자고 제안했다. 물론 벵상의 수입 문제를 단번에 해결하는 방법이긴 하나 나로서는 미심쩍은 마음이 들었다. 실은 나도 안 해본 생각이 아니었으나 그 즉시 단념했었다. 우선 벵상이 어떤 자리건 사무직에 적합할지가 의문이었고, 다음으로는 벵상이 엄마는 엄마 일이나 잘하라면서 전화를 쾅 끊어버렸기 때문이다. 제 아버지가 다른 여자와 살림을 차린 뒤로 나와 벵상 사이가 다소 호전되기는 했지만 과연 그것으로 충분할지는 의문이다.

안나가 나의 망설임을 손짓 하나로 쫓아버렸다. 내가 말했다.

"아무튼 나를 설득하는 건 문제가 아니지. 가장 어려운 사람이 남았으니까."

조지가 길길이 날뛰리라는 것은 쉽게 예상할 수 있다. 안나가 정말이지 보고 싶은 광경이라고 대답했다.

한편 벵상은 잠정적이라는 것을 강조하면서 조지는 자기가 구대륙에 전방위적으로 어른거리는 불확실한 기운을 고려하여 이성적인 판단을 할 수 있게 하겠다고 호언했다.

모르겠다. 나는 누구하고도 부딪치고 싶지 않다. 조심스럽다고 할까. 바람이 벵상에게 유리한 방향으로 기우는 것에 반색하는 마음이 들면서도, 아무튼 벵상과 직업적 관계를 맺는 것에 걱정이 앞선다. 그 애 아버지와 이미 매우 실망스러운 경험을 한 데다 그 때문에 관계만 악화될 뿐이었기 때문이리라.

안나가 나를 안심시키려고 애썼다.

"자기한테 거치적거리지 않게 할게. 벵상은 내가 맡아. 내가 어딘가에 자리 하나 만들게."

아무래도 안나는 조지와의 승부에서 정말로 조지를 날려버리고 싶은 모양이다. 그녀를 살아 움직이게 하는 맹렬한 승부욕, 누군가와 싸우고 겨루고 싶어 하는 검은 욕망이 느껴진다. 세월이 흐를수록 그녀는 점점 강인해지고 호전적이 되어간다. 싸움 취미가 날로 왕성해지며 다른 모든 것에 우선한다. 나는 호기심 어린 눈초리로 그녀를 관찰했다. 그녀가 그물을 던지듯 벵상을 살살 구슬리는 모습이 눈에 선하다. 미래의 싸움터가 위용을 갖추는 모습이 눈에 그려진다. 내가 거기 휘말리지 않아도 된다니 매우 다행스럽다. 그들이 나의 열정 부족을 탓한다 해도 어쩔 수 없다.

요 며칠간의 폭풍으로 뿌리째 뽑힌 나무들이 꽤 있고 나뭇가지는 숱하게 부러져나갔다. 이른 아침, 장작을 잔뜩 실은 트럭이 우리 집 앞에 서더니 두 사내가 내려 집 뒤편에 장작들을 쌓는다. 파트릭이 나타나 내게 지레 감사할 필요 없다고 말하며, 응당 이 나무들을 썩게 내버려둘 수는 없었느니 어쩌고저쩌고 해명한다. 그가 내 집 문가에 서서 눈부신 아침 햇살에 눈을 찡긋거리며 미소 짓더니 하늘의 선물이라는 말을 덧붙인다.

하나같이 혐오스러운 우리의 대면들 이후 우리의 관계를

현재형으로 유지하기 위해서라면 어떤 핑계든 좋은 듯하다. 하지만 믿지 않으면서도 최악으로 시작된 관계가 결국 놀라우리만치 좋게 끝나는 경우도 있을 수 있다는 생각이 들었다.

그가 문가의 초인종 버튼에 시선을 고정한 채 불쑥 제안했다.

"저녁식사에 초대하고 싶습니다."

"됐어요. 말도 안 돼."

내 대구에 그가 타격 입은 표정을 짓더니 한쪽 눈을 내게로 향하는 모험을 감행했다.

"시내에서요. 집에서가 아니라."

나는 말했다.

"이제 보니 유머 감각이 뛰어나군요. 그것도 굉장히."

그는 사흘 동안 코빼기도 보이지 않았다. 그의 집 굴뚝에서는 아침저녁으로 연기가 피어오르고 불도 켜져 있으나 집 안의 어떤 움직임도 감지되지 않는다. 나는 파트릭의 일과를 걱정하는 것 외에 다른 할 일이 있지만 집에서 일하는 만큼 신경이 쓰인다. 집에서 일을 하니 벵상이 AV 프로덕션에 자리 잡는 과정에서 자연스럽게 빠질 수 있었다. 자리를 정하고, 직원들에게 소개시키고, 복사기며 복잡한 커피머신 사용법을 가르치는 등의 일을 내가 도맡았더라면 금세 신경이 너덜너덜해졌으리라.

작업실의 내 책상은 창문 앞에 놓였고 파트릭의 집은 맞은편 경사면에 있다. 조망이 가장 좋은 곳은 지붕 바로 밑이지만 이 창문도 충분히 훌륭하다. 게다가 나는 일하기 위해여기 있는 것이다. 다른 것 때문이 아니라. 아무튼 그럼에도 사람이 들고 나는 움직임이라든지, 자동차 소리, 문이 철컥닫히는 소리에도 바로 주의를 빼앗기며 고개를 들어 창문 밖을 쳐다보게 된다. 그런데 사흘 전부터 창밖 그림이 완전히정지 상태다. 저녁의 불빛과 굴뚝에서 빠져나오는 하얀 깃털같은 연기를 제외하고는 정적이고 정지된 – 약간 죽어 있는듯한 – 겨울 풍경이다.

나흘째 날 아침, 나는 집으로 달려 들어오다가 – 거의한 발로 껑충껑충 – 발길을 돌려 그의 집으로 다가가 섰다.양손을 허리에 얹고서 숨을 쌔근거리며 열이 나고 얼어붙은채. 간밤에 떨어진 눈송이가 모든 흔적을 지웠다. 주위의 모든 발자국을. 날이 청명하다. 새들의 울음소리가 정적을 비집고 끼어든다.

안이 전혀 보이지 않는다. 커튼이 내려져 있다. 나는 초인종을 눌렀다. 고개를 돌려 우리 집을 반대편에서 바라보았다. 나는 눈을 깜빡거렸다. 다시 초인종을 눌렀으나 응답이없다. 집 주변을 한 바퀴 둘러보니 그의 차가 차고에 모셔져있다.

그는 술에 취해 뻗어 있다. 부엌을 통해 살금살금 집 안으로 들어가니 그가 거실에서 의식을 잃고 쓰러져 있었다. 나는 한 발 한 발 전진하며 큰소리로 내 존재를 알렸다. "헬로? 헬로?" 내 신발창에서 떨어져 나온 눈이 마룻바닥에 녹아내리며 규칙적인 간격으로 작고 반짝이는 웅덩이를 만든다.

나는 커튼을 열어젖혔다. 술병들이 바닥에 널려 있다.

해가 떨어졌을 때 그가 우리 집에 와서 초인종을 눌렀다. 내게 볼썽사나운 구경거리를 제공한 것을 사과하고, 내가 그를 욕실로 끌어다가 그가 받아 마땅한 찬물 세례를 안긴 다음 진한 커피를 타준 것에 감사하기 위해서였다. 나는 그가 어떻게 멀쩡해지는지 구경하지 않고 돌아왔다. 지금 그는 깨끗한 옷으로 갈아입었고 말끔히 면도한 얼굴에 머리도 단정하게 빗은 터라 드러나는 건 백옥 같은 안색과 푸르스름한 눈언저리뿐이다. 지금이라도 그가 일하는 은행으로 돌아가 창구 뒤에 앉아 있으면 이토록 말쑥하고 붙임성 좋은 남자에게 누구라도 주저 없이 재정 상담을 받으리라.

나는 말했다.

"아무래도 당신이 상황 파악이 잘 안 된 것 같아요. 다 내 잘못이에요. 오직 날 탓할 수밖에요. 나로서도 쉽지가 않네요. 아시겠지만 내가 요즘 좀 힘든 시기거든요. 적잖이 헤매고 있다고 할까요. 그러니 그 점에 유념해줘요. 혹시 그래야 했음에도 내 태도가 명확하지 않았다면 정말 미안하게 생각해요, 파트릭. 하지만 이해해줘요. 때로 조금이라도 기분이 나아지기 위해 아무 짓이나 하기도 하잖아요."

내가 어떤 몸짓을 하기도 전에 그가 불쑥 집으로 한 발을 들여놓으며 내 입술에 자신의 입술을 밀착시켰고 그 서슬에 내가 뒤로 밀리자 다른 발로 문을 닫았다. 곧이어 우리는 함께 넘어지며 바닥에 굴렀다. 정확히 그가 처음으로 나를 강간했던 장소다. 우리는 성난 개들처럼 신음을 흘리는가 하면 으르렁거리며 몸싸움을 벌였다.

그가 치마를 걷어 올리고 스타킹을 벗겨낸 뒤 내 성기를 감싸 쥐는 동안 나는 두 주먹으로 그를 마구 때리며 물어뜯기 위해 안간힘을 썼다. 돌연 베일이 찢어지며 내 앞의 길이 환해졌다. 나는 즉시 버둥거리기를 멈추고 축 늘어진 채 행동에 돌입하려는 그에게 응했다.

내 위에 누운 그가 주저하는가 싶더니 일순 몸이 굳었고 이어서 신음을 흘리며 수플레[7]처럼 폭삭 무너져 내렸다.

잠시 후 그가 벌떡 일어나 입구로 향하더니 문을 닫는 수고도 잊은 채 쏜살같이 달아났다. 나는 그 수고를 대신하기 위해 일어났다. 다시 한 번 현장을 참관한 마르티가 곁을 지나는 나를 놀란 표정으로 바라보았다. 나는 뒤를 졸졸 따르는 마르티에게 말했다. "설명하자면 좀 복잡하단다."

이어진 며칠 동안 그 사건을 곱씹을 여유가 없었다. 일이

---

7   버터, 밀가루, 우유에 거품을 낸 달걀흰자를 섞어 오븐에서 부풀리는 디저트의 일종. 갓 구워 부풀어 오른 수플레는 식으면 푹 꺼지며 가라앉기 때문에 바로 먹어야 한다.

넘쳐 새벽에 집을 나섰다가 밤이 되어서야 귀가하는 통에 어떤 사생활이 됐든 돌아볼 마음도 여력도 나지 않았기 때문이다. 집을 나서며 그의 집을 힐끔 쳐다보면 덧문이 열려 있고 굴뚝에서는 연기가 피어오른다. 모든 것이 고요하다. 귀가할 때도 마찬가지다. 그의 집의 불 켜진 창문과 정원을 뒤덮은 흰 눈 위에서 반짝거리는 밤에 힐끗 눈길을 던지지만, 그뿐이다. 그러고는 차고로 들어와 시동을 끄고 나서 열쇠를 찾는다. 더 이상 생각하지 않는다.

따지고 보면 인생에서 일만큼 단순한 것도 없다. 나는 그 끝도 없는 회의며 전화며 시나리오 검토며 그 밖의 업무에서 오는 피로감에 완벽하게 적응했다. 하루가 끝나고 집으로 돌아와 샌드위치를 만든 다음 침실로 들어가 옷을 벗고 나서 목욕물을 틀어놓은 뒤, 음악을 들으며 긴장을 풀기 위해 대마초를 피우면서 글리세린 비누 거품으로 손장난을 할 기력만 남겨놓을 수 있다면 말이다. 그 순간 나의 유일한 동반자는 바로 늙은 고양이다.

애초에 마르티는 수개월째 강아지 타령을 일삼던 뱅상을 위한 것이었다. 뱅상이 끝도 없이 보채는 소리가 성가셨던 리샤르가 고양이로 입막음을 할 수 있다고 여긴 것이다. 하지만 뱅상은 한 번 안아보려고도 하지 않았고 결국 새끼 고양이의 안식처는 내 품이 되었다.

마르티가 있어서 행복하다. 내가 공격받을 때 큰 도움이 되지 않더라도 상관없다. 마르티가 있어서 빈집에 살고 있다는 기분을 절감하지 않을 수 있다. 또한 마르티에게 말도 건넬 수 있고, 무엇보다 집에 쥐가 없다.

벵상의 입성으로 당연히, 회사 일이 더뎌졌다. 우리가 좀 더 지켜보며 적당한 업무를 찾을 동안 벵상에게 잠정적으로 할당한 자료실 업무와 관련하여 나도 모를 질문을 하려고 유리문 너머로 커다랗게 손짓을 해가며 회의를 중단시킨다든지, 연필이나 스테이플러를 찾는다든지 하면서 꽤나 빈번하게 거치적거렸기 때문이다. 사실 누가 됐든 새로 직원을 들여 실무를 익히기엔 시기가 좋지 않았다. 몇몇 기획의 진행이 늦어진 터라 시간이 부족했다. 나는 벵상의 거취 문제를 재고하고 싶었으나, 자신의 계략을 성사시키기에 급급했던 안나가 내 말에 귀를 기울이지 않았다. 따라서 요사이 충분히 길고 꽉 찬 나날을 보내는 바 거기에 무언가를 보태고 싶은 생각이 없다.

게다가 벵상과 조지의 관계가 급속도로 악화되고 있다. 조지가 벵상에게 안나가 때마침 찾아준 자리를 당장 박차고 나오라고 종용하는 중이기 때문이다.

"걔가 정말 정규직이 뭔지를 모르는구나?" 나의 구차한 중립적 입장 때문에 혹시라도 조지와 나 사이에 모종의 공모가 성립되었을지 모른다는 의혹을 초장에 덮어버리기 위해 나는 분개하는 척했다. 안나는 어둠 속에서 미소 지었고, 벵상은 엄지손톱을 물어뜯었다. 나는 우리의 경고에도 불구하고 뒤도 돌아보지 않고서 그 여자의 품에 뛰어든 뱅상의 어처구니없는 성급함을 상기시킬 것인지 망설였다.

리샤르가 엘렌느와 몇 분간 시시덕거리다가 다시 내려와서 아들이 어떤 결정을 했는지 물었다. "자, 아들아, 어찌하겠느냐?" 숨 막히는 서스펜스의 시간이 이어졌다. 이윽고 뱅상이 안나를 향해 눈을 거들뜨더니 남겠다고 선언했다. 안나가 매우 흡족해했다. 뱅상이 어떤 기회에 안나에게 불어넣는 충만한 기쁨의 표정을 다시 보게 되었다. 내가 그 표정을 처음으로 본 것은 안나가 세례반 앞에서 뱅상을 안아들었을 때였다. 나는 리샤르를 팔꿈치로 쿡 찌르며 안나가 그려내고 있는 저 순도 100퍼센트의 행복한 모습을 가리켜 보였다.

안나가 우리에게 점심을 사겠다고 말했다. 내가 그럴 필요 없고 우리에겐 그럴 시간도 없다고 사양했지만, 3대 1로 밀렸다. 아니 곧 4대 1이 될 터였다. 안나가 리샤르에게 위층에 올라가서 새 짝꿍도 데려오라고 말했기 때문이다. 내가 토를 달았다.

"아, 자기는 엘렌느를 그렇게 불러? 저 둘이 짝꿍이야?"

안나가 어깨를 추어올렸다.

"둘이 커플 아냐?"

뱅상이 한숨을 내쉬었다.

"엄마, 그만해요. 엄마도 그런 줄 알면서."

나는 담배에 불을 붙였다. 두 사람이 도착했고, 나는 딴청을 피웠다.

어쨌거나 식사 중에 벵상이 과연 조지의 반발을 감당할 수 있을 것인지에 대한 의혹이 제기되었다. 벵상은 단호해 보였다. 만일 조지를 이성적으로 판단하도록 설득하지 못하면 호텔에서 밤을 보내는 것도 불사할 각오였다. 나는 곁눈으로 리샤르와 엘렌느를 관찰했다. 예전엔 내가 저 남자와 커플을 이뤘는데, 오늘 그는 다른 여자와 커플을 이루고 있다. 다들 한창 식사 중인데 나는 더는 식욕이 나지 않는다. 나는 진토닉을 주문했다.

내 자리에 진토닉이 놓이자 리샤르가 나를 돌아보더니 눈을 휘둥그렇게 떴다.

아버지의 장례식 비용을 정산했다. 그의 사망을 알리는 몇몇 기사가 떴고 아울러 대량 살상도 다시 언급되었다. 하지만 독자들이 응당 달아놓은 욕설 댓글 퍼레이드를 제외하면 내게 직접적인 위해가 가해진 적은 전혀 없었다. 우편물도 전화도 그밖에 어떤 종류의 접촉도. 이 망각을 쑤석거린 것은 랄프였다. 그가 내게 말했다.

"까놓고 말해 미친놈도 그런 미친놈이 없지 않아요?"

나는 적십자에 보낼 이렌느의 옷을 싸던 중에 잠시 일손을 멈추고 그에게 상냥하게 설명했다. 아주 기초적인 수준의 교육을 받은 사람이라면 누구도 그 딸 앞에서 고인을 모욕하

209

지는 않을 거라고. 그러고 나서 노골적으로 그를 무시한 채 하던 일을 계속했다. 그가 말했다.

"잘난 체하지 마쇼. 난 그런 꼴은 절대 참아본 적이 없는 놈이니까."

"술 마셨어요?"

"난 거드름쟁이 년들은 절대 못 참는다고."

이 말과 함께 그는 털썩 무너져 내렸다. 12월은 인간들이 취하는 – 또한 살인하고, 강간하고, 커플을 이루고, 자기 아이도 아닌 아이를 받아들이고, 달아나고, 신음을 흘리고, 죽는 – 달이다. 그래도 적어도 그는 말하는 법은 잊지 않았고 나는 우리가 예전에 같은 학교를 다녔다는 사실을 알게 되었다. 그는 내 아버지가 나라 전체를 충격에 빠뜨렸던 사건을 기억하고 있었고 그 시절부터 이미 내가 풍겼던 분위기를 견딜 수 없어 했다.

나는 그 시절의 동창 중 기억나는 얼굴이 없다. 그러므로 그의 말이 어쩌면 사실일 것이다. 나는 말했다.

"자, 가서 샤워 좀 해요. 냄새 그만 풍기고."

그가 가볍게 고개를 까딱거리면서 나를 노려보았다.

"아무튼 천하에 쓰레기 같은 놈이었어. 그놈 마누라랑 떡을 치다니 그야말로 할렐루야군."

나는 묵묵히 외투를 걸치고 장갑을 끼고 나서 통보했다.

"아무튼 짐 빼기로 한 날짜 지켜요."

얼음덩이가 센 강을 군데군데 떠다녔다. 저녁을 위해 안
나와 약속된 식당으로 갔다. 주요 투자자 두 명을 설득해야
하는 자리였다. 녹록하지 않은 인물들이었지만 우리는 끝내
우리에게 유리한 결론을 이끌어내는 데 성공했다. 시간이 늦
었다. 식당에서 나오니 피로가 몰려왔다. 벵상이 집에서 쫓
겨났다는 문자 메시지를 보냈다. 안나도 똑같은 문자를 받는
지 지켜보다가 벵상에게 곧 가겠다는 답신을 보냈다.

벵상이 어려운 상황에 처했을 때 찾은 사람이 나라니
놀라우면서도 기분 좋았다. 나는 벵상을 데리러 가서, 조지
가 자물쇠를 바꿨다는 이야기를 듣고는 기가 차다는 표정을
지으며 말했다. "정말 말도 안 되는 애로구나."

벵상이 초조해하며 어찌할 바를 몰랐다. 조지가 그토록
과격한 복수를 하리라고는 미처 생각하지 못했고 그것을 어
떻게 받아들여야 할지 모르는 듯했다. 벵상은 어디로 가는
거냐고 묻지 않았다. 나는 센 강을 따라 달렸다. 벵상이 불
쑥 말했다.

"할아버지 돌아가신 거 알아요."

이 부분에서는 이렌느가 나를 이겼다. 그녀는 벵상의 사
춘기를 이용했다. 엄마를 거슬리게 하고 분노하게 하는 일이
라면 뭐든 즉각 받아들이는 끔찍한 나이, 그 질풍노도의 시
기를. 나는 벵상에게 주의를 주곤 했다. "그 사람 할아버지
라고 부르지 마. 넌 할아버지 따위 없으니까. 너한테 아무것

도 아닌 사람이야." 이어서 나는 이렌느에게 화살을 돌렸다. "엄만 대체 언제까지 저 애 머릿속에 그따위 걸 주입할 생각 이죠? 그래서 엄마가 얻는 게 뭐예요? 어디, 말 좀 해봐요!" 우리는 이 문제로 맹렬하게 다퉜고, 나는 문자 그대로 광분 했지만 내 입장은 변호하기 쉽지 않았다. 혈연 관계는 지우 고 싶다고 지워지는 것이 아니기 때문이다.

나는 경계의 눈초리를 힐끔 던졌으나 '할아버지'라는 단 어를 사용하는 벵상의 얼굴에서는 어떤 빈정거림도 읽히지 않았다. 녀석의 평온한 얼굴에 안도감이 들었다. 나는 대답 했다. "응, 목을 맸어."

벵상이 고개를 주억거리더니 시선이 멍해졌다. 우리는 세브르 다리를 건넜다. 벵상이 말했다. "젠장맞을, 어쨌든 엄마의 아빠였잖아요."

집에 도착해서 굳이 벵상에게 방을 일러줄 필요도 없었 다. 이미 알고 있으니까. 나는 칫솔을 찾아주었다. 밖에는 하 얀 달이 차가운 밤을 밝히고 있다. 나는 말했다. "내일 7시에 출발한다." 벵상이 동의하고는 하품을 하더니 나를 향해 희 미한 손짓을 보내며 말했다. "도와줘서 감사해요."

"감사할 필요 없어. 난 네 엄마고, 이럴 때 쓰라고 있는 거니까."

"그래도 감사해요."

벵상이 읽을거리를 찾기에 유도라 웰티의 단편집을 건넸

다. 녀석이 물었다.

"엄마 생각은 어때요?"

"위대한 작가 중 하나야."

"아니, 그게 아니라, 만일 엄마가 내 입장이라면 어떻게 하겠느냐고요?"

녀석이 내 의견을 듣고 싶어 하리라는 걸 내가 상상이나 할 수 있었겠는가? 놀라서 입이 다물어지지 않는다. 나는 내 방 앞 복도에 깔린 카펫의 문양을 뜯어보면서 곰곰 생각하는 척하다가 말했다.

"글쎄다. 네가 그 애한테 어느 정도까지 애착이 있는지 몰라서 말이야. 하지만 내가 너라면 조급하게 해결하려 들지 않고, 하루 이틀 정도는 아무 연락도 하지 않은 채 기다릴 거야. 생각할 시간을 가지렴. 네가 주도권을 잡아. 신경 줄이 탄탄한 사람이 승리하는 거야. 그걸 잊지 마. 모르긴 해도 조지는 보통 야무져 보이지 않더라. 아마 누구한테도 고개를 숙이는 법이 없을걸."

"그렇게 성질이 더러운 여자는 처음 봐요."

"거봐라. 이 기회에 너도 내성을 길러. 그래도 이번 경험이 나쁜 건 아닌 것 같구나. 너희가 정말 원하는 것이 뭔지 각자 생각해볼 수 있는 기회잖아. 너희의 관계를 시험대에 올려놓고서 한 번 시험해보는 거야. 왜냐하면 뱅상, 이번엔 어쨌든 피할 수 없을 테니까 말이다. 게다가 에두아르의 아버지가 곧 출소하기로 돼 있지 않니?"

"나예요. 아버지는."

"그럼, 그렇고말고. 하지만 친부는? 그 사람은 뭐라는데?"

"내 알 바 아니에요. 둘은 헤어졌다고요."

"그럼 왜 그렇게 그 사람을 감방에서 꺼내지 못해 안달하는 건데? 거기에 써 젖힌 모든 돈은?"

"그건 정의 구현의 문제예요. 경찰이 그 사람을 시범 케이스로 삼았거든요. 참을 수 없는 일이죠, 젠장맞을."

"그래, 상관없어. 그것도 내가 네가 고민해봤으면 하는 문제 중 하나일 뿐이니까. 그건 앞으로 네게 닥칠 여러 가지 문제 중 하나에 불과하단 얘기야. 명심하는 게 좋을 거다. 이유 있는 행동은 비난할 게 없어. 어쨌든 필요하면 나는 언제든 너를 도울 거야. 내게 의지해도 좋아. 너를 세상에 내보내기 위해 내가 좀 고생을 했어야지, 알잖아?"

벵상이 배시시 웃었다. 이 상태로 며칠 더 보내다가는 나한테 아침저녁으로 키스라도 하러 올 기세다.

벵상에게 언제든 돕겠다고 한 것을 후회하지 않는다. 완벽한 진실이고, 나는 마지막 숨을 다할 때까지 그 애를 위해 존재할 테니까. 그렇긴 한데 내 사무실에서 하루 온종일 또는 거의 하루 온종일을 이리저리 서성거리는가 하면 내 등 뒤에서 안달복달했다가, 또 창문에 딱 붙어 서서 다시 눈이 내릴 것 같은 하얀 하늘에 솟은 빌딩 숲을 하염없이 바라보는

가 하면 다시 이리저리 서성거리다가 휴대전화를 확인하기도 하고 내 담배를 알뜰히 피우며 시간을 보내는 것을 내버려두어야만 할까. 더구나 나는 할 일이 넘쳐나는 이때에. 안나가 내게 참으라는 신호를 보낸다.

점심시간, 뱅상은 아무것도 입에 대지 않는다. 저녁때도 상황이 별반 다르지 않다. 나는 말했다.

"첫날이 가장 힘든 법이야."

"아, 그래요? 엄마가 어떻게 알아요?"

뱅상이 삽을 집어 들더니 앞이 거의 보이지 않는 어둠 속에서 – 달빛의 기세가 수그러들었다 – 집 앞에 쌓인 눈을 닥치는 대로 치우기 시작한다.

다시 집으로 들어왔을 때는 땀에 흠뻑 젖었지만 녀석을 짓누르던 긴장이 일정 부분 느슨해진 것이 보였다. 녀석의 아버지도 겨울에 나와 갈등을 겪을라치면 녀석과 똑같이 행동했고, 나머지 계절에는 낙엽을 긁어모아 태우거나 잡초를 뽑지 않으면 장작을 패기도 했다. 강인한 여자들이 나약한 영혼에게 발휘하는 성적 매력을 늘 경계해왔음에도 불구하고 조지가 뱅상을 저 지경으로 만들 수 있으리라고는, 뱅상이 저렇게까지 조지에게 애착하리라고는 생각지 못했다. 어안이 벙벙할 따름이다. 내가 이 일에서 대처력과 냉철함과 통찰력이 부족했다. 쉰을 바라보며 과연 이것이 크게 안도해야 하는 일인지는 잘 모르겠다.

밤이 좀 더 깊어서 내가 다시 한 번 잘못 짚었다는 것을
알게 되었다. 나는 몹쓸 어미다. 벵상의 입을 열기 위해 화이
트 와인 몇 잔을 동원했으니까. 아무튼 덕분에 또 다른 현실
이 조금씩 모습을 드러내기 시작하더니 눈앞에서 퍼즐처럼
짜 맞춰지며 마침내 모든 것이 명백해졌다. 녀석이 원하는
건 조지가 아니라, 그녀의 아들이다. 그러니까 여자가 아니
라, 아이다.

별안간 그간의 모든 태도와 언행이 불을 밝힌 듯 명확해
졌다. 그것들이 바로 내 눈앞에, 내 귀에 닿았을 때는, 아무
것도 보지도 듣지도 못했다. 그때는 저 영원한 커플 간의 다
툼 외에 다른 것을 살필 능력이 없었다. 완벽하게 무지몽매
했다. 나는 벵상 곁으로 가서 잠자코 손을 잡았다. 벵상은 어
지간히 취해 있었다. 자기가 내뱉은 말을 염려하지 않을 정
도로.

뜬눈으로 밤을 보냈다. 현기증 나는 엄청나고 혼란스럽
고 기나긴 밤. 그리고 이른 아침, 우리는 슈퍼에서 파트릭과
마주쳤다. 더 정확하게는 어디인지 모를 코너에서 마주친 벵
상과 파트릭이 오랜 친구처럼 정답게 이야기하며 내 쪽으로
다가왔다.

내게 볼 키스하기 위해 고개를 숙이지 않았다면 파렴치
한 파트릭이 아닐 것이다. 순간 페스트 환자의 포옹을 받기
라도 하듯 내 몸이 굳었으나, 그는 동요하기는커녕 외려 완

강하리만치 내 위팔의 이두근을 힘주어 붙들며 내 볼에 자신의 입술을 얹었다. 그에게서 풀려났을 때 나는 혼란과 긴장과 동요를 서둘러 감추느라 손에 잡히는 대로 아무거나, 즉 스파게티니[8] 3호 다섯 봉투 한 팩을 카트에 담고는 그를 더는 거들떠보지도 않은 채 가던 길을 재촉했다.

불행히도 오늘 아침 그는 매력적이다. 세상에서 가장 높은 철벽을 쳤건만 잔뜩 힘이 들어갔던 내 얼굴 근육이 끝내 풀리고야 말았다. 이제 냉정을 유지하려면 적어도 그의 시선을 피해야 한다. 왜 그토록 복잡해야 하는 것일까? 최근 몇 달간 혼란스러운 사건을 겪은 뒤로 내가 갈구하는 건 오직 안정과 평온과 휴식뿐인데, 왜 이런 변태성욕자에게 걸려 허우적대야 하는 것일까?

우리는 파트릭의 집에서 한잔하며 웃고 떠들다가 즉석에서 점심식사를 준비하고 있다. 환각에 빠진 기분이다. 내가 어쩌다 여기 착륙하게 된 것인지, 어쩌다 이 집에 발을 들이게 된 것인지 도통 모르겠다. 그야말로 미스터리다. 아마 벵상이 밀어붙였으리라. 우리가 계산대를 지나 푸른 하늘 밑으로 걸어 나오는 동안, 벵상이 파트릭에게 깊은 호감을 느꼈고 이 남자가 5천 장 남짓으로 추정하는 엘피판 컬렉션을 구경하고 싶어 안달했다. 하지만 사실 내 굴복의 주원인은

---

8 가느다란 스파게티

벵상이 아니다. 육체가 저항하는 데도 불구하고 고개를 처든 내 안의 또 다른 내가 문제다. 혼탁한 강물과 출렁거림과 미지의 땅을 끌어들인 장본인은 바로 나다. 모르겠다. 머리를 열어 속을 들여다볼 수도 없는 노릇이고 말이다. 아무튼 나는 이 집에서 남자들이 오븐을 맡고 와인 병을 새로 여는 것에 의기투합하는 동안 식탁을 세팅하며 스스로의 대담함에 놀라고 있다.

벵상은 간밤에 이미 충분히 마셨음에도, 자신이 지독한 불안 상태이고 그래서 기분을 전환하고 조금 웃어야 할 필요가 있다는 구실을 내세워 내 걱정을 일축하고는 자기 잔에 스스로 술을 따른다. 그런 벵상을 보자니 내 원칙에서 처음으로 이탈하는 듯한 기분이 든다.

레베카의 최근 소식. 그녀는 스페인 아스투리아스의 히혼 근처에서 밤을 보냈다. 내가 파트릭이 신이 나서 전해주는 아내의 순례길 얘기를 듣는 동안 적당히 마시라는 내 충고를 무시한 벵상은, 상냥해 보이는 것 외에 다른 야심이 없어 보이고 그 야심을 예상과 달리 당황스러울 정도로 가뿐하게 달성해내는 우리의 호스트를 나 혼자 상대하도록 내버려둔 채 옆에서 뜬 눈으로 졸고 있다. 파트릭을 그렇게 만든 원동력이 나라는 것을, 그가 가면을 벗길 바라는 내 욕망이라는 것을 알고 있다. 이런 게임에서는 어떤 감방의 교도관이라도 상냥하게 보일 수 있다는 것을.

집이 정말 따뜻했다. 나는 스웨터의 단추를 끄르며 파트릭에게 어떤 난방기를 설치했는지 물었다. 그가 대답했다.

"화목보일러예요. 하향식이죠."

"아, 정말요? 하향식이란 말이죠."

거기에 대해 아는 바가 전혀 없으나 나는 알아들은 척하며 고개를 끄덕였다. 거실 인테리어가 전형적인 젊은 고위 간부 스타일이다. 생기 없는 복제품과 가짜 빈티지. 금세 질리는 스타일이지만, 창을 뚫고 쏟아져 들어오는 오후의 햇살로 전체 분위기가 다소 개선되었다. 가수면 상태의 벵상이 소파에 스르르 미끄러진다. 이러니저러니 해도 벵상의 존재가 상황을 완전히 바꿔버렸다. 나는 파트릭이 맛보인 오래된 브랜디를 삼킨 뒤로 비교적 느긋한 기분이 되었다. 요컨대 오래된 브랜디가 나의 마지막 보루를 날리는 중이다. 나는 말했다.

"난방기를 천장에 설치하면 보온 효과가 좋다는 말을 들었어요."

우리는 난방기가 설치된 세탁실로 갔다. 세상의 온갖 기계 장치가 여기 다 모였다. 계량기들, 전선들, 노랗고 파랗고 빨갛고 검은 관들, 연결봉, 베어링, 파이프, 수도꼭지, 나사못, 너트 등. 나는 이 모든 설비가 한 번쯤은 와서 볼 만하다며 감탄했다. 그가 기계 장치를 계속해서 설명하며 온수통을 가리켰다. 그렇군요, 온수통도 굉장히 크네요. 온수통 옆에서 바로 문제의 보일러가 조용히 윙윙거리고 있었다. 내가 아직까지는 중유 보일러도 괜찮은 선택이 아닌지 물어보려는데 그가 돌연 내 손목을 거칠게 낚아챘다. 나는 저항했다. 그의 눈을 똑바로 쳐다보며 가라앉은 목소리로 한 음절 한 음절 힘주어 말했다. "안 돼요, 지금, 여기선." 그가 내 손목을 잡은 손의 힘을 풀지 않은 채 나를 벽으로 밀어붙이며 내 가랑이에 자신의 한쪽 무릎을 들이밀었다. 나는 그의 옆구리를 가격하며 그를 밀어냈다. "벵상이 바로 옆에 있어요." 그가 다시 내게 달려들었고 옥신각신 중에 우리는 서랍장을 쓰러뜨렸다. 철제 서랍이 바닥 여기저기에 우르르 쏟아졌다. 나는 그에게 붙들리지 않은 다른 손으로 그의 얼굴을 후려쳤다. 그가 포효하며 내게 몸을 비볐고 우리는 땅바닥으로 굴렀다. 내가 이길 가망이 거의 없는 남자의 몸이요, 남자의 힘이다. 하지만 이 상황에는 묘미가 있는데, 그것은 그가 내 안에 자신의 성기를 밀어 넣는 동안 내가 전력을 다해 미친 듯이 발버둥 치지 않는다면 상황이 내게 유리해진다는 것이다. 요컨대 내 재량으로 그의 공격을 당장이라도 멈추게 할 수 있다. 이 얼간이를 퇴치할지 말지가 힘없는 여자인 내게 달려 있는 것이다.

오후 시간이 성큼 지났지만 여전히 날이 맑다. 나는 내가 불과 몇 발자국 떨어지지 않은 곳에서 마지막 능욕을 받아들이는 동안, 태연무심하게 계속해서 낮잠에 빠져 있던 벵상의 어깨를 살살 흔들었다. 녀석이 여기가 어디냐고 묻고는 눈을 비비더니 배시시 웃으며 깜빡 잠이 들었노라고, 우리도 익히 잘 아는 바를 설명했다. 나는 말했다. "집에 갈 시간이야." 벵상이 몸을 일으켰고 파트릭이 우리의 외투를 가져왔다. 나는 그의 시선을 피했다. 그가 차로 우리 집 문 앞까지 우리를 데려다주었다. 벵상과 내가 그의 차에서 내렸다. 만일 누군가 좀 더 가까이에서 우리를 관찰했더라면, 내가 내 아들보다 조금 뒤처지며 그 벌어진 간격을 이용하여 재빨리 파트릭 쪽으로 몸을 돌려 그의 입술에 내 입술을 스친 뒤, 차 쪽을 거들떠보지도 않은 채 여전히 벌겋게 달아오른 양 볼로 자신을 저주하며 집으로 들어가는 모습을 보았으리라.

해거름이 되자 벵상이 거실을 성큼성큼 서성이기 시작했다. 때로 창문 앞에서 우뚝 걸음을 멈추고는 시시각각 어두워지는 노을을 뚫어져라 바라보다가 이윽고 다시 거실을 이리저리 옮겨 다니기도 했다. 그야말로 좌불안석이다. 꿈꾸는 듯한 온화한 표정과 나긋나긋한 어깨로 완전히 느긋해진 채 피자 도우에 갖가지 재료를 얹고 있는 ― 나폴리 피자 장인 지노 소르빌로의 조리법을 그대로 따랐다 ― 나와는 대조적으로.

마침내 불안의 끝단계로 벵상이 혹시 대마가 남아 있는지 물었다. 조지의 침묵을 더는 견딜 수 없다면서. "진정해, 두 모자 어디로 안 날아가니까." 내가 달래보았지만 녀석을 안심시키지는 못했다.

저녁 식탁에 앉았을 때 벵상이 기분이 좀 나아졌다며 그래도 그 독한 년이 – 이제 그는 조지를 대략 이렇게 지칭한다 – 연락을 한다면 훨씬 나을 것이라고 덧붙였다.

벵상이 행복하지 못해서 유감이다. 녀석과 함께 보낸 요 며칠이 나는 좋았다. 이혼 절차가 진행되던 시기에 녀석과 내가 겪었던 악몽과는 딴판이었던 요 며칠이. 당시 녀석은 제 아버지를 내쫓고 우리 가정을 무자비하게 파괴했다며 하루가 멀다 하고 나를 비난했었다. 우리가 철저히 즉흥적인, 이 뜻하지 않았던 동거를 충만하게 누릴 수 있도록, 녀석도 지금 내가 그런 것처럼 만족스러워지는 것을 보고 싶다.

나는 벵상이 내가 만든 피자를 우물거리는 것을 보고 있고 지금으로서는 그것만으로 충분히 행복하다. 나는 약간 달뜬 상태다. 아마 공포스럽기도 했던 오늘 오후 사건의 충격 – 마력? – 에서 아직 헤어나지 못하는 것이리라. 희미한 수치심이 느껴진다. 세탁실에서 파트릭과 내가 벌였던 행위, 그 도착적인 관계, 그 원시적인 부둥킴의 불건전한 면에 대한 인식이 있기 때문이다. 하지만 정직해야겠다. 현실을 직시해야겠다. 그의 몸을 부둥켜안고 있는 것이 좋았다. 우리의 사지가 뒤엉키고, 그의 성기가 내 안에 있는 것이 좋았다. 그의 둔중한 숨소리가, 축축한 혀가, 화끈거리는 내 손목을 맹수의 발톱처럼 움켜쥔 그의 손가락이, 내 머리칼을 헤집는 그의 손이, 내 입을 기어이 열게 만드는 그의 입술이. 그 모든 것이 좋았다. 그 순간들에 오르가슴을 느꼈다. 그 반대인 척을 할 수 없다. 수차례 그에게 환상을 품었던 터라 전혀 뜻밖인 것은 아니나 완벽한 쾌락은 극히 드물기에 나는 아직도 반 녹초 상태이고, 따라서 식사 내내 마르게리타 피자 한 조각을 깨작거리고 있다.

우리가 식탁에 앉은 이후로 관찰력이 최상의 상태일 리 없는 뱅상조차 나를 집요하게 쳐다보더니 입가에 희미한 미소를 떠올리며 묻는다.

"뭐예요, 그 표정은?"

나는 눈을 휘둥그렇게 떴다.

"무슨 얘긴지 모르겠구나."

"완전 나사 풀린 사람 같아요."

"대마는 네가 피웠어, 뱅상. 내가 아니라."

나는 피식 웃고는 길어지려는 대화를 중단하기 위해 샐러드의 물기를 터는 것을 핑계 삼아 자리에서 일어났다. 현행범이라도 된 듯한 기분이었다.

다행히도 뱅상은 아이를 빼앗긴 아버지의 고뇌 속으로 다시 빠져들며 나를 잊었다. 그 틈에 나는 잠깐 욕실로 가서 뒤로 말아 올린 머리를 매만지고 붉은 빛이 엷게 도는 두 뺨과 이마를 차가운 장갑 수건으로 톡톡 두드려 다시 정숙한 여자의 얼굴을 되찾을 시간을 확보할 수 있었다.

시간이 좀 더 지나자 벵상은 더는 견딜 수 없어 했다. 기분이 좋은 김에 생각이 짧아진 내가 그들의 아파트 근처에 가서 정황을 살피자고 제안했다. 내가 미처 말을 맺을 사이도 없이 벵상이 이미 옷걸이로 달려가서 모자 달린 점퍼를 집어 들었다.

그들의 아파트 앞에 도착하니 창문에 불이 켜져 있었다. 나는 주차한 뒤 벵상을 바라보았다. "자, 이제 어쩔래? 우선 충고하는데 절대 아무것도 하지 마. 그냥 지켜보기만 해. 모자가 저렇게 집에 잘 있잖니. 아무 일도 없는 거야. 이제 마음이 놓이지 않아? 에두아르는 조지의 아들이기도 해. 설마 잡아먹기야 하겠어? 벵상, 내 말 듣고 있니?"

아니, 그렇지 않다. 내 말을 듣고 있지 않은 것이 역력하다. 벵상이 몸을 앞으로 숙이고 고개를 틀어 자기네 집 창문을 바라보더니 말했다. "여기서 잠깐만 기다려주세요. 5분이면 돼요."

"아니, 안 돼, 벵상. 좋은 생각이 아니야."

벵상이 내 손에 자기의 손을 포개며 말했다.

"괜찮아요. 걱정 마세요. 그냥 문에다 귀만 대보고 올게요."

"뭐? 무슨 멍청한 짓이니? 그러지 마."

"괜찮아요. 내가 알아서 해요."

나는 아파트 문 안으로 사라지는 벵상을 눈으로 좇았

다. 히터를 계속해서 가동시키기 위해 시동은 끄지 않았다. 토요일 저녁치고는 동네가 조용했다. 찬바람만이 고요한 밤을 휘저었다. 아무튼 결정권자는 벵상이다. 실수도 실패도 녀석을 성장시킬 터. 이제 곧 스물다섯 살이 아닌가. 내가 개입할 일이 아니다. 일단 내 의견이 어떤지는 알고 있으니 그걸 반영하고 말고는 벵상 소관이다. 나는 차창을 1센티미터 남짓 열어두고서 담배를 태웠다. 오늘 밤 아주 푹 잠들 것 같은 기분이 든다. 맙소사. 이렇게 혐오스러울 데가. 나는 휴대전화의 메시지를 확인했다. 리샤르를 만나기 몇 년 전에 알았던 남자가 또렷이 기억난다. 내게 성적으로 깊은 인상을 남긴 남자였다. 가슴속에 그 기억이 잔인하리만치 생생하게 남을 정도로. 아무래도 파트릭이 잊혔던 내 안의 감각을 일깨운 것 같다. 더는 경험하지 못할까봐 두려웠었다. 진짜 오르가슴은 일생에 한 번뿐이라고들 하기에.

내가 스스로에게 다짐하는 수칙은 – 어떤 식으로든 – 서두르지 말고, 냉정을 유지하자는 것이다. 분명한 것은 이 문제에 해결책이 없다는 것이다. 파트릭에게 입맞춤한 것으로는 아무것도 해결되지 않는다. 그것을 명백히 인지하고 있다. 내가 차에서 내리며 – 마치 그 밖의 모든 것들로는 충분하지 않다는 듯 – 그에게 하사한, 늦된 청소년의 아둔하기 짝이 없는 키스를 후회한다. 같은 순간, 벵상이 아파트 문에서 튀어나오더니 차를 향해 돌진하는 것이 보였다. 품에 갓

난애를 안은 채. 벵상이 차 뒷좌석으로 뛰어들더니 내게 외쳤다. "밟아요! 어서요, 젠장맞을!"

나는 얼마간 묵묵히 달리다가 적당한 곳에 주차한 뒤 벵상을 돌아보며 혹시 머리가 어떻게 됐느냐고 물었다. 이어서 발생될 골치 아픈 일의 목록을 열거하려는데 돌연 에두아르가 성난 짐승처럼 울부짖기 시작했다. 고막을 찢을 동안 울음소리에 몇 분간 어떤 형태로든 대화가 불가능했다.

이윽고 벵상이 에두아르를 달래는 데 성공했다. 백미러로 관찰하니 제법 능숙하게 안정적으로 해내고 있었다.

벵상이 물었다.

"집에 분유 좀 있어요?"

"네 생각엔 내가 찬장에 젖먹이용 분유를 쟁여놓고 살 것 같니? 기저귀도 상비했을 것 같고? 벵상, 가서 애 엄마한테 아기 돌려주고 와. 어서. 내 말 안 들려?"

벵상도 자신의 행위가 희망 없는 시도이며 감정만 앞선 처사였다는 것을 모를 만큼 바보는 아니다. 그래도 결국 원하는 것을 얻었다는 생각은 든다. 벵상이 에두아르를 씻기기 위해서 2층으로 데려갔다. 녀석이 아이에게 보이는 세심함과 다정함에는 넋을 잃을 정도다. 벵상이 어느 날 저리 될 수 있으리라고는 생각지도 못했다. 녀석은 조지에게 자신이 싸울 각오가 됐으며 어떤 일이 있어도 물러서지 않겠다는 것을 보여주었다. 일석이조인 셈이다. 나쁘지 않다. 나는 벽난로 앞에서 몸을 녹이며 조지에게 전화를 걸어 상황을 설명했다.

조지는 단박에 불쾌감을 숨기지 않았다. 조지의 푸념을 듣자니 벵상이 아파트에서 아이를 빼오는 과정 중에 몸싸움이 있었던 듯했고, 그 결과 미니 컴포넌트가 박살났다.

"미니 컴포넌트는 걱정 말아요, 조지. 내가 변상할 테니까. 에두아르는 알다시피 잘 있어요. 언제든 원할 때 찾으러 와요, 조지, 내일이라도 좋고. 벵상도 자기가 미친 짓을 저질렀다는 거 알고 있으니까. 그건 그렇고 미니 컴포넌트 말고 다른 데는 이상 없어요? 또 깨지거나 부서진 거라든가? 위층에서 둘이 웃는 소리가 들리는군요. 벵상이 에두아르를 목욕시키는 중이거든요. 아휴, 이게 무슨 일인지, 원."

"어쨌든 운전은 어머님이 하셨잖아요."

"뭐? 운전을, 내가? 세상에! 그래요, 내가 핸들을 잡긴 했죠. 맞아요, 그런데 그게 뭐, 대체 무슨 말이 하고 싶은 거죠? 난 그 아이 엄마예요, 조지. 조지도 그게 뭘 의미하는지 곧 깨닫게 될 거예요. 어찌 됐든 좋게 끝나면 좋은 거잖아요, 안 그래요? 내가 운전을 했지만 나도 정말 끔찍했다고요. 지금 날 원망하는 거예요? 자, 그러지 말고 이번 일은 잊어요. 영화 좋아해요? 내가 영화 채널 신청해줄까요, 어때요?"

"동물과 역사도 좋아해요. 인체 탐구도요."

조지가 냉소적 유머 감각의 소유자인 건지, 아니면 심하게 궁색한 건지 도무지 알 수 없다. 전화를 끊으며 안도의 한숨이 절로 나왔다. 바로 한 잔 마셔야 할 듯하다. 오늘 겪은 마음의 격랑이 할당량을 초과했다. 마법처럼 눈이 다시 내리며 고요한 새벽녘의 집을 부드럽게 감싸고 있다.

더스틴 오할로란의 〈위 무브 라이틀리(We Move Lightly)〉를 들으며 창문가에서 담배를 태웠다. 에두아르가 침대에서 목욕 수건에 싸여 사지를 버둥거리고 있다. "땀띠약을 찾아냈어요." 나는 창문틀에 몸을 기댄 채 고개를 끄덕였다. 평상시엔 절대 뱅상의 방에 들어오지 않는다. 감상적인 이유 때문이 아니라 환기 외에는 딱히 여기서 할 일이 없기 때문이다. 이 방에 저 둘이 나란히 붙어 앉은 그림이라니, 꽤나 얼떨떨하다.

나는 말했다.

"조지가 내일 오겠대."

뱅상은 가타부타 대답이 없다. 나는 다락방에서 뱅상이 타던 유모차를 찾아냈다. 당시 내가 원하는 건 오직 하나, 요컨대 다시는 같은 경험을 하지 않기 위해 유모차를 어딘가로 영원히 치워버리거나 불태우는 것이었을 때 리샤르가 극구 간직하자고 주장했고, 오늘날 리샤르가 옳았음이 증명되었다. 나는 유모차의 덮개를 벗겨내며 지적했다. "이건 그렇다 치고 애가 먹을 만한 게 별로 없구나. 입힐 것도 마땅치 않고."

아이가 잠들자 뱅상이 내게 건너왔다. 나는 말했다. "내가 거기에 널 태우고 다닌 거리가 수천 킬로미터는 될 거다."
벵상이 나의 젊은 엄마 시절 추억보다는 조지의 반응에 더
솔깃해하는 바, 나는 우리의 통화 내용을 최대한 충실하게
전달했다. 벵상이 잠시 생각하더니 안나에게 전화를 걸어
몇 가지 법적 자문을 구했고, 그동안 나는 그로그를 만들고
레몬을 짰다. 부엌 창문으로 파트릭의 집 불빛이 보였다. 눈
송이 커튼 뒤로 어렴풋이 흔들리는 불빛이 전부였다. 나는
그 생각을 털어냈다.

　도저히 불가능하다. 그 생각을 털어내기란 도저히 불가
능하다. 경험이니 이성이니 지혜니 세월이니 아무 도움도 되
지 않는다. 수치스럽고도 상처가 깊다. 이제 내가 어떤 자존
감을 가질 수 있겠는가? 내가 의문을 갖는 동안 벵상이 장작
몇 개를 가져오기 위해 나가면서 잠깐 문을 열었고, 순간 찬
바람이 방 안으로 밀려들었다. 나는 진저리를 쳤다.

　이럴 땐 신부에게 고해성사를 할 만큼 독실하지 않은 것
이 유감이다. 신앙은 아직까지 최고의 치료제이기 때문이다.
해묵은 고해성사를 하고 나면 안도감이 들지 않을까. 신이
나를 지켜보고 있다고 믿고 싶다.

　벵상과 나는 갈라서는 사례가 드물지 않은, 극도로 허약
한 커플 관계를 화제에 올렸다. 대화가 진행되며 마침내 벵
상이 제 아버지와 나의 경우도 양측에 잘못이 있었음을 인
정하게 되었을 때, 안나가 찾아와 자신의 사례를 보냈다. 그

녀는 외투를 벗으며, 로베르와의 삶이 더는 아무것도 순조롭지 않고 로베르는 애초 개자식 그 이상도 그 이하도 아니었노라고 선언했다. 살짝 불안해진 내가 물었다.

"대체 무슨 소리야?"

안나가 말했다.

"로베르가 바람이 났어. 세상에, 어이없어서. 이게 말이 돼?"

안나가 우리에게 다가와 인사 키스를 했다. 너울지는 벽난로 불빛 덕분에 창백해진 내 안색을 아무도 알아채지 못했다.

안나가 벵상의 손을 끌어다 잡으며 말했다.

"불쌍한 벵상, 너나 나나 요즘 애정 전선에 마가 끼었구나."

벵상이 대답했다.

"제 그로그 좀 마셔요."

내가 미심쩍은 목소리로 물었다.

"바람이 나? 로베르가?"

"응, 더 놀라운 건, 그 관계가 몇 년 동안 지속됐다는 거야."

벵상이 맞장구쳤다.

"젠장맞을, 정말 놀랄 노자네요."

안나가 내게 물었다.

"자기는 어떻게 생각해?"

"그야…… 어이가 없지."

"난 기절하는 줄 알았어. 그 자리에 털썩 주저앉아버렸지."

벵상이 안나를 동정했다.

"당연하죠."

나는 일어나서 벽난로의 장작을 쑤석여 불길을 정돈했다. 주변 누구도 안나와 로베르를 이상적인 부부라거나 열렬히 사랑하는 사이라고 생각한 적은 없지만, 로베르의 배신으로 인한 안나의 타격이 과장은 아닌 듯했다.

안나가 선을 그었다.

"전혀 아무렇지 않다고는 할 수 없어. 그렇다고 못 견딜 만큼 힘든 것도 아니지만. 어제부로 타인이 집 안을 돌아다니는 기분이야. 전혀 모르는 남자가 내 집에 버티고 있다니, 얼마나 기분이 더러울지 상상이 돼?"

나는 고개를 주억거리고는 그로그를 만들러 갔다. 다시 돌아오니 벵상이 변호사의 주소를 막 받아 적은 참이었다. 눈은 내리고, 장작불은 타닥타닥 소리를 냈다. 내가 그로그 잔을 안나에게 건네는 동안 벵상은 아이가 잘 자고 있는지 확인하기 위해 2층으로 올라갔다. 안나가 한숨을 내쉬었다.

"그나마 나한테 이상한 병이든 뭐든 안 옮긴 걸 천만다행으로 여겨야 할 것 같아."

나는 물었다.

"시장해? 뭐 좀 먹었어?"

안나가 상대 여자를 모르고, 알고 싶어 하지도 않는 것에 나는 어느 정도 마음이 놓여 말했다.

"글쎄, 어쩌면 자기가 옳을지도 모르겠다. 어쨌든 미안해."

"자기가 미안할 게 뭐 있어. 난 괜찮아. 인생이 워낙에 이런 사고로 득실거리는 거잖아."

내가 한 팔을 들어 올리자 안나가 다가와 내 어깨에 머리를 기댔다. 몇 분 뒤 벵상이 내려와 우리를 보더니 빙긋 웃었다. 안나가 한 팔을 들어 올리자, 이번엔 벵상이 그녀에게 다가앉아 어깨에 머리를 기댔다. 우리는 그렇게 잠자코 하염없이 장작불을 바라보았다. 한참 뒤 나는 두 사람을 남겨둔 채 침실로 갔다.

벵상이 아직 솜털이 보송보송한 청소년이었을 때 나는 몇몇 기회에 혹시 두 사람 사이에 무슨 일이 있었던 건 아닌지 더러 의문을 품었지만, 그 문제와 관련하여 어떤 확신도 가져본 적이 없다. 오늘 아침도 사정은 나아지지 않았다. 그들이 같이 잤는지, 아니면 안나가 소파에서 잤는지 알 길이 없다. 아마 이 문제는 내게 영원히 수수께끼로 남을 것이다. 왜냐하면 이번에도 한 번 더 단서가 될 만한 흔적을 찾아 그들을 면밀히 살폈건만, 벵상이 세상에 태어난 이후로 그들이 예사롭게 주고받아온 애정 표현 외에 이상 행동을 전혀 발견할 수 없었고, 내가 이미 알고 있는 것 외에 어떤 것도 새로 알게 된 것이 없다.

벵상이 아기에게 필요한 물품을 사러갔다. 내가 2층에

올라갔다가 다시 내려오니, 안나가 아기를 부서지기 쉬운 보물인 양 품에 안고서 누가 보면 애 엄마로 착각할 정도로 애지중지 둥개둥개 어르며 몸을 천천히 좌우로 흔들고 있다. 나는 그녀가 이미 두 차례나 겪은 비극과 아물기는커녕 점점 더 벌어지는 상처 같은 좌절을 아는 사람으로서, 멀찌감치 물러나 섣불리 끼어드는 것을 자제했다. 뱅상이 돌아왔다. 그들이 나의 존재를 눈치채지 못한다. 나는 다시 한 번 시선이라든가 스침, 요컨대 기습 시 그들을 당황시킬 수 있는 구체적 정황을 포착하고자 촉각을 곤두세웠다. 하지만 그들은 너무 강하다. 절대 걸려들지 않는다. 설핏 웃음이 난다.

아무튼 마치 자기들 자식인 양 에두아르를 어르고 있는 저 둘이 이룬 듀오, 저 이상한 듀오는 꽤나 기괴한 데가 있다. 나는 그들에게 동네를 한 바퀴 돌고 오겠다고, 멀리 가지는 않을 거라고 말한 뒤 밖으로 나왔다.

날이 좋다. 고무장화 밑에서 눈이 뽀드득 소리를 내며 무너진다. 산책은 지상 최고의 것이다. 파트릭 집 앞에 이르니 파트릭이 셔츠 차림으로 정원에서 현관 앞의 눈을 치우고 있다. 나를 발견한 그가 동작을 멈추고는 활짝 웃으며 정다운 인사를 보낸다. "헬로, 안녕하세요?"

"네, 당신은요?"

그가 삽자루에 몸을 기댄 채 싱긋 웃으며 하늘을 올려다보더니 선언한다.

"전 완전히 얼떨떨해요."

내가 미심쩍은 어조로 받아쳤다.

"아, 그래요? 그걸 그렇게 말하는 거예요? 얼떨떨하다고?"

나는 생각에 잠기며 가만히 고개를 끄덕였다.

"우리 얘기 좀 해야 해요, 파트릭."

그가 고개를 숙이며 대답했다.

"알아요. 당연하죠."

"시급해요, 알죠? 당신이 나한테 지독한, 아주 지독한 문제를 안겨줬어요, 파트릭."

우리는 강렬한 눈빛을 교환했고, 이 상황은 내가 발길을 돌림으로써 지체 없이 종료되었다. 나는 몇 발자국을 뗐다가 멈추어 선 뒤 다시 그를 돌아보았다. "나도요. 알아두세요, 당신 표현처럼, 나도 얼떨떨하다고요." 나는 이 말을 내뱉은 뒤 다시 걸음을 재촉했다. 걷는 동안 호흡이 점차 제 속도를 회복했다.

조지는 우리와 함께 커피를 마시려 하지 않았다. 그녀와 마주치지 않게 하려고 안나를 내 작업실로 피신시키고, 탁자 위에 맛있는 초콜릿 상자도 열어두었건만. 조지는 자신이 몹시 화가 났으며 다행히 내가 재빨리 전화를 걸었기에 망정이지, 그렇지 않았으면 납치, 폭행 및 가택 무단 침입으로 경찰에 신고했을 것이고, 아직도 뭘 어찌해야 할지 모르겠지만 어쨌든 그런 일이 있고 나서 아무 일도 없었던 듯 우리와 모여앉아 다정하게 재잘거릴 수는 없노라고 일장연설을 늘어놓았다. 충분히 이해한다. 조지가 죄다 옳지만 나는 이렇게 말하지 않을 수 없었다.

"두 사람 다 아이를 생각해요. 자신보다는 아이를 먼저 생각하라고. 현명하게 굴어요. 합의점을 찾으려고 노력해봐요."

조지가 냉소했다.

"그건 이런 일이 있기 전에 그랬어야죠."

뱅상이 한숨을 내쉬었다.

"알았어, 알았다고."

"사과치곤 좀 짧네."

아무래도 아이를 폭 감싼 형광 초록색 점프 수트의 지퍼에 문제가 있는 듯하다. 아이가 통통한 점프 수트에 싸여 미슐랭 마스코트인 비벤덤이 되었으나, 95킬로그램 엄마도 볼썽사나운 하늘색 유광 패딩점퍼를 둘러쓴 터라 아이와 균형이 잘 맞는다.

나는 조지를 달래려고 노력했다. "내가 해줄게요. 지금은 그런 걸로 시간을 잡아먹을 때가 아니니까. 다 맞는 때가 있어요. 안 그래요, 조지?"

조지가 대꾸했다.

"상관마세요."

뱅상이 끼어들었다.

"상관하지 말아요, 엄마."

나는 잠자코 지퍼를 한 번에 죽 끌어당겨 조지를 해방시
켰다.

떠나는 조지의 뒷모습을 벵상과 함께 지켜보며 내가 말
했다.

"아주 막무가내인 아이는 아니야. 너한텐 시간이 아군이
다. 사흘 정도면 제풀에 지칠 거야."

조지가 첫 번째 커브를 돌아 푸르스름한 숲속으로 사라
졌을 때 벵상이 대답했다.

"아니, 그렇지 않을걸요. 저 여자한테 놀란 게 어디 한두
번이어야죠. 얼마든지 날 또 놀라게 할 수 있어요."

조지가 떠나고 나서도 안나는 한동안 기다렸다가 천천
히 방에서 나왔다. 그리고 분명 죄다 엿들었을 텐데도, 분위
기를 살피기 위해 그 반대인 척하며 벵상의 버전에 귀를 기
울였다. 안나는 노련하다. 조지에 대한 벵상의 감정이 어떠한
지 잘 모르는 한, 조지는 조심스럽게 다루어야 할 대상인 것
이다. 하지만 벵상 본인은 자신의 감정을 알고 있을까? 모든
문제가 거기에 있고, 모든 난처함이 그가 어쩌면 부지불식
간에 지속시키고 있는 그 모호성에서 비롯된다. 따라서 안나
가 벵상의 버전을 들은 것은 현명한 처사였다. 벵상의 마음
에서 조지가 차지한 자리가 우리 생각만큼 하찮은 것 같지
않기 때문이다. 벵상은 말하는 것만큼 조지에게 무덤덤하지
않다. 우리가 끊임없이 분위기를 살피지 않는다면 상황이 언

제 어떻게 돌변하여 우리를 당황시킬지 모를 일이다.

나는 떠나는 안나를 문까지 배웅했다. 안나가 장갑을 끼며 나를 쳐다보지 않은 채 웅얼거렸다.

"자기랑 나랑 괴로울 준비하자."

"무슨 소리야?"

"자기랑 나랑 괴로울 준비하자는 소리야."

안나가 내게 키스하고는 수수께끼 같은 말과 함께 나를 남겨둔 채 떠났다.

다음 날, 회사에서 마침 안나와 단둘이 된 틈을 타서 나는 궁금증을 풀었다.

"어제 자기가 떠나면서 한 말을 곱씹어봤어."

"조지 때문에 우리가 크게 힘들어질 거란 소리야. 느낌이 와. 그런데 피할 도리가 없네. 우리가 크게 힘들어질 거야."

우리는 담배를 태웠다. 나는 말했다.

"그런 어두운 생각으로 한 주를 시작해야 한다니 기분 꿀꿀하네."

안나가 한숨을 내쉬었다.

"응, 그래. 하지만 어쩌겠어. 그런 예감이 드는걸. 게다가 머지않았어."

나는 커피머신 앞으로 가서 뱅상을 관찰했다. 점심시간에는 식탁에서 관찰하고, 퇴근할 때도 관찰했다. 무얼 찾는지도 모른 채.

아무튼 벵상이 자칫 오해할까 두려워 언제까지 나와 함께 지낼 계획인지 섣불리 묻지 못하고 있지만, 벵상의 존재로 인해 여러 가지가 어려워지고 있다. 예컨대 비밀스러운 관계를 이어간다든가 하는 것이.

조지가 벵상을 내쫓은 것이 반가웠더랬다. 요 며칠 동안 벵상과 함께 있는 시간을 충분히 누렸고, 벵상이 집에서 보냈던 매분 매초를 즐겼다. 벵상이 집에서 먹고, 자고, 씻고, 복도 끝에서 내게 질문을 던지고, 실내복 차림으로 돌아다니고, 계단을 구를 듯 달리고, 정원을 청소하는 것이, 즉 이 집에 단순히 들른 것이 아니라는 사실이 흐뭇했다. 그리고 숱한 다른 이유로도 벵상이 여기 있는 것이 행복했지만 세탁실 사건이 일어났고, 그 뒤로 혼자 있고 싶어졌다. 다른 사람의 시선에서 벗어나 내 맘대로 살고 싶어졌다. 요컨대 벵상이 여기 있지 않기를 바라게 되었는데도 여전히 여기서 거치적거리고 있다. 나는 사흘 내로는 파트릭과 만나지 못한다. 앞으로 두 밤이 더 지나야 벵상이 저녁에 집을 비우기 때문이다. 조지가 결국 벵상이 한 주에 두 번, 저녁에 와서 아이를 돌보는 것을 허락했다.

마침내 벵상이 아이를 돌보러 가고 해가 떨어졌다. 나는 진을 한 잔 가득 따라 마신 뒤 그를 집으로 불렀다. 그가 왔다. 그에게도 한 잔 가득 따라 마시게 했다. 다소 흥분감이 들었다. 그리 간단한 문제가 아니다. 나는 말했다.

"그리 간단한 문제가 아니에요. 실상 당신은 추악한 강간범일 뿐이거든요. 당신은 날 강간했어요! 당신이 나한테 무슨 짓을 했는지 알기나 해요? 내가 당신을 용서할 것 같아요?"

그가 소파에 앉더니 두 손으로 머리를 감쌌다. 나는 신경질적으로 외쳤다.

"아, 그러지 마요, 제발!"

내가 담배에 불을 붙이고 거실 안을 이리저리 거닐자 그가 고개를 들었다. 나는 외투를 집어 들며 말했다.

"밖으로 나가요. 바람 좀 쐬죠."

날이 몹시 찼다. 달빛이 포근하다. 우리는 멀리 가지 않은 채 달빛이 은은한 밤에 나란히 서 있다. 나는 입을 뗐다.

"휴, 밤공기가 정말이지 좋군요. 안 그래요? 뭐라고 말 좀 해봐요. 춥진 않아요?"

"아니요, 아니요."

"정말 괜찮아요? 셔츠 바람이잖아요."

"네, 네."

"내 입장이 되어본 적 있어요?"

나는 그를 쳐다보지 않았다. 대신 그의 하얀 입김이 내 시야로 들어왔다. 나는 물었다.

"내가 당신이랑 뭘 해야 하죠? 내가 뭘 해야 하는 건지 당신이 말 좀 해줘요."

그를 슬쩍 곁눈질하니 그도 나보다 뭘 더 아는 것 같지 않았다. 그 또한 이해하려 노력하는 것이, 보다 분명하게 보려 애쓰지만 모든 노력이 헛수고라는 것이 눈에 보였다. 한참 만에 그가 입을 열었다.

"제가 할 수 있는 게 아무것도 없어요."

"그래 보여요. 나도 잠님이 아니니까."

그가 힘이 들어간 어조로 서둘러 덧붙였다.

"다른 식으로는 서질 않아요, 이해하시겠어요?"

이번에는 내가 그를 똑바로 쳐다보았다가 이내 어깨를 추어올리며 시선을 돌렸다. 나는 한숨을 내쉬었다.

"이게 대체 무슨 미친 얘긴지!"

나는 1~2분 정도 하늘을 올려다보다가 그만 안에 들어가서 몸을 녹이자고 제안했다.

그를 다시 만나려면 이틀을 더 기다려야 한다. 뱅상이 에두아르를 돌보는 날이 되어 우리가 다시 자유로이 시작하려면. 우리가 용기를 얻기 위해 한잔한 다음, 그가 지체 없이 내게 달려드는 것과 동시에 우르르 쿵쾅 함께 바닥으로 굴러 난투극을 시작하려면. 그가 내 옷을 벗기면 내가 울부짖으며 주먹으로 그를 마구 두들기고, 이에 그가 내 목을 조르며 때리고는 나를 갖는 식이 이어진다.

이번 주에 나는 싸구려 속옷을 묶음으로 구입했다.

오랜 고민 끝에 안나와 나는 AV 프로덕션 창립 25주년 기념 파티를 열기로 결정했고, 그 덕에 뱅상이 육체적 소모가 많지 않은 자료실 업무에서 빠지면서 보다 고되고 보다 적성에 부합하는 업무에 투입됐다. 따라서 나도 기적처럼 자유로운 밤 시간을 확보하게 되었다. 왜냐하면 뱅상이 인쇄 업체에서 식품 공급 업체까지 이리저리 뛰어다니며 끝도 없이 쌓이는 자잘한 문제의 산을 한 치의 오차도 없이 해결하느라, 귀가하는 차에서부터 잠들기 시작해 집에 도착하면 바로 침실로 직행하는 것으로 밤을 끝내기 때문이다. 나의 밤은 채 시작되지도 않았는데 말이다.

나는 침대에 누워 뱅상이 잠들기를 기다리며 얼마간 책을 훑다가 – 데이비드 포스터 월리스의 모든 것을 좋아하진 않으나 꽤나 빈번하게 경이롭기는 하다 – 뱅상의 방문 앞으로 가서, 문틈으로 불빛이 새어 나오지 않는지 확인한 뒤 그대로 몇 분 더 기다려 아무 소리도 들리지 않으면 그제야 발끝으로 살금살금 복도를 걸어 집을 나섰다.

나는 정원을 가로질러 길가까지 내려가서 길을 건넌 뒤, 달빛에 반짝이는 흰 눈이 묵직하게 내려앉은 덤불숲 사이의 평지를 조용히 걸었다. 나는 주머니에 양손을 찔러 넣은 채 걷고 있다. 나는 혼자다. 새들의 울음소리가 들린다. 슬며시 미소가 지어진다. 뱅상이 잠에서 깨어나 내가 없어진 걸 알아차릴 수 있다고 생각하니 기분이 거의 꿀맛이었다. 나는 그의 집을 향해 걸어 올라가고 있다. 그의 집 창문엔 불이 켜졌고 굴뚝에선 연기가 피어오른다.

파트릭은 우리가 지하실로 가면 내가 혹여 이웃을 깨울까 염려하지 않고도 마음껏 도움을 요청하며 울부짖을 수 있다고 생각했다. 적이 안심이 되었다. 나로서도 내가 누가 목이라도 따는 듯 한밤중에 고래고래 질러대는 비명에 대해, 어떻게 내 나이에 그런 바보놀음에 빠지고 그토록 변태적인 게임을 즐길 수 있는 것인지 설명할 방도가 없기 때문이다.

나는 아직 그 문제를 성찰하는 시간을 갖지 못했다. 짬이 거의 나지 않는 데다가, 기적적으로 파트릭과 만난다 해도 허겁지겁 일탈적 부둥킴에 몰두하느라 필요한 거리를 두지 못하고 진지하게 고민하는 시간을 뒤로 미루게 된다. 틀림없이 변호가 불가능하다는 결론 – 이 가능성을 배제할 수 없다 – 이 두려운 것이리라.

내가 이 비틀릴 대로 비틀린 기괴한 연극에서 쾌락을 느끼지 않았다고는 누구도 한 순간도 믿지 않으리라. 나도 결코 그 반대라고는 말하지 않겠다. 이 관계를 결코 플라토닉하다고 주장하지 않는다. 기나긴 잠에서 깨어난 기분이다. 내가 로베르와 맺었던 관계가 어느 정도까지 끝을 향해 와해되고 있었는지, 어느 정도로 무미건조했었는지 깨달았다.

이 상태가 무한정 지속될 수 없음을 알고 있다. 빠른 시일에 그와 이야기해야 하리라. 하지만 이야기를 시작하면 모든 것이 일순간에 물거품이 되어 사라지리라는 두려움도 존재한다. 그리고 이 두려움은 온몸을 얼어붙게 한다.

집으로 돌아가기 위해 나는 갔던 길을 되짚어 걷는다. 거의 목이 잠긴 채 행복감과 고통에 젖어. 그가 번번이 데려다주겠다고 제안하지만 나는 왔을 때와 같이 걸어서 돌아가고 싶다. 내 육체와 내 영혼의 온도를 정상으로 되돌리기 위해 차가운 밤공기를 맞고 싶다.

험난한 하루를 마친 어느 저녁, 벵상이 조지와의 관계가 개선될 기미가 보이지 않는다며 만일 에두아르의 양육권을 공평하게 얻지 못한다면 소송도 불사할 생각이라고 토로했다. 그리고 공평한 양육권에 대해 설명했다.

"이를테면 내가 저녁에 퇴근하면서 애를 데려왔다가 아침에 출근하기 전에 도로 데려다주는 거죠. 저녁에 밥 먹이고 씻기고 재웠다가, 아침에 기저귀를 갈아주고 머리를 빗기고 나서 밥을 먹이면 되잖아요."

나는 그저 고개를 끄덕이는 것으로 만족했다. 이 애가 짊어지려는 의무의 엄청남과 터무니없음을 설파한들 무슨 소용일까? 내가 이 애를 이성적으로 판단하게 할 가능성이 손톱만큼이라도 있는가? 우리는 귀가하기 전에 술집에 들러 한잔하기로 했다. 안나가 합류했다. 안나는 창립 기념 파티 때문에 가뜩이나 노심초사 중인데, 여기에 확실한 결정을 내리기까지 호텔에 머물기로 되어 있는 로베르까지 넥타이며 구두를 두고 왔다는 구실을 앞세워 하루가 멀다 하고 집을 들락거리고 있다. 안나가 한숨을 내쉬었다.

"정말 지쳐. 아무래도 일부러 그러는 것 같아."

뱅상이 화장실에 내려갔을 때 나는 안나에게 뱅상이 품고 있는 미친 생각을 부추기지 말아달라고 당부하며, 자칫 잘못하면 우리가 아침부터 밤까지가 아니라 밤부터 아침까지 젖먹이를 떠안는 고역 중의 고역에 시달리게 될지 모른다고 하소연했다.

"생각해봐, 오늘같이 험난한 하루를 보내고 집에 와서 내가 젖먹이를 마주하고 싶겠냐고? 제발, 생각 좀 해봐. 난 싫어."

"그럼 자긴 뭐가 좋은데?"

"모르겠어. 그게 싫다는 게 다야. 나는 저녁에 집에 와서 목욕만 하고 싶어. 다른 아무것도 하지 않고."

"하지만 뱅상한테는 중요한 문제잖아."

"난 이만하면 우리가 충분히 적절한 리듬을 찾았다고 생각했어. 격일로 아이를 보는 것도 이미 내겐 벅차. 더 이상 나한테 요구하지 마. 소용없으니까. 나도 며칠은 조용한 밤이 필요하다고. 사람은 누구나 각자의 공간을 어느 정도 확보해야 한다는 거, 자기도 잘 알잖아. 그것 역시 중요한 문제야."

"있잖아, 내가 일주일에 한두 밤은 우리 집에 오게 할 수도 있어. 그냥 그렇다는 거야, 어떻게 생각해?"

"아무튼 양육권을 따내는 것부터가 쉽지 않을 거야. 무작정 밀어붙이게만 하는 게 뱅상을 돕는 게 아닐 거야."

"우리가 도울 수 있어. 우리가 따내게 할 수 있어."

나는 아무 말도 하지 않은 채 빨대로 진토닉을 삼켰다.

그날 밤, 나는 집이 떠나가라고 소리소리 지르며 도움을 요청하는가 하면 미친 짐승처럼 몸부림치며 격렬하게 저항했다. 마침내 땀범벅이 된 파트릭이 헐떡거리며 내 옆으로 구르더니 큰대자로 뻗었다. 그가 미소 지으며 천장을 보다가 휘파람을 불더니 내게 특별하고도 빛나는 연기였다고 평가하고는, 팔꿈치로 몸을 일으켜 빠져든 눈빛으로 나를 바라보았다. 그의 코에서 가느다란 피가 흘렀다.

벵상은 행사 준비를 썩 잘 해냈다. 국립도서관 앞 센 강의 유람선을 빌렸고, 영국인 디스크자키를 섭외했으며, 플로 식당과 모든 메뉴를 최상의 가격으로 협상했다. 모든 거래처가 벵상에게 만족했다. 벵상은 싹싹했고, 우리가 맡긴 임무에 혼신의 힘을 다했다. 여북하면 우리가 단순한 자비심 외에 벵상을 고용할 다른 이유는 얼마든지 많다고 말하기에 이르렀을까. 특히 내가 그러하다. 안나는 본인 말에 따르면 처음부터 벵상의 자질을 믿어 의심치 않았으니까. 하지만 당연히 순조롭지 않은 것도 있다. 조지와의 문제가 모든 것에 그늘을 드리우고 녀석의 기쁨을 망치고 있다. 귀갓길에 장시간에 걸쳐 푸념을 들을 기회가 있었다. 두 사람은 합의점을 찾으려면 아직 멀었고 만났다 하면 언성이 높아진다. 한편으로는 조지가 한 치의 양보도 하지 않는다는 것에, 내가 지레

겁부터 냈다는 것에 안심이 되었으나, 다른 한편으로는 어슴 푸레한 초록색 불빛에 비친 뱅상의 음울하고 완고한 얼굴을 보며 걱정스럽기도 했다. 나는 내가 아버지로부터 무언가를 물려받았을까봐, 아무리 발버둥 쳐봤자 저주받은 사슬의 저 주받은 연결 고리에 불과할까봐 늘 두려웠다.

"조지한테 내가 보잔다고 전해, 얘기 좀 하고 싶다고."

나는 자전거 전용도로에서 우왕좌왕하는 자전거를 피 하기 위해 핸들을 돌렸고 그 바람에 차가 삐꾸했다. 뱅상이 한마디 했다.

"앞을 봐야죠, 젠장맞을, 엄마 지금 운전 중이잖아요."

뱅상은 커피를 너무 마신다. 나는 대꾸했다.

"넌 늘 퉁퉁 부어 있구나."

창립 기념 파티 전날에도 뱅상은 여전히 사방팔방 뛰어 다니며 모든 것이 확인되었는지 확인했다. 내가 지켜보았을 때는 케이크는 준비되었는지, 눈이 예보돼 있지는 않은지, 손님들의 이동에 지장을 초래할 교통 파업은 없는지를 챙긴 뒤, 조지에게 전화를 걸었다. 일과를 물으며 시비가 붙는가 싶더니 뱅상이 멀어졌다. 대화가 격해지며 불꽃이 튀었기 때 문이다. 뱅상이 불꽃을 질질 흘리며 직원 전용 계단으로 사 라지는 동안 내가 알아들은 말이라고는, 언제부턴가 그들의 대화를 차지하게 된 그저 그렇고 뻔한 타령뿐이었다.

뱅상이 간밤에 한숨도 못 잤다고 푸념했다. 발리움을 두 알 삼켰지만 효과가 전혀 나타나지 않아, 몇 시간 동안 혼자 휴대전화 게임을 하다가 새벽녘에야 멈췄다는 것이다. "장작을 들여다 났어요." 벵상이 말했다.

나는 벵상의 볼을 쓰다듬고는 하품을 했다. 자정 무렵 파트릭을 만나고 온 터라 몇 시간 정도 수면이 부족했으나 아무 후회도 없다.

"레베카가 돌아오면 어떻게 되는 거죠?"

내가 묻자 그가 땀에 젖어 이마에 달라붙은 내 머리칼을 치워주며 빙긋 웃으면서 대답했다. 호텔 방을 얻어야 하지 않겠느냐고. "우리의 친구 로베르처럼요." 그가 웃으며 덧붙였지만, 상황의 아이러니는 오직 나만이 음미할 수 있다. 그가 레베카가 오는 길에 루르드에 들를 거라고 전하면서, 그러다 혹시 예루살렘이나 뷔가라슈까지 갈지도 모른다고 반농담을 했다. 나는 아무것도 내게 닿을 수 없는 – 혹시 닿는다 해도 별 영향을 미치지 못하는 – 일종의 구름 위, 아니 구름 속에 있는 기분이다. 이번에는 우리는 차고 안 자동차 보닛에서 일을 벌였고, 그래서도 지상으로 돌아오기가 쉽지 않았다. 하지만 이 상태는 지속되지 않을 것이다. 아니, 지속될 수 없을 것이다. 속히 상황을 정리해야 하리라. 당장 며칠 내로.

벵상이 아침식사를 준비했다. "고마워, 벵상. 이제 좀 앉아라. 아무것도 하지 말고 쉬렴. 느긋하게."

"도무지 안정이 안 돼요. 정말로 죽을힘을 다했거든요."

"진정해, 많이들 올 테니까. 거기에 먹고 마실 것도 준비됐겠다, 뭐가 걱정이니? 다 잘될 거야."

"밤새 조지한테 전화했는데 받질 않아요."

"당연히 안 받지, 벵상. 밤엔 잠을 자니까. 정상적인 사람들은 밤에 잠을 자, 알아?"

벵상이 달걀을 풀어놓았다. 내가 익히기만 하면 된다.

"벵상, 내 생각엔 조지를 괴롭히는 건 좋은 방법이 아닌 것 같구나. 그 애는 당한 걸 백배로 갚아주는 스타일 같거든."

벵상이 구시렁거렸다. 딱하기 이를 데 없다. 벵상이 조지와 아이를 잊고 그들이 벵상 없이 살던 때로 돌아가 존재를 이어가도록 내버려둔다면 얼마나 좋을까. 중도 탑승은 언제나 어려운 법이어서 몇 가지 곡예가 따른다. 포기하면 되는데, 눈 딱 감고 과감하게 내려놓으면 그것으로 충분히 문제가 해결될 텐데. 하지만 나는 내 의견을 전달하는 것을 결연히 자제했다. 파티를 몇 시간 남겨두지 않고서 벵상을 미리 험악한 상태로 만들 어떤 위험도 무릅쓰고 싶지 않다.

아무도 나와 파트릭의 관계를 알지 못하지만 그는 언제부턴가 우리의 지인이었으므로 우리는 그를 초대 손님 목록에 포함시켰다. 그가 나를 데리러왔다. 조지가 계속해서 전화를 받지 않자 벵상이 애를 끓이며 당장이라도 달려가고 싶어 하는 바람에 내 차를 내줬기 때문이다.

파트릭이 집 안에 채 들어서기도 전에 벵상이 달려 나갔고 이어서 부르릉 차 소리가 들려왔다. 파트릭이 빙긋 웃으며 나를 바라보았다. 나는 단 두 마디로 상황을 설명했다. 파트릭의 표정이 변한 것이 느껴졌다. 이번엔 내가 빙긋 웃으며 말했다.

"생각도 하지 말아요, 어림없으니까. 내가 호신용 스프레이를 사용하지 않게 해줘요."

"당신이 날 유혹하는걸요, 미셸."

나는 그의 팔을 잡고서 그 팔에 음흉하게 압력을 가하며 말했다. "우리 이따 늦지 않게 들어와요." 그리고 그의 눈을 똑바로 쳐다보며 입을 삐죽거리면서 덧붙였다. "약속할게요."

그의 숨결이 내 목덜미에 느껴졌다.

"이건 고문이에요."

"굳건히 견디길, 파트릭."

갓 시작한 연애가 이토록 즐거운 일이라는 걸 잊고 있었다. 새 애인과 함께 있는 매 순간이 놀람과 신선함과 활기의 연속이라는 걸. 적어도 첫 석 주는 말이다. 함께 놀고, 숨고, 비밀을 간직하고, 장난치는 것이 이루 말할 수 없이 즐거웠다. 우리가 차가운 밤 속으로 나갔을 때 그가 내게 정말 아름답다고 말했다. 나는 생각했다. '정확히 내가 듣고 싶었던 말이군. 세상에서 가장 강력한 마약.'

얼음덩이가 반짝이며 센 강을 떠다니다 유람선의 검은 선체에 부딪쳐 미끄러졌다.

리샤르는 좀처럼 해소될 기미가 보이지 않는, 자기 아들과 조지 사이의 불화에 대해 별반 아는 바가 없었다. 나는 이때다 싶어, 주변이 어떻게 돌아가는지 좀 알고 싶거들랑 엘렌느한테만 정신의 90퍼센트를 쏟아부을 것이 아니라 다른 데로도 분산시키는 법을 익히라고 일갈했다. 리샤르가 코웃음을 치더니 엘렌느가 헥사곤 프로덕션에 자기의 시나리오를 읽히는 데 성공했다고 말했다. 엘렌느에게 그 소식을 들으며 내가 한 번도 해내지 못한 일이라는 생각을 곧바로 떠올렸으리라. 나머지 10퍼센트의 정신은 엘렌느한테 감사하는 데 쓰였으리라 생각하며 나는 말했다. "어쨌든 엊저녁부터 조지가 연락이 안 돼. 조짐이 좋지 않아. 벵상한테 신경 좀 써줘. 이따 얘기 좀 해보라고."

그가 내게 샴페인 잔을 건네며 알겠다고 말했다. 흉물스러운 바토무슈 유람선이 지나가자 우리 유람선이 살짝 흔들렸다. 평소라면 그는 내가 자기를 가르칠 입장이 아니라거나 그 비슷한 말로 반발했을 것이다. 예전에 그가 내게 취했던 그 전투 정신이 첫 온기에 녹아내리는 눈처럼 빨리 사라지는 중이다. 역설적인 것은 그 호전성의 결여에 내가 상처 입었다는 것이다. 리샤르와 내가 몇 마디 주고받는 사이, 벌써 세 남자가 엘렌느를 에워싸고 있었다. 리샤르는 나와 말하면서도 표정이 살짝 굳은 채 그 광경을 흘끔거렸다.

안나가 내가 있는 바(bar)로 와서, 벵상을 찾았다. 파티가 더없이 훌륭하게 진행되는 것에 찬사를 쏟아내기 위해서다. 내가 벵상이 아직 이곳에 없는 이유를 설명하자 안나가 미간을 찌푸렸다. 그녀는 말없이 두 주먹을 꼭 쥐었다. 실은 그녀에게 내색하지는 않았지만 그녀가 조지에게 보이는 적대감이야말로 – 비록 조지 또한 그 적대감을 그대로 돌려주고 있다 해도 – 조지와 벵상을 대립하게 하는 갈등의 원천이고, 이것이 바로 그 결과다. 아무튼 나는 그녀의 팔짱을 꼈다. 누가 뭐라 해도 이 파티의 주인공은 그녀이기 때문이다. 지금으로부터 25년 전에 우리는 병실에서 만나 이 모든 것을 시작하고 일궜다. 나는 몇몇이 휘파람을 불며 격려의 말을 외치기 시작할 때까지 얼마간 안나를 꼭 끌어안았다.

　이어서 안나가 흥이 오른 분위기를 틈타 자신의 감동과 자부심에 대해 이야기한 뒤, 지난 25년 동안 우리와 함께했던 모든 친구들이며 AV 프로덕션의 고객에게 마음 깊이 감사를 보내고도 어쩌고저쩌고 몇 마디를 덧붙였다. 모두들 박수를 쳤다. 몇몇 작가는 이미 얼근해졌다. 샴페인이 훌륭했다. 벵상이 확실히 일을 잘했다. 조지와는 어찌되는 것일까? 나는 한 입 크기의 파이며 케이크가 속속 공급되는 광경을 지켜보았다. 이따금 파트릭과 마주치면 단순한 지인들이 그러하듯 심상한 말을 몇 마디 주고받았고 이 상황은 제법 재미있었다. 머릿속엔 오직 다가올 부둥킴뿐이면서 상황이 상황이니만큼 겉으로는 태연한 척 연기하는 것에는 특별한 맛이 있었기 때문이다. 여북하면 안나가 파트릭에 대해 이야기하며 어떻게 내가 아직까지 저 매력적인 이웃남자의 품에 안기지 않은 건지 의아해할 정도였다. 나는 그를 곁눈으로 관찰한 뒤 물었다.

"사람이 좀 무미건조하고 평범하지 않아?"

마침내 벵상이 모습을 드러냈다. 혼자였다. 안색이 백지장처럼 하얬다. 나는 너그럽게 부두로 올라가 벵상에게 다가갔다. 벵상이 웅얼거렸다.

"집이 비었어요. 아무도 없더라고요. 조지가 도망쳤어요, 젠장맞을!"

트랩으로 다가가며 나는 벵상의 팔을 잡았다.

"설마, 정말? 확실해?"

"내가 1시간이나 기다렸어요. 아래층에 사는 남자가 조지가 가방을 들고 떠나는 걸 봤대요."

"그게 다야?"

"뭐? 그림이라도 그려줘요?"

나는 벵상이 자기가 해놓은 것에 감탄하고 오차 없이 작전을 이끈 것을 즐길 수 있도록 안으로 데려갔다. 안나가 와서 거들더니 벵상을 낚아채갔다. 나는 리샤르에게도 소식을 알렸다. 그가 어깨를 추어올리더니 중얼거렸다. "가방 들고 애까지 들쳐 안고서 가긴 어딜 가? 멀리 안 갔을 거야." 나도 같은 생각이다. 벵상이 기분을 조금 누그러뜨리고 도착해서

부터 지금껏 한결같이 유지하고 있는 저 오만상을 풀기만 한다면, 조지의 운명을 더 이상 걱정하지 않을 것이다.

나는 리샤르에게 능력껏 아들을 달래보라고, 아버지만의 비법이 있을 것 아니냐고 말했다. 동시에 여전히 남자들에게 둘러싸인 엘렌느 – 굽이 뾰족한 빨간 하이힐을 신었다 – 쪽으로 슬며시 향하는 그의 마뜩잖은 시선을 놓치지 않았다. 마치 밤에 자전거나 낡은 오토바이조차 밖에 놓아둘 것 같지 않은 동네에 애스턴 마틴 스포츠카를 주차해놓은 남자라도 된 듯한 표정이었다.

리샤르가 마침내 고개를 끄덕였다. 나는 말했다.

"당신은 좋은 아버지야."

그가 멍하니 생각에 잠긴 채 계속해서 고개를 끄덕였다.

"리샤르, 만일 당신이 등을 돌리기가 무섭게 다른 남자한테 빼앗길까 염려되는 여자라면 하루 속히 헤어져. 그런 관계에서 얻을 건 씁쓸함뿐이니까."

그는 예전에 함께 살았으나 더는 함께 살지 않는, 그러면서도 뜻밖에도 때에 따라 정도는 약할지언정 애착이 가는 이 새로운 남성 종족에 속한다.

탁구대 높이와 벽돌 두께의 케이크가 하얗고 파란 대리석 무늬 크림으로 뒤덮였고, 그 위에 AV 프로덕션 창립 25주년을 축하하는 누가 장식이 곁들여졌다. 나는 관계자들의 찬사와 박수와 휘파람 속에서 안나와 함께 촛불을 불어 끄며 주인공 역할을 하고, 이후를 안나에게 맡기고 물러났다. 그녀가 정당한 기쁨을 즐기는 것이 보였기 때문이다. 나는 몇몇 손님들에게 케이크를 돌리며 감사를 표하다가 나를 돌아보며 환하게 웃는 안나에게 한쪽 눈을 찡긋해 보였다. 리샤르가 소파 한가운데 앉아 있는 뱅상에게 다가가 어깨에 손을 얹는 것이 보였다. 바에 갔다가 파트릭과 마주쳤다. 이 파트릭은 두 얼굴이 섞인 파트릭이다. 그를 매력적인 동시에 혐오스럽게 만드는 두 얼굴의 부적절한 중첩. 내 아버지와 그리 다르지 않다. 나는 그와 몸이 닿지 않도록 주의를 기울이며 물었다.

"괜찮아요? 지루하지 않아요?"

그는 몇몇 아는 얼굴을 만난 듯했고 내게 자기들과 함께 한 잔 들자고 청했다. 나는 대체 누구인지 멀리서 살폈다. 런던 소호에서 화랑을 운영하는 끔찍한 프랑스 여자였다. 나는 뱅상과 급히 해결해야 할 자동차 문제가 있다는 것을 구실로 황급히 그 자리를 모면했다. 순간 파트릭의 얼굴에 탐탁지 않은 기색이 역력했지만 이내 제 표정을 회복했다. 그의 자제력을 칭찬해주기 위해 나는 손으로 몰래 그의 손을 스쳤다.

반가운 옛 인연들이 눈에 들어왔다. 특히 우리와 함께 '예술가들의 초상' 작업을 했던 부부가 나는 존재도 몰랐던 열여덟 살짜리 딸을 데리고 왔다. 이름은 알리에트이고 임신 7개월 반 차라고 했다. 내가 잘 알아들은 거라면 비록 애아버지는 없지만, 환하고 아름답게 빛났다. 기막힌 아이디어가 있는 시나리오 작가들과도 몇 잔 기울였다. 전반적인 웅성 거림과 웃음소리, 흥이 오른 고함과 배경 음악 탓에 무슨 소리인지 하나도 이해하지 못했지만 나는 미소를 띤 채 그들의 이야기를 경청했다. 이어서 안나와 함께 탁자 사이를 거닐다가 간간이 멈추어 서서 이런저런 사람들과 이야기를 주고받았다. 그렇게 시간이 흘렀다. 유람선 위의 멋진 밤이다. 이곳의 누구에게나. 우리 모두는 강물에 정지해 있는 유람선 위에서 더할 나위 없이 멋진 밤을 보내고 있다. 내 아들을 제외하고는.

그 녀석이 마침 끔찍한 문자 메시지를 받았다. 늦은 시각이다. 왜 그 여자애는 바로 전날 내가 추측한 대로 새벽 1시에 잠도 자지 않은 것인지 이해할 수 없다. 아니, 이 시각에 그 망할 문자로 뱅상을 저격하는 것 말고 더 나은 할 일이 없었단 말인가?

우리 찾을 생각하지 마.

메시지는 명확하다. 나는 뱅상에게 휴대전화를 돌려주며 녀석의 눈을 똑바로 쳐다보았다. 녀석이 고개를 떨궜다. 나는 말했다.

"만일 걔가 네가 이렇게 집착하는 걸 알면 넌 끝이야."

나는 한동안 벵상 곁에 앉아 있다가 등을 한 번 쓸어주고는 일어났다. 이보다 더 나은 할 일이 없다는 결론에 이르렀기 때문이다.

잠시 뒤 벵상과 화장실에서 마주쳤다. 얘기를 들어보니 조지가 사라진 것 때문에 욕지기가 나는 듯했다. 벵상이 돌아서는 나를 부르더니 그들의 아파트 밑에서 보초를 서야겠다며 내 차를 계속 쓰겠다고 말했다.

"틀림없이 집에 다시 들를 거예요. 거길 지키다가 그때 덮쳐야겠어요."

"글쎄다, 벵상. 그럴 수도 있겠지. 아무튼 밤이 차니까 감기 걸리지 않게 조심해라. 그래도 언젠간 네가 왜 그렇게까지 복잡한 길을 가려는 것인지 설명해주기 바란다."

"아, 아."

"엄만 심각해."

한 시간 뒤, 파티는 여전히 무르익은 분위기지만 나는 이제 그만 집에 돌아가고 싶어졌다. 파트릭이 내게 던지는 조급한 눈길로 미루어 나 혼자만의 생각은 아닌 듯하다. 서둘러야겠다. 하지만 알리지도 않고 자리를 뜰 수는 없다. 안나와 내가 소중한 보물 다루듯 애지중지하는 대여섯 명의 세력가들에게 무례를 범할 수는 없다. 그들의 필수불가결한 지원을 잃지 않으려면 말이다. 아무것도 하지 않으면 아무것도 얻을 수 없다. 그렇지 않은가?

파트릭은 이 지체마저 못마땅해하더니 내가 나갔을 땐 이미 차에 앉아 있었다. 리샤르마저 족히 10여 분은 잡아먹은 터였다. 내가 조지 사건의 마지막 국면을 상세히 전달하자, 자기가 뱅상에게 아무래도 조지가 호락호락한 성격이 아닌 것 같으니 섣불리 기습하려다 괜스레 심기만 건드리지 말고 스스로 연락할 때까지 가만히 기다리라고 1시간이나 설명했는데도 소용없다며 푸념했다.

"내가 너무 오래 기다리게 한 건 아니죠?"

내가 걱정하는 사이 파트릭이 대답도 없이 차를 출발시켰다. 나는 생각했다. 아직 어린애군. 겉모습은 얼핏 보아도 그와 딴판이면서.

나는 한동안 그의 옆모습과 입술을 관찰했다.

"혹시 못된 성격이 있어요, 파트릭?"

살짝 취기가 올랐으나 싸움을 자초할 정도는 아니었다. 집을 나서며 그에게 했던 약속이 뇌리에 박혀 있기 때문이다. 단순히 그걸 상기하는 것만으로도 내 안의 어두운 욕망이 깨어났다. 다른 남자들과는 키스나 애무를 교환하는 것으로 충분하건만 파트릭은 특별 케이스다. 그의 작은 연출없이, 내가 그를 위해 할 수 있는 것은 아무것도 없다.

지금은 그 생각을 하고 싶지 않다. 때로 숨이 막혀 잠에서 깨어날 정도로 수치스럽다. 나를 기이한 타락의 나락에 빠뜨린 이 이야기에서 과연 수용할 만한 출구를 찾을 수 있을 것인지 자문하면 생각이 마비된다. 한숨으로 가슴이 부풀었지만 나는 소리를 내지 않았다. 차라리 병에 걸린 것이라면 좋겠다. 손을 씻지 않아 병원균이 옮은 것이라거나 면역력이 없어 바이러스가 침투한 것과 같다고 생각할 수 있다면. 하지만 이 판에서 이기기는 어렵다. 나부터 완전히 설득되지 않으니 말이다.

"어쨌든 당신은 날 무시했어요."

폐쇄되어 음산한 사마리텐 백화점[9] 근처에 이르렀을 때, 파트릭이 마침내 입을 열었다. 나는 반박했다.

"아니에요, 그럴 리가요, 절대 아니에요. 난…… 급한 일이 있었어요. 어쩔 수 없었다고요. 알아요? 그리고 당신이 싫었던 게 아니라 그 여자, 그 소호의 화랑 주인이 싫었던 거예요. 내가 그 여자를 좀 알거든요. 그 몸에 딱 달라붙는 진분홍색 정장 봤나요? 금방이라도 터져버릴 것 같지 않던가요?"

잠시 뒤, 파트릭이 더는 못 버티겠다며 숲에 차를 세우겠다고 말했다. 그가 손등으로 입가를 훔쳤다. 내가 즉시 바깥 온도를 가리키며 그의 꿈을 꺾었다.

"나도 급해요, 파트릭. 하지만 여기선 안 돼요."

그가 내게 포식자의 미소로 답하더니 액셀러레이터를

---

9 1870년에 건설된 아르누보 스타일 건물로 파리 시청 근처 시내 한복판에 위치해 있으며, 2005년 안전 문제를 이유로 폐쇄되었다. 현재 백화점 및 호텔, 사무실을 아우르는 주상복합공간으로 리모델링 중이며 2018년에 재개장할 예정이다.

밟았다.

몹시 흥분한 그가 거의 도착할 무렵, 몸을 숙여 글러브 박스를 열더니 복면을 꺼내어 취미도 고상하게 내 코에 갖다 비볐다. 내가 하늘로 눈을 치뜨자 그가 히죽거렸다. 움트는 여명에 지평선이 미세하게 흔들렸다. 그가 어찌나 흥분했던지 손을 뻗어 내 머리를 쓰다듬는가 싶더니 불현듯 내 머리칼을 움켜쥐고서 자기 쪽으로 와락 끌어당겼다. 그 바람에 커브에서 차가 휘우뚱거렸다. 집 앞에 이르자 벽난로에 여전히 남은 마지막 잉걸불에 불그스름한 빛이 희미하게 감도는 거실 창이 보였다.

우리가 집에 들어서자 마르티가 2층으로 도망쳤다. 실은 내 비명에 놀란 것이다.

내 비명이 그럴싸하다는 것을 알고 있다. 그것이 폐부 깊숙한 곳에서 우러난 실제 분노의 표출이며, 나를 잠식하고 기세등등한 적군처럼 나를 점령한다는 것을 알고 있다. 또한 그가 내게 주는 끔찍한 쾌락에 일조한다는 것도.

이런 게임을 즐긴다는 것이 수치스럽지만, 수치란 무엇이 됐건 그것을 막을 만큼 강한 감정이 못된다.

나는 각자 맡은 역을 연기하기 전에 뭔가 마시자고 제안했다. 나로서는 변화를 위해 약간의 전희를 즐기는 것도 나쁘지 않았다. 그는 대답하는 수고조차 없이 엄청난 힘으로 대뜸 나를 밀쳐 바닥에 나뒹굴게 만들었다.

전혀 예상치 못했기에 물리적 타격보다 놀람 자체가 더 충격이었다. 나는 반격으로 복면을 뒤집어쓰고 있는 그의 다리 사이로 의자를 집어던졌다. 그가 펄쩍 뛰어올랐다. 이후로 내게 달려든 남자는 이제 악마와 다름없었다. 그가 내 원피스를 찢었고, 나는 울부짖었다. 그가 내 양손을 잡으려다 못해 양발까지 잡으려고 덤벼들었다. 나는 그를 밀어냈다. 그가 나를 붙들었다. 나는 울부짖었다. 그가 내 위로 엎어졌고, 나는 그의 팔을 물어뜯었다. 그가 몸을 뒤로 빼며 자신의 성기를 내 가랑이에 넣으려고 기를 썼다. 그가 마침내 성공했을 때 나는 젖어 있었고 비명은 더한층 높아졌다. 그의 뒤로 벵상이 보이는가 싶더니 파트릭의 정수리가 깨지는 소리가 들렸다. 내 아들이 장작을 휘둘러 그를 죽은 자들의 왕국으로 보내버렸다. 내가 미처 억 소리를 낼 사이도 없이.

오직 나만이 진실을 안다. 오직 나만이 그것이 연출이라는 것을 안다. 나는 이 비밀을 무덤까지 가지고 갈 것이다. 뱅상을 위해서 그편이 백 번 천 번 낫다. 만일 뱅상이 자기가 단지 자기 친엄마와 변태적 놀음을 즐겼을 뿐인 사람을 죽였다는 것을 알게 되면 아마 지금처럼 나에게 호의적인 감정일 수없을 것이다. 확신한다. 나는 그쪽으로는 안심한 채 정원의 꽃들에 물을 주고 있다. 꽃들이 말라 있다. 유난히 더운 날이다. 아직 6월 중순인데 한여름이라고 해도 될 날씨다. 찬물을 뿌리고 있는 데도 불구하고 기우는 태양에 내 양 볼이 익을 정도다.

머지않아 벌들도 자취를 감추겠지만 – 이렌느의 무덤 앞에서 내가 예상한 것과 달리 –, 아직은 히아신스 위에서 몇 마리가 윙윙거리고 있다. 나는 에두아르를 뒤덮은 모기장을 힐끔 쳐다보았다. 아직 깨지 않았다. 그동안 뱅상과 조지는 숲을 한 바퀴 돌러 갔다.

나는 팔과 다리에 선크림을 펴 발랐다. 조금 전에 조지가 같은 일을 하는 모양을 지켜보았다. 몇 달 만에 그리 변신할 수 있다는 것에 다시 한 번 놀람을 금할 수 없었다. 한마디로 환골탈태라고 할까.

조지는 내게 양순하게 굴지만 나는 페스트처럼 그 아이를 경계한다. 그리고 이것은 적어도 아직까지 안나와 내가 유일하게 동의하는 지점이기도 하다. 실제로 조지는 우리를 증오할 것이다. 우리가 두 팔 벌려 그 아이를 환영하지 않았으니까. 새로 획득한 아름다움은 무엇보다 능력의 표시다.

오후에 파트릭과 레베카가 살던 집에 손님이 두 차례 다녀갔다. 나는 집을 떠나기 전에 덧문을 잠그는 부동산 중개인 여자를 지켜보았다. 그녀는 집을 팔기가 여간 곤란하지 않다며 덧붙였었다. "사람들이 알거든요…… 여자만 딱하죠. 끔찍해요!" 잠깐 동안 나는 나에 대해 말하는 걸로 착각했다.

나는 행여 연기가 유모차 쪽으로 갈세라 주의하며 담배를 태웠다. 아이가 깨어나 칭얼거리기 시작했다. 나는 긴 의자 밖으로 다리 하나를 뻗어 오직 지진만이 내 손에서 내려놓게 만들 존 치버의 단편에서 눈을 떼지 않은 채 발가락 끝으로 유모차를 흔들었다.

떠날 시간이 되어 벵상이 내게 키스하며 퀵[10]에 취직했

___
10 패스트푸드 전문점 체인.

노라고 알렸다. 나는 축하해주었다.

마르티를 품에 안은 채 멀어지는 그들을 바라보았다.

주말까지 홀로 집을 지켰다.

무기력감이 느껴진다. 나는 내가 인정하는 것보다 더 깊은 영향을 받은 그 사건에서 아직 헤어나지 못했고, 내가 어떻게 접근하느냐에 따라 아직도 고통을 느끼고 상처를 입는다. 그 사건 이후 벵상을 돌보는 데 나의 모든 에너지를 쏟아부었다. 너덜거리는 블라우스와 발목까지 말려 내려간 스타킹만 걸친 채 내가 맨 처음 했던 행동이 기억난다. 바로 벵상을 부엌 쪽으로 떠민 것이었다. 만일 벵상이 어린애였더라면, 경련을 일으키는 몸뚱이와 빵에서 크림이 흐르듯 복면을 통해 피가 흐르는 깨진 머리통이 자아내는 끔찍한 광경을 보지 못하도록 눈을 가린 채 데리고 뛰었으리라. 나를 돌볼 여유는 거의 없었다. 생각을 정리하는 것이 쉽지 않았다. 아무래도 마그네슘이 부족한 듯하다. 정직하자면 다른 많은 것들도 부족하다.

거기에 대해 얘기하고 싶지 않다. 요즘은 이렌느가 그립다. 게다가 안나와의 불화까지 덮쳤다. 로베르가 어찌나 집요하게 굴던지 내 스스로 안나에게 우리가 그녀 몰래한 짓을 고백하는 것 외에 달리 선택의 여지가 없었다. 어쨌든 그래서 나는 더는 친구도 없다. 기쁠 때와 마찬가지로 힘들 때 전화할 데가 없다. 따라서 나는 휴대전화를 고이 내려놓은 채 대신 레모네이드 잔을 집어 들었다. 마르티가 힘겹게 내 무릎으로 뛰어오르더니 – 한쪽 뒷다리에 이상이 있는 듯하다 –, 내 배 위에서 몸을 동그랗게 말고는 내 눈치를 한 번 본 뒤 안착한다. 피식 웃음이 났다. 이런 종류의 친근성은 마르티의 습성이 아니기 때문이다. 하지만 나는 늘 변화에 열려 있다.

내가 고백하고 며칠 뒤 리샤르가 로베르와 술집에서 한바탕한 모양이다 – 나는 자세한 내용은 듣지 않았다. 그것과 직접적인 관련은 없지만 요즘 나와 리샤르 사이는 원만하다. 아마 리샤르가 다시 독신이 된 이후부터이리라. 그렇더라도 지금 그에게 전화를 할 마땅한 이유가 없다. 나는 포기하고서 홀로, 나무를 스치는 바람소리와 새소리를 들으며 반쯤 감긴 가느다란 내 눈꺼풀 틈으로 기우는 태양을 느낀다. 리샤르도 내가 수년간 로베르와 잤다는 사실을 받아들이기 힘들어하며, 그것으로 나와 합의점을 찾고 내가 그에게 품은 원한, 특히 내 뺨을 갈긴 것에 대한 원한을 버리기를 희망한다는 것을 알고 있다. 하지만 내가 그럴 수 없을까봐 두렵다.

어제만 해도 그 문제로 가벼운 다툼이 일었다. 리샤르에 따르면 내가 질리는 고집불통에다 소름 끼치게 완고하기 – 잔인하다고까지는 말하지 않더라도 – 때문이다. 그가 내가 아버지를 마지막으로 면회하는 것을 거부한 것까지 들먹이면서 – 나의 놀랄 만한 완고함의 완벽한 예시라나 – 대화가 급속히 경직되었다. 그가 감방에서 곰팡내를 풍기며 썩어간 늙은이에 대한 내 행동을 함부로 판단하며 끼어드는 것은 받아들일 수 없었다. 나는 헤드폰을 쓰고서 헛되이 움직이는 그의 입술을 바라보며 피터 브로더릭의 〈에브리씽 아이 노우(Everything I know)〉를 듣기 시작했다. 그가 지치기를 기다렸다. 나는 그리 좋은 성격이 못되었기에 시내 식당에서 함께 저녁식사하자는 청도 거절했다. 지금까지도 그는 우리가 여전히 함께 살지 못하는 것을, 넘지 못할 선이 있고 영벌이 존재한다는 것을 이해하지 못한다.

그는 내가 겨울에 겪은 시련을 고려하여 되도록 내 비위를 맞추고 내 심기를 크게 거스르지 않으려고 애쓴다. 하지만 그가 자기가 정확히 어디로 되돌아가려는 것인지 안다면, 실은 내가 어떤 기괴망측한 코미디에 몰두했었는지 안다면, 겉으로 드러난 것과 실제가 어느 지경까지 달랐는지 안다면. 단언컨대 그는 진실을 받아들이지 않을 것이다. 다른 이들도 마찬가지다. 특히 벵상은 말을 말자.

단지 그 생각을 하는 것만으로도 목구멍이 옥죄어들며 숨이 쉬어지지 않는다.

내 몫의 책임이 엄청나다. 파트릭이 적어도 한 번은 나를 정말로 강간한 것에 대해 하늘에 감사한다. 그렇지 않았더라면 아마 나는 죄책감으로 미쳐버렸으리라. 오늘까지도 나는 오직 이 실낱같은 명분 하나만을 붙들고 있다. 아무튼 그가 자신의 죗값을 치른 것이라는 생각만을. 그것으로 충분했었는지 모르겠다. 하지만 다른 의지할 것이 아무것도 없었다. 그것은 진정한 악몽이요, 저주였다. 마르티가 내 배에서 가느다랗게 가르릉 소리를 낸다. 밤공기가 온화하다. 해가 떨어졌다. 멀리서 개 짖는 소리가 들려온다. 슬슬 안으로 들어가야겠다.

돌이켜보면 어떻게 그런 추악한 놀음을 수락할 수 있었는지 잘 이해되지 않는다. 섹스로 모든 것이 설명되지 않는 한 말이다. 하지만 그것도 확실하지 않다. 사실 나는 내가 지나치게 강인한 동시에 지나치게 나약할 뿐이지, 그리 이상하거나 복잡한 인간이라고 생각하지 않았다. 놀랍기 짝이 없다. 고독의 체험, 지나간 시간의 체험이란 놀랍기 짝이 없다. 자아 체험이라고 할까. 가장 담대한 자들이 비틀거리는 법. 나는 비틀거린 것 이상이었다. 인정한다. 이따금 우리의 부둥킴을 다시 보기도 한다. 왠지는 몰라도 마치 내가 땅바닥을 구르며 격투를 벌이는 두 성난 남녀의 몇 미터 위에 붕 떠서 그 장면을 목도하는 기분이 된다. 나의 활약과, 나의 분노와, 나의 무시무시한 비명에는 그저 어안이 벙벙할 따름이다. 바로 그 비명 때문에 벵상이 들어오는 소리를 듣지 못했고, 벵상이 내가 숨이 넘어가는 중이라고 착각했으리라. 또한 그의 공격 밑에서 기진한 채 일단 일이 끝난 뒤 너무 진한 오르가슴을 느낀 것에, 늘어진 넝마처럼 부들거리는 내 모습은 스르르 눈물이 어릴 만큼 감동적이기도 하다. 지나치게 강인하고 지나치게 나약한.

내가 일어서자 마르티가 그대로 땅바닥에 굴렀다. 반응이 굼뜬 늙은 고양이인데 내가 배려하지 못했다. 나는 마르티에게 사과하고서 부엌으로 따라오게 한 뒤, 멜론 한 조각을 잘라 앞으로 내민 채, 아직 잠이 덜 깬 것이 역력한 마르티가 비실거리며 다가오는 것을 지켜보았다. 마르티는 그 사건 이후로 도망쳤다가 약 보름 만에 돌아왔다. 나는 매일 밤 창가로 가서 꽤 긴 몇 분 동안 마르티를 부르며 기다렸었다. 마르티는 유일하게 모든 것을 알고 있고, 모든 것의 증인이다. 내게 마르티가 그토록 소중하고 귀한 이유다. 경찰한테는 별다른 진술을 하지 않았고, 리샤르한테는 처음에 나를 강간한 자의 얼굴을 못 보았기 때문에 그자와 파트릭이 동일 인물인지 아닌지 알 수 없으나 아닌 것 같다고, 파트릭이 더 크고 탄탄했던 것 같다고 말했다. 수사는 거기서 그쳤다. 경찰이 물러갔고 나는 내 아들과 내 앞에서 이 사건을 더는 거론하지 말아달라고, 이것으로 이 사건을 영원히 종결시키자고 요청했다. 마르티가 나를 바라본다. 무얼 원하는지 모르겠다. 내가 허리를 굽혀 쓰다듬자 마르티가 몸을 일으킨다. 마르티는 나의 자랑스럽고 입이 무거운 공모자다.

알 수 없는 이유로 한밤중에 깨어났다. 나는 불을 켜지 않은 채 완전무결한 고요 속에서 몇 분 동안 기다렸다가 이윽고 다시 잠들었다. 아침에 보니 마르티의 심장이 뛰지 않앉다. 죽었다. 내 침대 발치에서 숨을 거두었다. 커튼으로 가리기엔 어림도 없는 위풍당당한 햇빛이 비쳐 들었다. 나는 적절한 어둠을 유지하고자 일어나서 덧문을 닫고는 다시 침대로 돌아왔다. 마르티를 쳐다보지도 건드리지도 않고서 있던 자리 그대로 내버려둔 채 나는 마르티가 가버린 것에, 그리고 그 나머지에 눈물을 흘렸다. 오후가 지나도록 아무 소리도 내지 않고 아무것도 하지 않고서, 마치 악몽 속에서 갑작스러운 소나기라도 만난 듯 티셔츠와 이불이 흠뻑 젖도록.

더 이상 흘릴 눈물이 한 방울도 남지 않게 되자 비로소 나는 마르티를 거두었다. 다락방에서 찾아낸, 이렌느가 스무 살이었던 시절로 거슬러 올라가는 모자 상자에 고이 담고는 방울이며 빗이며 토끼가죽으로 만든 생쥐 인형 등 마르티의 물건 몇 가지를 추가했다. 그리고 정원의 나무 밑에 묻어주었다.

휴대전화가 울렸지만 받지 않았다.

한동안 뱅상에게 헌신했었다. 녀석을 응원하고, 보호하고, 죄책감에서 벗어나게 해주고, 사건 이후 한시도 곁을 떠나지 않았다. 혹시 무슨 일이라도 생기면 소리를 듣기 위해 며칠 동안 침실 문을 열어둔 채로 잠을 자기도 했다. 또한 봄에 젊은 시나리오 작가한테 가버린 엘렌느한테 버려진 리샤르도 보살폈다. 그가 외롭다거나 대화 상대가 필요할 때면 함께 술집에 가서 몇 잔씩 기울였다. 하지만 내가 다른 이들에게 사용한 치료법이 내겐 아무 소용없었다. 내가 떠벌린 충고가 내겐 아무 도움도 되지 않았다. 지나치게 강인하고 지나치게 나약해서일까.

다음날, 새 유니폼을 입은 내 아들을 보러 퀵으로 갔다. 내가 마르티의 죽음을 알리자 편안하게 죽었느냐고 묻는다. 벵상은 새 직장에서 그리 불행해 보이지 않는다. 녀석이 이쪽저쪽으로 미소를 던지며 테이블 사이를 오가기 시작했다. 그런데 안나한테 듣자 하니 내가 떠나고 나서 벵상이 안나한테 전화를 걸어 내가 좋아 보이지 않는다며 녀석의 표현을 정확하게 빌리자면, 내가 '무덤같이 괴괴한 얼굴을 하고 있'었다고 말했단다.

나는 묘지가 그리 멀지 않은 김에 이렌느를 방문했다. 아버지도 그녀 곁에 누워 있지만 그쪽은 돌보지 않는다. 꽃도 무덤의 반쪽에만 놓고, 그쪽은 절대 거들떠보지도 않는다. 마치 존재하지도 않는다는 듯.

"마르티가 죽었어요." 나는 중얼거렸다. 하늘이 어찌나 푸른지 머지않아 종려나무가 도처에서 뻗어오를 듯한 기운이 느껴진다. 묘지가 한산하다. 몇 분간을 그렇게 서 있자니 이윽고 입술이 떨리며 달싹거렸다. 나는 황급히 묘지를 빠져나왔다. 이렌느의 말소리가 뒤통수에서 들려오는 듯하다. "왜 그런 비 맞은 병아리 꼴을 하고 있니, 딸아!"

해질녘에 안나의 차가 우리 집 앞에 멎었다. 끼익 소리를 길게 퍼뜨리는 그네에서 가볍게 건들거리던 나는 차에서 내려 정원을 걸어 올라오는 안나를 바라보았다.

아직 날이 몹시 더웠다. 안나는 민소매 차림이었다. 나는 내 앞에 다가와 선 안나에게 말했다.

"마르티가 죽었어."

"응, 알아."

안나가 대답하며 내 곁에 앉더니 내 손에 자기 손을 포갰다. 우리가 일체의 신체적 접촉 없이 오직 업무상의 관계만 유지한 지 적어도 석 달은 되었다. 나는 말했다.

"여대생한테 방 하나를 세놓으면 어떨까 해."

달빛이 아름다웠다. 길 건너편 몇 백 미터 떨어진 곳에 있는 파트릭의 집이 은빛 정원에 놓인 반짝이는 장난감처럼 보였다. 잔디는 시원하게 깎였고 새로 손본 울타리는 말쑥했으며 창문은 깨끗하게 닦였고 굴뚝은 새것으로 교체되었다. 아무래도 부동산 중개인 여자가 팔지도 못하면서 집만 과자로 만든 집으로 변신시킨 듯하다.

안나가 풍경에서 눈을 떼지 않은 채 제안했다.

"나한테 세주면 되겠네."

나는 희미하게 고개를 끄덕이며 대답했다.

"아……"

『엘르』는 1982년 첫 장편 『지옥처럼 푸른』을 출간한 이
후, 36년 동안 『베티블루』(1985년)를 비롯하여 23권의 장편소
설을 출간한 필립 지앙의 열아홉 번째(2012년) 장편소설이다.

소설은 작가가 아직 이야기나 화자가 결정되기도 전에
떠올린 첫 문장 "뺨이 부어오른 것 같다"로 시작된다. 이 문
장을 쓴 뒤 필립 지앙은 숙고 끝에 화자를 여자, 즉 미셸로
결정한다. 아니, 지앙이 그렇게 결정했다기보다는 그에게 그
문장은 남자의 언어가 아니었다. 그가 늘 주장하듯 '모든 이
야기는 이미 쓰여 있고, 중요한 것은 언어'이니까. 언어가 이
야기를 이끌고, 이야기는 절로 모습을 드러낸다.

따라서 소설의 첫머리에 미셸은 뺨이 부어올랐으며, 쓰
러져 있고, 옆에는 꽃병이 깨져 있다. 그녀는 느닷없이 집에
침입한 괴한에게 강간을 당했다. 그리고 한참 만에 일어나
어수선해진 집안을 정리하고 매무새를 가다듬은 뒤, 스시를
주문한다. 아들 뱅상이 다른 남자의 아이를 가진 만삭의 약

혼녀와 집으로 식사하러 올 예정이기 때문이다. 그녀는 일견 당연한 수순인 듯한 신고를 하지 않고, 애써 태연을 가장하며 아무 일도 일어나지 않은 듯 행동하기를 택한다.

변변한 일자리도 없이, 다른 남자의 아이를 임신한 여자와 그 아이를 부양하려는 아들은 미셸을 둘러싼 혼돈 중 하나에 불과하다. 재능이 결여된 채 자부심만 하늘을 찌르는 시나리오 작가인 전 남편 리샤르는 불가능한 시나리오를 시도 때도 없이 들이밀고(미셸은 영화제작사 대표다), 일흔다섯 살의 모친 이렌느는 미셸 또래의 몇 번째인지도 모르는 연인과 결혼하고 싶어 하며, 미셸과 동업자이자 둘도 없는 친구인 안나의 남편 로베르는 미셸과 맺은 불륜 관계를 도무지 청산하려들지 않는다. 강간범의 위협은 여전히 현재진행형이고, 모호한 이유로 수십 명의 아이들을 살상한 미셸의 살인마 아버지는 감방에서 임종을 눈앞에 두고 있으며(때문에 어머니는 미셸이 더는 아버지로 인정하지 않는 아버지와의 최후의 대면을 종용한다), 미셸이 호감을 느낀 이웃 남자 파트릭은 정상적인 방법으로는 발기하지 않는 변태인 데다 더욱 놀라운 정체를 드러낸다. 요컨대 그가 바로 강간범이다.

서둘러 이야기하자면 이 소설은 강간범과 사랑에 빠지는 여자의 이야기가 절대, 아니다. 강간은 소설을 운행하는 시동장치일 뿐이다. 미셸은 파트릭이 강간범인 줄 모르고서 그에게 호감과 설렘을 느꼈으며, 그가 강간범이라는 것을 알고부터 그와의 사랑을 용납하지 못하는 자아와(리샤르가 그녀의 뺨을 때린 것이 부부의 결정적 이혼 사유였고, 그녀는 리샤르의 폭력을 절대 용서하지 못한다), 아직 이른바 미친 사랑을 욕망하는 또 다른 자아, 즉 그녀 자신도 새로이 발견하게 된 자아가 충돌한다. 그렇게 어릴 때부터 어머니와 단둘이, 아버지가 저지른 폭력의 2차 폭력을 감내해야 했던 그녀가 전사처럼 투쟁하며 필사적으로 진입한 제도권 안에서의 안정적인 삶이 무너지기 시작한다. 그러니까 이 소설은 필립 지앙의 표현을 따르자면 '날씬해지고 싶어 하면서 초콜릿을 남김없이 먹어치우는 이의 이야기', 즉 통제 불가능한 욕망의 이야기다. 그 속수무책의 상황에서 미셸은 스스로에게 끊임없는 질문을 던진다. 강간이 일어났으니 어떻게 해야 할까? 그녀를 이해하지도 못할 사람들에게 신고함으로써 고통에 또 다른 고통을 부과해야 할까? 그녀가 아직 무언가를 얻기 위해 노력할 나이일까? 오직 서로만 의지한 채 세상의 박해를 견뎌온 엄마가 죽고 나면 이제 누가 그녀를 지킬 것인가? 리샤르는 그녀가 알았던 모든 남자 중 최고의 남자이지만, 과연 그것으로 충분한 것일까? 더 나은 것을 꿈꿀 수는 없는 것일까? 대체 그녀 안의 무엇이 잘못되었기에 그녀는 자신을 담보로 파트릭과 혐오스러운 게임을 벌이는 것일까? 그녀는 아무리 발버둥 쳐봤자 '저주받은 사슬의 저주받은 연결고리에 불과'한 것일까? 그리고 그 물음들을 통해서 미셸의 영혼과 마음이 작동하는 원리가 설핏 모습을 드러낸다.

필립 지앙은 시종일관 긴장된 문체를 유지하면서 소설의 일반적인 방식인 장(章) 구분 없이 한 호흡으로 서술을 쏟아낸다. 대신 때와 장소를 별도로 명시하지 않은 시나리오의 시퀀스 같은 장면들을 군더더기 없이 불친절하게 툭툭 나열함으로써, 판단을 내리지 않은 채 그저 상황을 보여주기만 한다. 판단은 오로지 독자의 몫이며, 차갑게까지 느껴지는 절제된 언어의 리듬 속에서 인물의 균열은 더욱 선명해진다. 여기에 청명한 공기, 은은한 빛을 퍼뜨리는 태양, 바람의 방향에 따라 이리저리 분절되는 구름 기차 등 자연은 제2의 등장인물처럼 시시때때로 묘사되는데, 그렇게 '이곳 지상에서 무슨 일이 벌어지건 한결같이 아름'다운 자연과 대비되어 인간의 '참상은 (더욱) 오롯해진다.' 그리고 우리가 할 수 있는 일이란 그저 '재앙이 닥치는 것을 속수무책으로 바라보는 것'뿐이다. 그 참상이 우리 안에서 벌어지는 일이라 할지라도.

『엘르』는 우리나라에는 소설 이전에 폴 버호벤이 감독한 동명의 영화(2016년)로 먼저 소개되었다(소설의 원제목은 『"오…"』이다). 강인하면서도 나약하고 신중하면서도 충동적인 미셸은 이자벨 위페르가 연기했다. 위페르와 〈초콜릿 고마워〉를 촬영한 뒤 클로드 샤브롤 감독이 "내가 위페르를 이용한 것이 아니라 위페르가 날 이용했다"고 말했듯, 위페르는 차갑다기보다는 '일종의 갑옷'으로 무장한 이중적이고 불투명한 캐릭터를 늘 그렇듯 모자람 없이 소화함으로써, 「엘르」를 필립 지앙이나 폴 버호벤의 것이 아닌 자신의 것으로 만들어버렸다.

장소미

엘르

초판   1쇄 인쇄 2018년 6월 11일
초판   1쇄 발행 2018년 6월 15일

지은이   필립 지앙
옮긴이   장소미
펴낸이   정상준
편집   윤동희
디자인   박수연 김인경
관리   김정숙

펴낸곳   그책
출판등록 2008년 7월 2일 제322-2008-000143호
주소   서울시 마포구 동교로13길 34(04003)
전화번호 02-333-3705
팩스   02-333-3745
facebook.com/thatbook.kr
instagram.com/that_book

ISBN   979-11-87928-22-5 04800
         978-89-94040-34-9 04800 (세트)

그책 은 (주)오픈하우스의 문학·예술 브랜드입니다.

「이 도서의 국립중앙도서관 출판예정도서목록(CIP)은 서지정보유통지원시스템 홈페이지
(http://seoji.nl.go.kr)와 국가자료공동목록시스템(http://www.nl.go.kr/kolisnet)에서 이용하실 수
있습니다. (CIP제어번호: CIP2018014138)」